한국인 최초 컨추리 프레지던트 이동식의 삶과 열정

# 어느 날 갑자기 피는 꽃은 없다

한국인 최초 컨추리 프레지던트 이동식의 삶과 열정

# 어느 날 갑자기 피는 꽃은 없다

靑木 이동식 지음

**21세기북스**
www.book21.com

# 열정적이고 탁월한 리더십을 추억하며

친애하는 나의 벗 D. S. Lee의 회고록 출간에 마음 가득한 축하의 인사를 건넵니다.

1978년 5월 획스트코리아 전신인 아너가나Anorgana 한국지점을 위임받고 사전 답사를 위해 한국에 왔던 일주일, 내게 주어진 한국에서의 첫 번째 미션은 한국 도착 직후 회사 야유회에 참석하는 것이었습니다. 야유회 장소인 남이섬까지 버스로 이동하는 2시간여의 시간 동안 한국 직원들의 레크리에이션이 이어지는 가운데 나와 D. S. Lee의 첫 만남이 이루어졌습니다.

당시 한국에 도착한 지 몇 시간 지나지 않은 터라 많은 직원들의 이름을 모두 기억하기까지 다소의 시간이 걸렸는데 D. S. Lee의 경우는 특별했습니다. 그는 이제까지 제가 알고 있던 아시아 사람들과는 달리 외국인 앞에서도 매우 적극적이고 자신감에 넘치는 모습을 보여 나를 놀라게 했습니다. 자연스럽게 그의 이름 Dongsik Lee는 오랜 한국 생활, 내가 제일 먼저 기억하는 이름이 되었습니다. 야유회 때는 물론이고 언제나 각종 행사를 진두지휘하는 그의 열정적인 모습을 늘 보아왔지만 그의 독특한 사고방식을 얘기할 때 빼놓을 수 없는 일화가 있습니다.

한국으로의 부임 후 몇 년의 시간이 흘러 회사는 신입사원을 채용했는데, 2개월이 지나 나를 찾아온 D. S. Lee는 신입사원이 차만 마시고 전혀 술을 할 줄 몰라서 현실적으로 영업에 어려움이 많다는 고충을 진지하게 전해왔습니다. 그 당시 한국의 영업현실에서 상대적인 문화적 차이 때문에 현장에서 겪고 있던 난관을 없애기 위해 신속하고 직설적으로 자신의 목소리를 낸 것이지요. 그래서 그의 제안에 따라 신입사원을 선발할 때 영업을 위한 최소한의 주량을 꼭 확인토록 했던 것은 지금도 재미있는 기억으로 남아 있습니다. 또한 저는 이런 독특한 사고의 이면에 그가 보여준 우직한 신뢰감을 추억합니다.

또한 1978년 10월 25일, 한국에 정식으로 부임하던 날을 잊을 수 없습니다. 전임자는 회사가 소송에 걸려 있어 결과에 따라 한국에 오자마자 다음 날 감옥에 갈 수도 있는 상황이니 바로 독일로 돌아갈 것을 권유하는 급박한 상황이었습니다. 그때 D. S. Lee 그리고 L. G. Kay와 김진억 변호사 세 사람이 아무 일도 없을 거라며 안심시켜주었던 것이 제게 큰 힘이 되었습니다. 이 사건을 계기로 한국인들은 외국인 앞에서도 당당함을 잃지 않는다는 사실과 그들이 외국인을 대할 때 무조건 한국적인 방식을 요구하지 않고 외국인의 삶의 방식 또한 존중해준다는 것을 배웠습니다. 그때, 그리고 그 이후에도 D. S. Lee에 대한 나의 믿음은 항상 긍정적 결과를 도출해주었습니다.

D. S. Lee를 비롯한 한국인들은 제가 아시아에서 오랫동안 근무하여 아시아 사람의 멘털리티를 이해한다는 것을 든든하게 지지하고 신임해주었고, 저 역시 그런 그들에 대한 신뢰의 약속을 했고 또 지켰습니다. 이것은 당시 한독약품 김신권 사장님과 D. S. Lee, L. G. Kay, C. M. Kim이 그러한 저의 의도를 잘 이해하고 따라주지 않았더라면 불가능했을 일이며 그러한 상호신뢰관계는 우정으로 발전되어 오늘날까지 그들과의 관계는 아름답게 유지되고 있습니다.

1980년 11월 휄스트코리아를 창사하고 나는 D. S. Lee에게 제1사업부의 책임을 맡겼습니다.

사업에 대해 책임이 커지고 있는 만큼, 한국 직원들이 독일 휄스트와의 업무협의도 주도적으로 직접 해야 한다는 점을 주지시켰습니다. 그러나 보다 원활한 커뮤니케이션을 위해 가장 확실하고 근본적인 해결책은 다름 아닌 한국 직원들의 독일 휄스트로의 파견교육이었습니다. 그에 근거하여 우리는 향후 10년을 내다보는 인사 계획과 이에 준하는 교육의 뼈대를 마련하게 되었고 일련의 과정을 거쳐 휄스트 인사 관련 회의에서 D. S. Lee를 휄스트코리아 사장후보로 추천하게 되었습니다.

몇 차례의 심도 깊은 면담 끝에 D. S. Lee는 1년간 독일에 파견되었습니다. 2개월은 프린에 소재한 괴테 인스티튜트에서 독일어를 배웠고, 나머지 10개월은 화학 부서 담당 직원으로 근무했습니다. 얼마 지나지 않아 그의 부인 유봉선씨도 독일로 오게 되었는데 그녀가 아시아에서 온 직원들을 비롯한 휄스트 가족들에게 정성껏 한국의 맛을 대접했던 것은 지금까지도 미소를 머금게 하는 기억으로 남아 있습니다.

제가 신뢰한 D. S. Lee는 뚜렷한 목적의식, 두드러진 자신감, 무엇보다 진심으로 소통하는 자세로 독일에서의 시간을 성공적으로 마친 후에 이내 휄스트사에 없어서는 안 될 인재가 되었습니다. 향후 회사에 새로운 프로젝트가 실시될 때마다 저는 D. S. Lee에게 중책을 맡겼고 그는 어김없이 잘 해냄으로써 자신의 실력을 증명해냈습니다.

일례로, 1987년 'K1' 프로젝트를 들 수 있습니다. 이 프로젝트의 후반기에 그는 독일 비스바덴에서 사업성에 관한 모든 질문에 답해줄 것을 요구받았는데 갑작스럽고 짧은 시간에 방대한 양의 자료확보까지 자칫 당황스럽고 난처할 수 있었을 상황임에도 불구하고 D. S. Lee는 주저 없이 바로 다음 날 나와 함께 아침 현지로 출발해 모든 상황을 잘 해결했습니다. 그는 그만큼 매사에 준비되어 있고 책임감 있는 사람이었습니다.

K1 프로젝트의 성공, 즉 생산 5년 만에 모든 매출과 수익 곡선이 예견한 결과를 얻어낼 수 있었다는 점은 그의 계획과 시장 예측이 상세한 분석을 통해 이루어졌다는 것을 보여주었고 이로 인해 저는 D. S. Lee를 비롯해 이 프로젝트와 관련된 모든 직원에 대한 신임을 더욱 확고히 할 수 있었습니다.

1989년 4월 반월공장 준공 당시 저는 모든 제 직원들이 너무나 자랑스러웠습니다. 1990년 3월 휅스트그룹의 도료회사로 새로운 임무를 맡기 위해 한국을 떠나면서 저는 제 후임자에게 D. S. Lee는 충분히 자격이 있으니 그의 후임을 맡겨야 하는 순간이 오면 그를 지지해달라고 부탁했으며, 이러한 저의 바람이 그대로 이루어져

D. S. Lee는 한국인으로서 대표이사 컨츄리 프레지던트가 되었습니다. D. S. Lee는 열정적인 추진력과 탁월한 리더십을 겸비한 사람으로써 그에게 맡겨진 일들을 부족함 없이 성공적으로 마무리했습니다.

저와 D. S. Lee는 요즘도 주기적인 회합의 자리를 마련하곤 합니다. 함께했던 12년의 세월을 통해 갖게 된 강한 연대감이 그 바탕에 존재할 것입니다. 긴 시간 동안 나의 친구 D. S. Lee는 변함없이 한결같은 모습입니다. 여전히 유머가 넘치고 가족과 삶에 대해 목표를 세우고 최선을 다해 노력합니다.

오늘날까지도 예전의 직원들과 지속적인 인간관계를 유지하는 그가 저는 자랑스럽습니다. D. S. Lee 부부와 변함없이 우정을 나눌 수 있다는 것 또한 자랑스럽습니다. 거듭, 그의 책이 세상에 나온 이 기쁜 순간에 이렇게 축하의 글을 쓸 수 있어 즐겁습니다.

전 휔스트코리아 사장
호르스트 휕츠라인

# 숙성의 향기로움을 위하여

술 담그기와 책 펴내기.
내겐 둘 다 쉽지 않은, 그러나 즐거운 일이다.
요즈음 배우고 있는 전통술 만들기는 책 펴내는 과정과 닮았다.

술을 빚는다.
김치 담그듯 된장 담그듯, 밀 반죽을 꼭꼭 다져 누룩을 띄운다.
떡을 빚듯 도자기를 빚듯, 정성을 다해 술을 빚는다.

책을 펴낸다.
밥을 짓듯 집을 짓듯, 글을 짓기 위해 옛 추억을 띄워올린다.
날개를 펴듯 멍석을 펴듯, 당당하게 나 자신을 펼쳐보여야 한다.

옛사람들은 어떻게 술을 빚었을까?
우선 술 다루는 몸과 마음을 정갈히 하고 조상신께 빌었으리라.
자연 앞에 겸허하고 간절한 소망으로 정성을 다했으리라.
쌀뜨물이 나오지 않을 때까지 정성을 다해 쌀을 씻어두고 쌀을

찔 때 잘 익을 수 있도록, 쌀 속까지 젖도록 충분히 불린다. 밥알이 엉겨붙지 않고 고두밥이 잘 되도록 체에 밭쳐 물기를 빼내어 술밥을 찌고 서로 뭉치지 않도록 계속 뒤집어가며 저어서 식혀준다. 계량된 누룩에 맑은 물을 넣어 밑술을 만든다. 밑술이 끓어오르기를 몇 날 몇 밤을 기다린다. 잘 익은 밑술에 덧술을 더하여 잘 익도록 기도하는 마음으로 기다린다.

다른 사람들은 어떻게 책을 펴냈을까? 과연 나는, 천의무봉은 아닐지언정 꾸밈없이 진솔한 용기를 낼 수 있을까? 부끄럼 없이 반추하며 스스로를 증명해나가는 과정을 즐길 수 있을까? 오래된 기억들을 꺼내어 망각의 때와 오해의 찌꺼기를 깨끗이 씻어내고, 그때는 미처 알아채지 못한 저간의 사정들과 감춰진 속내를 돌이켜본다.

이리저리 엉겨붙은 기억의 단상들도 이제는 한 걸음 물러나 뒤집어보면서 모자람이 있었거나 넘치지는 않았는지 여러 관점에서 한 번 더 생각해본다. 그냥 아무렇게나 떨어져 썩은 과일이나 곡식은 좋은 술이 될 수 없다. 좋은 곡식이 적당한 물과 알맞은 온도에서 시간의 힘으로 익어가야 한다.

기다림 끝에 얻어지는 숙성의 향기로움을 함께 즐기기 위해 술을 빚듯, 생생하게 살아 있거나 희미한 기억들의 거품과 앙금을 걷어내고 걸러내면서, 남다르게 지내온 일상들이 내 속의 에너지로 인하여 발효되기를 기다린다. 그렇게 잘 익은 삶의 흔적을 두 아들 형주, 형래에게 글로 남겨주는 것만큼 훌륭한 유산은 없을 것이라는 아내의 부추김에 힘입어 감히 용기를 내본다.

글 쓰는 재주가 없는 내가 책을 펴낸다는 것이 난감하기만 하다.

글 쓰는 어려움과, 내가 겪은 것을 나누는 즐거움을 함께 해보려 한다. 내 삶을 돌아보며 깨달음을 얻어가는 기록으로 남기기 위해 책을 펴낸다.

| 차례 |

제1장

# 디딤돌과 받침돌

# 굳세어라 금순아

고난이 있을 때마다
그것이 참된 인간이 되어가는 과정임을 기억해야 한다.
– 요한 볼프강 폰 괴테

내 아버지는 '함경도 아바이'며, 어머니 또한 '함경도 또순이'였다. 당시로서는 무척 큰 키였던 육척 장신의 아버지는 9남매의 장남답게 큰 무역회사의 중역으로 부산, 대전, 함흥에 공장을 운영하면서 남부럽지 않은 가세를 이어오셨고, 어머니는 9남매 집안의 맏며느리이자 5남매 어머니로서 대가족을 일사불란하게 지휘하는 보스 기질의 카리스마를 지닌 신여성이셨다.

시인 백석이 수필에서 묘사하듯 고향 함흥은 분명 서늘업게 태어난 고장이다. "함마 천 평 넓은 벌이 툭 터진 곳에 동해 좋은 바다가 곁들이고 신흥, 장진 선선한 바람이 넘나들고…… 함흥은 서늘업게 태어난 고장이다. 아카시아, 백양목의 그늘이 좋고 드높은 하늘에 구름이 깨끗하고 샘물이 차고 달고 함흥은 분명히 서늘업게 태어난 고장이다. 이 서늘어운 도시에 성천강 좋은 물이 흘러 더욱 좋다. 강은 한번 마음대로 넓어보아서 북관놈의 마음

씨같이 시원한데 산 빗물 불은 이 강에 백운산 하이얀 뭉게구름이 날리고 정화릉 백구새 날리고 신흥 골동바람이 날리는 때 함흥사람도 같이 뛰어들어 천상의 서늘어움을 얻으며 자랑웃음을 웃는다”는 그곳이 자랑스런 내 고향이다.

1950년 겨울, 강인한 기질을 대물림하며 살아내려온 아름다운 고장 함흥에도 6·25 한국전쟁의 소용돌이는 몰아치고 있었다. 당시 일곱 살이던 나와 작은누이는 방학을 맞아 함흥 우리 집에서 백 리쯤 떨어진 할아버지 댁에 머물고 있었는데 UN군에 의해 흥남 철수작전이 개시되었다는 소문이 돌아 할머니는 작은누이와 나를 데리고 부랴부랴 함흥 부모님 집으로 돌아오셨지만 이미 부모님은 남은 가족들과 피난을 떠난 뒤였다. 하지만 다행히도 할머니와 나, 누이는 피난길의 부모님을 다시 만날 수 있었고 전쟁이 그리 오래가지는 않을 것이라 생각하셨는지 “잠깐 다녀올 텐데 애비 따라 가겠다”고 함께 길을 떠나오신 할머니는 할아버지와 다시 만나실 수 없는 생이별을 하게 되었다.

온 가족이 함께 길을 떠났어도 이런 저런 사정으로 이산가족이 되는 아수라장 속에서 피난대열에 휩쓸려 우리 남매를 데려다주기 위해 함흥 집으로 가던 할머니와 우리 남매가, 함흥 집을 떠나 온 가족과 친척을 우연히 만나게 되어 함께 남하할 수 있었던 것은 대단한 천운이었다. 그렇지 않았더라면 내 인생도 송두리째 바뀌어 지금과는 전혀 다른 삶을 살았을지도 모를 일이다. 찰나에 곁을 스쳐지나가 온 가족이 뿔뿔이 헤어져 살 수밖에 없었다면 내 앞에 어떠한 삶이 펼쳐졌을까? 어머니는 아무리 어려운 환경에 처해도 살아갈 길이 있다는 것을 알려주시려고 "세 살에 에미 죽은 놈도 살아남아서 돌아온다"고 하셨는데 가족과 헤어져 홀로 험난한 시간을 살아야 했다면 나 역시 살아남는 놈이 되었을는지는 지금도 의문이다.

"눈보라가 휘날리는 바람 찬 흥남 부두에……"로 시작되는 가수 현인 선생의 노래 '굳세어라 금순아' 가사에는 흥남 부두, 1·4후퇴, 국제시장, 영도다리 등 시대를 상징하는 단어들이 내 어린 일곱 살의 피난길 장면들과 고스란히 겹쳐져서 등장한다. 전쟁 때문에 가족과 생이별을 하고 낯선 타향에서 고통받아야 했던 실향민들의 슬픔이 이 노랫말에 절절하게 재생되고 있듯이 흥남 철수와 1·4후퇴의 후유증은 고스란히 부산으로 밀어닥쳤다.

우리도 흥남 부두에서 배를 타고 거제도를 거쳐 부산에서 피난살이를 했다. 다행히 아버님 회사의 부산 공장에 있는 사택에서 새 생활이 시작되었고, 나는 거적 가마니에 텐트를 씌운 피난학교 1학년에 다닐 수 있게 되었지만 그도 오래지 않아 다시 대전으로 이사하게 되어 신흥초등학교 3학년으로 월반해 전학했다. 당시는 분명히 전쟁으로 어수선한 시기였음에도 불구하고 서울에 계시는 부모님을 대신하여 이모님과 지내며 대흥동 개울에서 어망 놓고 고기도 잡으러 다니고 밤 서리, 벼 심기도 하며 학교에서는 야구선수로도 활동하는 등 유년시절의 추억을 맘껏 즐기게 되었다. 나중에 연세대 야구 감독을 했던 이재환 감독과도 여기서 만나게 된다. 하지만 전쟁 때문인지, 아버님의 회사 일 때문인지 아니면 우리의 교육 때문인지는 모르겠지만 5학년 2학기에 서울로 이사를 오게 되어 수송초등학교로 또다시 전학을 하고서야 비로소 졸업했다.

각종 스포츠를 좋아한 나는 경복중학교에 입학해서도 다양한 운동 경기에 참여했는데 2학년 가을 반 대항 9인조 배구대회에서 센터를 보다가, 핸드볼 팀에 잡혀가다시피 스카우트되어 11인조 핸드볼 골키퍼로 선수 생활을 하게 되었다. 고바우 선생님이라는 별명으로 불리던 진명성 체육선생님과 온양에서의 합숙훈련 등을 하며 전국대회 여섯 번 시합 중 네 번의 우승을 하게 되었으나 운동만 하다가는 깡패가 되는 줄로 아시던 어머님이 학교를 찾아와 선수생활을 그만두게 하도록 요청하기도 했었다. 고등학교 진학 입시전쟁을 치러야 했기에 입주 가정교사로부터 영어, 수학을 집중적으로 배우기도 했는데, 당시 서울 법대를 다니던 가정교사는 나중에 같은 화학 계통인 비료회사의 사장으로 다시 만나게 된다. 서울에서는 지금의 신세계백화점에서 남산 기슭 쪽으로 회현동에 있던 일본식 적산가옥에 살다가 고3 때 성북동으로 이사했다. 이산가족 수가 천만이 넘는다는 민족의 비극 앞에서도 선친의 후광은 빛을 발했던 것이다.

가물거리는 어린 기억 속에 맺어주셨던 인연들이 아직까지 이어지고 있으며, 강인한 아바이와 군센 또순이의 기질도 유전자 속에서 살아 꿈틀대며 대물림해가고 있었다.

# 화학도의 길을 걷다

학문은 보디가드보다도 더 안전한 자유의 보장이다.
– 에드워드 에베레트

이제와 고백하지만 나는 고려대를 지망하거나 화학도가 되는 것이 꿈이나 목표는 아니었다. 물론 고등학교 화학시간에 배우던 난해한 원소주기율표에 취미를 가졌던 건 사실이지만 그건 그저 단순한 호기심이었을 뿐, 여러 가지 물질을 섞어 금을 만들려고 했던 중세 연금술에 뿌리를 둔 화학이라는 학문을 배워 물질의 합성, 분석, 구조, 성질 등을 규명하고 물질 상호간의 반응을 연구하는 화학도가 될 생각은 애당초 없었다.

지금도 아쉬운, 못 이룬 꿈이지만 실은 어렸을 때부터 의사가 되고 싶었다. 그러나 자식에 관한 일이라면 무슨 일이든 하실 수 있는 어머니께서 의사가 되면 횡액에 걸려서 남의 죽음을 대신하는 대명代命으로 죽을 수밖에 없으니 의사 되지 말고 전공을 바꾸라고 채근하셔서 결국은 부모님 뜻을 따라 의대지망을 포기했다. 물론 앞으로 우리나라는 화학이 중요한 역할을 할 것이라는 아버님의 조언도 큰 몫을 했지만, 취미도 있고 과목성적도 가장 좋았기 때문에 화학과 지망은 별로 어렵지 않은 선택이었다.

다만 화학과를 가야 한다면 예나 지금이나 최고학부로 인정받는 서울대생이 되고 싶었다. 그러나 지금의 대학입시 수능시험이랄 수 있는 국가고시 점수가 따라주지 못했고 합격이 가능했던 연세대 화학과와 고려대 화학과 중 한 곳을 지망하기로 결정했다. 스스로를 세련되고 스마트한 사람이라고 평가했기 때문에 강하고 야성적인 이미지가 강했던 고려대보다는 연세대에 이끌려 사촌형과 함께 연세대로 먼저 갔다. 그러나 줄을 서서 기다리던 사촌형이 학교는 연세대나 고려대나 마찬가지이니 기다릴 것 없이 본인이 다니는 고려대에 원서를 내자고 끌고 가 접수하는 바람에 얼떨결에 고려대 화학과에 입학하게 된 것이다.

이런 것을 운명이라고 하는 것일까? 품고 있던 꿈과는 다르게 주변 상황에 따라 결정되어버린 전공이 인생 40년을 외길로 달리게 하며 세계적 다국적기업인 훽스트와 클라리언트에서 한국인 최초의 '컨추리 프레지던트' 자리에까지 오르게 한 시작이었으니 말이다.

하지만 그 시작은 화려했던 것도, 성실했던 것도 아니다. 소위 명문이라 일컬어지던 경복고 출신인 내가 서울대에 입학하지 못했다는 자괴감 때문에 말 그대로 대충 대충 대학생활을 보냈다. 간절히 바라고 원해서 들어간 것도 아니었고 꼭 한번 해보고 싶어 맘먹고 들어간 학과도 아니었으니 당연히 학교생활이 신나거나 즐거울 수 없었다. 요즘처럼 스펙을 쌓기 위한 노력을 한 기억도 없으며 교사자격증을 따놓을 생각조차 안하고 있었다. 그저 공부는 하는 둥 마는 둥 마냥 노는 게 일이었다.

1학년 때 대의원도 하며 과대표였던 내가 주동해 영어과목만 있는 날, 동구릉으로 화학과 학생들과 소위 땡땡이를 치고 수업을 통째 빼먹은 일이 있다. 얼마나 괘씸했던지 영어교수님의 통보로 학과장실에 불려갔다. "이동식, 자네가 과대표로서 어떻게 그럴 수 있나, 한글날 놀았으면 됐지 다음 날도 학생들을 선동해서 놀러가는가? 자네가 중국사람인가, 쌍십절에도 놀게? 시말서 쓰고 한 번 더 이런 일 있으면 졸업 못할 줄 알아."

영어교수님은 결국 놀러간 모든 학생에게 학점을 주지 않고 방과후 수업으로 대신하게 되었다. 그나마 실험실에서의 실험은 재미있어서 많은 시간을 보냈지만 당구실력도 점점 늘어 300점이 되었다. 수많은 독성 화학 물질로 이루어진 담배도 이때 비로소 배우게 되었다. 소위 질풍노도의 시기에 너무도 특이할 정도로 평범한 무력감 하나로 버텨나갔다. 학교수업은 매달 시험을 치르고 유급을 시키는 학과 분위기가 조성되어 학점을 받기 위한 기본적인 공부만을 하고 있었다.

2학년이 되어서는 학사장교가 되려 했으나, ROTC를 지원하기도 전에 입대 영장이 나오는 바람에 포기하게 되고 1964년 3월 2일 입대해서 1966년 9월 제대를 한 달 앞두고 미리 복학, 부족한 학점을 채우고 지내다 1967년 11월 졸업 예정자 상태로 동아제약에 입사했다. 동아제약 입사는 대학 4년 동안 전공을 등한시했던 대가를 고스란히 치르게 될 시련의 시작이었으니, 대학생보다 더 공부하고 실험해야만 하는 날들이 기다리고 있었던 것이다.

가끔씩 상상해본다. 만일 학창시절 전공과목을 열심히 공부했더라면 어떤 모습으로 살아왔을까? 화학자가 되었을까? 교수님이 되었을까? 아니면 변리사나 은행의 심사역이 될 수도 있었겠지만 틀림없는 사실은 배울 때 열심히 배워야 한다는 사실이다. '배움에는 때가 있다'는 말이나 '배움에는 때가 없다'는 말이나 모두 맞는 말이다. 배운 만큼 알게 되고 아는 만큼 보인다. 똑바로 볼 수 있을 때에만 가고 싶은 곳으로 나아갈 수 있다는 만고불변의 진리도 함께 배우던 시절이었다.

# 카투사 잉글리시

학문은 인생의 준비가 아니다.
인생 그 자체이다.
– 존 듀이

모든 것은 운명이라고 했던가? 내 젊은 날은 나의 선택
이기보다 주변의 선택이었고 상황논리의 결과물이다. 학교도, 전
공도 원하던 것이 아니었고 대학 ROTC에 지원하고자 했던 희망
마저 학사장교 선발에 앞서 나온 입대 영장 때문에 포기해야 했
다. 논산 제2훈련소에서 6주간의 신병교육을 마치고 의무병과로
배정되었는데 화학전공이 의학과 유사한 전공이어서인지 대구 군
의학교 보충교육도 받지 않고 좌충되어 29연대 의무실에 근무하
다 미8군 의무단으로 전출, 본부병원 치료실에서 카투사로 근무하
게 되었다.

카투사Korean Augmentation Troops to the United States Army는 말 그대
로 미군에 지원된 한국군을 일컫는 말이다. 부족한 미군 병력을
보충하여 한국군과 미군 사이에 원활한 커뮤니케이션을 위한 영
어실력은 필수적이었다. 카투사가 되어 매일 먹어야 했던 계란과

소시지, 햄버거에는 차츰 길들여지고 있었지만 학교에서 배운 영어회화와는 전혀 다른 미군 부대에서의 생활 영어에 대한 스트레스는 점점 커져만 갔다. 물론 군대라는 특수성에서 오는 화법과 전문용어들이 생소한 점은 그렇다 해도 'shit, damn, fuck' 등 소위 '4-lettered-word'라는 네 글자로 된 욕설로 버무려진 비속어가 대화의 반을 차지하는 것은 견디기 힘들었다.

나는 싸구려 저질 영어에 물들고 싶지 않았다. 살아 있는 영어를 접해볼 수 있는 기회라 생각하고 어울리려 했지만 품위 없는 영어를 남발해대는 이들과 부대끼며 생활하느니 차라리 입을 다무는 편이 옳다고 판단했기에 영어공부에 더 매달렸다. 마침 영문학과 다니는 친구들이 캠프 내 미군들과 영어회화 스터디그룹을 만들 것을 제안해 주말이면 후배 여학생그룹과도 어울리며 영어공부를 열심히 한 덕분에 의무병과에 관련된 용어와 진료실에서의 구체적인 임무수행이나 업무환경에서 필수적으로 알아야 하는 영어회화의 이해력을 높일 수 있었다.

새로 부임해오는 미군과 후임 카투사를 지휘하기 위해서도 영어실력은 필수였기에 같은 방을 쓰는 미군과도 밤마다 회화 공부를 했다. 어느새 대학입시와는 비교할 수 없을 정도로 강도 높은 영어공부를 하게 된 것이다. 이런 노력의 결과였을까? 미군들도 진지하기만 한 나에게 호의적으로 대해주었다. 특히 65의무단 중대장과는 영어 외에도 취미가 야구인 것이 인연이 되어 더욱 친하게 지낼 수 있었다. 미군들끼리 하는 야구경기에 선수로 뛸 수 있는 카투사가 혼자이다보니 중대장과 함께 야구장에서 어울리는 시간이 많아져 영어실력도 점점 자신이 붙어갔다. 미국 본토에서 온 장병들도 "이름도 들어보지 못한 지구 반대편 한국이라는 나라에 왔는데, 한국군이 미군과 자유롭게 대화를 나눌 수 있다는 것이 무척이나 신기했다"면서 한국어를 배우겠다며 열의를 보여 수시로 사전을 들고 나를 찾았다.

미8군 본부 병원 치료실의 업무와 치료실을 찾는 환자들의 질병은 다양했는데 특히 성병에 걸린 미군들은 파트너까지 치료받지 않으면 면회출입을 통제하고 치료받도록 하며, 윤락여성과 응급환자도 무료 치료하면서 홍수 피해 시에는 대민 구급 의료활동까지 함께 수행했다. 의사가 되는 일은 어머니의 만류로 대학입시에서 일찌감치 포기했는데 미군 병원에서 군복무하게 되었으니 아이러니한 일이다.

또한 이때에 '글쓰기'를 제대로 해볼 기회가 있었는데 그만 못해보았다. E여고를 나와 연세대 의대를 다니던 교회 후배가 부대 주소를 알는 위문편지를 보내왔는데, 군 생활하는 내내 거의 매일이다시피 편지를 받았다. 편지봉투도 다른 군사우편물 속에서 눈에 잘 띄라고 고운 색종이로 사제 편지봉투를 접어 보내 내무반의 동료 장병들도 모두 기다릴 정도였다. '밤을 잊은 그대에게' 같은 심야방송에 흐르는 음악을 들으며 쓴다는 연애편지의 사연은 항상 가슴 설레게 했지만 숫기도 없고 글 쓰는 자체가 쑥스러워 그저 "잘 지낸다"라는 두어 줄짜리 답장을 서너 번밖에 못

보내고 말았다.

후배는 매일 라디오를 들으며 편지를 보냈고, 달콤한 답장은 못했지만 주말마다 외출을 나와서 데이트를 즐겼다. 하지만 의대 공부가 힘들었을 터인데 어울려 다니느라 예과에서 본과로 오르지 못하고 유급되었다는 소식을 듣고는 더 이상 어울리지 않았다. 내가 의과대학으로 진학해서 공통의 관심사가 있었거나, 한참 영어에 몰두하고 있었을 때이니 차라리 영어로 위문편지를 보냈으면 영어공부에도 도움이 되고 전공에도 도움이 되었을지도 모를 일이다. 결혼 전 어머니가 없애버린, 한 가방 가득했던 뜨거운 위문편지마다 애틋하게 답장 쓰는 연습을 했더라면 지금 이렇게 글을 쓰는 데도 많은 도움이 되지 않았을까?

카투사는 평일 일과가 끝난 저녁에는 자유시간이 주어지며 복귀시간을 준수하는 범위 내에서 캠프외부로 외출도 가능했다. 영어를 배우고 실력이 늘어간다는 것을 실감하면서도 영어로 일상회화를 해야 하는 데서 오는 스트레스는 나뿐만이 아니었다. 대학을 졸업하고 입대한 두어 살 위의 카투사 동료들과 시간만 나면 시청 앞 상아탑다방에서 음악을 듣고 북창동에서 술 한잔을 하는 것으로 중압감을 덜어내곤 했다. 아마도 이때 고액 영어 과외비만큼의 용돈은 족히 없앴을 터이다.

요즘에는 카투사에 입대하려면 토익 점수가 780점 이상 되어야 지원할 수 있고 그마저도 평균 7:1 이상의 경쟁에서 선발되어야 입대가 가능하다니 '운'마저도 실력이 되는 힘든 군입대라 할

수 있겠다. 그런가 하면 ROTC는 대학 생활 3, 4학년의 낭만을
학군단 훈련으로 대체하면 장교로서 리더십을 쌓으며 월급도 받
게 되니, 안 쓰고 모으면 제대 후에 어느 정도의 목돈을 만들 수
도 있고 제대 후 입사지원 시 가산점 혜택도 있다 하여 인기가 많
다고 한다.

카투사에 근무하게 된 것은 여러 면에서 의미 있는 일이다. '카
투사'라는 특수한 군대조직이기에 전역 이전에 복학할 수 있도록
편의를 제공받을 수도 있었으며 영어를 본격적으로 배울 수 있는
계기를 만들어주기도 했다. 카투사 복무기간 중 미국 내 여러 지
역에서 지원해온 다양한 사람들과 함께 생활하며 얻어진 생존형
잡종 영어발음인 소위 '짬밥영어'라 불리는 '콩글리시'가 되긴 했
겠지만 소통을 위한 수단으로서의 '외국어'를 구사해야 하는 데
따른 거부감은 없앨 수 있었다. '언어' 역시 삶을 보다 현명하고
효율적으로 살아가기 위해 꼭 필요한 도구라는 것을 깨닫게 해준
소중한 그리고 잊지 못할 경험이었다.

# 기묘한 인연들

운명에는 우연이 없다.
인간은 어떤 운명을 만나기 전에
벌써 제 스스로 그것을 만들고 있는 것이다.
– 토머스 우드로 윌슨

이제 와서 생각해보니 '인연'의 고리들은 어느 것 하나 소중하지 않은 것이 없었다. 크고 작은 인연들이 이리저리 얽혀지면서 나타나는 삶의 모습은 참으로 다양한 모습으로 펼쳐졌다. 인연의 질량과 환경에 따라 어떤 것은 폭발적으로 즉시 반응했으며, 어떤 것은 몇 년이나 지나서야 마치 우연인 것처럼 전혀 뜻밖의 모습으로 나타나곤 했다.

한국 사람으로 한국말이 아닌 영어로 말하고 쓰고 생각하면서 40년 가까이를 생활해야만 했던 다국적기업과의 질긴 인연은 어떻게 시작되었을까? 아마도 영어면접에서 외국인 면접관과 인터뷰가 불가능했으면 어림없었으리라. 그나마 면접시험에서 영어회화를 큰 거부감 없이 할 수 있었던 것은 카투사 근무 경험 덕분이다. 같은 카투사라 해도 도리어 영어에 거부감을 가지는 경우도 있었을 텐데 영어와 더욱 친해지게 된 것은 미군 의사인 중대장과 함께 근무하면서 야구 시합을 통해 친해진 것이 주효했다. 전쟁의 소용돌이 속에서 잠시 거처하게 된 피난지 대전에서 우연히 초등학교 야구부 선수로 활동하게 된 경험이, 성인이 되어 야구를 공통분모로 이어진 인연으로 영어를 사용하는 친구, 동료를 만드는 데 도움을 준 것이다.

내 인생 경력의 전부라고 할 수 있는 독일 훽스트 입사는 화학과 출신으로 동아제약과 오퍼상의 세일즈 경험이 적합하기도 했겠지만 한독약품에 기묘한 인연으로 입사하게 된 것이 결정적인 계기가 되었다. 피난생활을 마치고 서울에 정착해서 살던 회현동 집은 나가야長屋라고 불리던 일본식 적산가옥이었는데 학창시절을 보내던 당시 이웃집에서 하루도 빠짐없이 새벽마다 큰소리로 영어회화를 연습하는 소리가 들렸다. 어머니는 "저 양반은 틀림없이 크게 성공할 거야"라고 말씀하시곤 했다. 영어도 영어지만 무엇이든 꾸준히 해낼 줄 알면 반드시 성공한다는 게 어머니의 지론이었다. 바로 그 사람이 제약부문에서는 국내 최초로 해외기업과 합작 파트너가 되어 독일의 '훽스트'를 한국에 처음 소개한 김신권 회장이다.

한독약품 공업주식회사 화공부에 입사하여 훽스트의 화학제품을 국내기업에 소개하던 시절에도 회사 내의 공용어가 영어였으므로 독일인 부서장과의 의사소통을 위해 집에서 새벽마다 과외선생 도움을 받아 부족한 영어회화를 큰소리로 외우며 공부하다 보니 돌고 도는 영어와의 인연, 사람과의 인연을 느낄 수 있었다.

살다보면 처음 만나는 사람인데도 오래전부터 알았던 사람처럼 친근하고 의지가 되는 이가 있다. 그런 사람은 굳이 만나려 애쓰지 않아도 만나지고 헤어졌다가도 절로 찾아지게 된다. 내 삶 속에 독일이라는 나라가 그런 존재다. 내가 즐기고, 하고 싶고 또 해야만 하는 것들은 우연이라는 이름으로 독일과 연관되어 삶 속에 배치되어 있다. 거슬러 올라가면 중고등학교 때 골키퍼로 활동했던 핸드볼은 1915년 독일에서 도어볼을 시초로 발전시킨 경기로 독일인들은 시초국가라는 자부심을 가지고 있는 운동이며, 취미 삼아 시작한 클라리넷도 1900년경 독일의 덴너에 의해 독일에서 제작된 악기라고 하니 모르고 시작했던 우연치고는 필연이라 함이 더 어울린다. 옷깃만 스쳐도 인연이라는데 전생에 얼마나 많은 수억 겁의 인연이 쌓여 현생의 인연으로 나타나고 우연이 필연이 되는 기회의 고리를 잡게 되는 것일까? '순간의 선택이 평생을 좌우한다'는 광고카피처럼 순간에 스쳐 지나가는 우연한 인연들이 엇갈린 운명의 주인공을 만들어놓기도 한다.

만일 피난 나올 때 부모님의 손을 놓고 전쟁고아가 되었다면 어찌 되었을까? 만일 피난지 학교에서 전학 갈 때 3학년으로 월반하지 않았다면 어떤 친구들을 만나게 되었을까? 지금의 동창들과 만날 수 있었을까? 화학과가 아닌 의대로 진학했다면 의사가 되어 있을까? 의료기 전문회사를 차렸을까? 카투사가 아니라 ROTC나 전방에서 사병으로 근무했더라도 지금처럼 영어를 잘했을까? 군 제대 이전에 복학되지 않고 6개월쯤 공백이 있었다면?

재학 중에 취업되지 않고 졸업 후에 취직하기 위해 이곳저곳을 기웃거렸더라면……? 부질없는 상상을 해보며 게오르규의 「25시」와 엇갈리는 운명들을 생각해본다. 어쩌면 너무나 다행히도 내게는 이럴까 저럴까 선택을 하기 위해 허비할 수 있는 시간도 허락되지 않은 채 지금까지 일사불란하게 달려올 수 있었다.

머뭇거리는 동안의 갈등도 줄일 수 있었고 잡생각이 끼어들 틈조차 없었던 것도 행운이었다. 내게는 유리한 일만 계속 일어난다는 '샐리의 법칙'이 작용된 것이다. 함께 피난을 떠나도 이산가족이 되는데 따로 떨어져 피난대열에 휩쓸려가다 우연히 가족을 만나게 되고, 학사장교는 지원도 못해보고 입대했는데 카투사로 전출명령을 받아 영어공부까지 하게 된 것이다.

그러나 어찌 보면 똑같은 상황에서도 "왜 하필이면 나에게만 이런 일이 생기느냐"면서 '머피의 법칙'에 걸렸다고 한숨 쉬고 있었을지도 모를 일이다. "학사장교를 지원하려는데 왜 하필이면 그때 입대 영장이 먼저 나와버렸을까?" "의사가 되고 싶었는데 하필이면 그때 어머니는 점쟁이 말을 듣고 반대를 하셨을까?" "왜 하필이면 나에게만……"이라며 자기 자신을 불행하게 끌고 갈 수도 있는 상황들이었다.

하지만 어차피 불확실한 항해와도 같은 인생일 바에야 어떤 상황에서나 긍정의 힘으로 스스로를 인정하고 성실하게 극복해내는 자세를 갖추었으면 한다. 삶을 샐리의 법칙이나 머피의 법칙이 지배하는 것으로 만드는 것은 정해진 것이 아니라 본인이 만들어가는 것임을 잊어서는 안 된다.

"가난한 집에서 태어났기에 어릴 때부터 갖가지 힘든 일을 하며 세상살이에 필요한 경험을 쌓았고, 허약 체질이었기에 꾸준한 운동을 하여 건강을 유지할 수 있었다. 학교를 제대로 다니지 못해 만나는 모든 사람에게서 배울 수 있었다."

이것은 파나소닉의 창업자이자 경영의 신으로 잘 알려진 '마쓰시다 고노스케'의 회고다. 고노스케는 자신에게 닥친 약점투성이 인연들이 오히려 자신의 강점을 만들게 된 밑바탕이 되었다고 말하고 있다. 우리가 미처 알아채지 못하는 중에도 기묘한 인因과 연緣에 따라 우리의 삶이 준비되고 있을 터이니 항상 맑은 마음으로 원인과 결과를 예측하고 준비하면서 행복을 느낄 일이다. 어떠한 상황에서도 '머피의 법칙'을 이기는 '샐리의 법칙'만이 작용할 수 있도록 발상을 전환하면서 자신을 둘러싼 인연들을 잘 살펴보아야겠다.

# My Better Half

결혼의 성공은 적당한 짝을 찾는 데 있기보다는
적당한 짝이 되는 데 있다.
- 앙드레 모루아

이화여대 축제는 오월의 화창함을 닮았다.

1969년 5월, 이화여대에서 열리는 메이퀸 축제에 참석하게 된
것은 직장 동료이던 유건희 선배 덕분이다. 당시 이화여대 4학
년이던 여학생의 축제 동반파트너로 만남을 주선해주었다.
'May Queen' 대관식과 함께 펼쳐지는 커플들의 포크댄스와 같
은 행사가 숫기 없던 그녀와 나 사이를 조금씩 가깝게 했다. 이
후로도 선배의 종용과 주선으로 가끔씩 만나다가 그야말로 금남
의 집이던 '이대 생활관'도 방문하고, 나의 아버지가 계시던 일
영 농장으로 초대해 데이트도 즐기다가, 11월에 약혼을 하고 졸
업식 닷새 후인 1970년 2월 28일 명동 YWCA에서 결혼식을 올
렸다. 주례는 서울대 약학대학 생약연구소 소장을 지내신 한구
동 박사가 맡아주셨다.

지금 생각해봐도 너무 급하게 서둘렀나? 하는 생각이 들지만 아버지도 9남매의 장남인데다 나 또한 5남매의 장남인지라 결혼을 서두를 수밖에 없었다. '재학 중 혼인금지'의 보수적인 학풍을 고수해온 이화여대조차도 좋은 혼처가 나오면 학교를 중퇴하고서라도 시집을 가는 것이 일반적이었다. 요즈음에는 여자들도 직장생활을 하며 맞벌이를 하고, 각자의 경력을 관리하며 자아실현을 위해 애쓰지만 당시만 해도 가정을 지키고 자녀교육을 제대로 하는 것이 장기적으로 도움이 된다는 성차별적인 경향이 지배적이던 터에, 나 역시 아내가 일하는 것을 적극적으로 반대하는 보수적인 성향이었기에 취업보다 결혼으로 내가 지키는 울타리 안에 머물게 하고 싶어 결혼을 쉽게 결정짓게 되었다.

갓 졸업한 아내 유봉선은 배꽃의 화사함을 닮아 당당함과 유쾌함이 있었다. 그러나 지금은 40년을 살아온 살림의 관록이 붙어 꽃보다는 오랜 친구의 이미지가 더 강하다. 결혼 후 훽스트에 입사해서 40년 가까이를 국내는 물론 아시아 전역과 독일을 비롯한 유럽으로 다니느라 가정을 돌보는 것은 언제나 아내 몫이었다. 항상 자신의 결정이 옳다고 믿는 고집 센 남편을 이해해주고, 보이지 않는 곳에서 든든한 지원군 노릇을 하다보니 한 여인이 아닌 한 남자의 아내로 바뀌어 있었다. 그러나 스물셋에 결혼해서 시작한 신혼살림은, 저녁식사 후 한 소파에 함께 앉아 TV 한번 제대로 본 적 없을 정도로 엄격한 시집살이였다. 힘들 때마다 편들어주지도 않는 남편의 애틋한 보살핌 없이 40년 세월을 살아오다

보니 엄격하기만한 시어머니를 꼭 빼닮은 며느리이자 형수며 올케가 되어 있었다.

　아들 둘을 키우면 엄마는 거의 깡패가 된다는 말처럼 힘든 일을 도맡아했으니 당연히 두 아이의 엄마모습도 새겨져 있다. 이제는 손주의 할머니 모습 또한 어딘가에 남겨지겠지. 부부는 서로 닮는다는데 아내에게 있어서 나는 어떤 모습일까? 또 나에게 있어서 아내는 어떤 존재일까? 나는 가족들 모두가 편하게 딛고 오를 수 있는 너르고 편편하게 생긴 듬직한 디딤돌이 되고자 했다. 혹시 기울어지거나 미끄러질 때 쓰러지지 않도록 든든히 받쳐 괴어줄 수 있는 주춧돌이 될 수 있기를 기원하고 스스로를 그렇게 다듬어왔다고 자부하고 있다.

　하지만 대부분의 가장이 직장 생활을 마치고서야 찾아내는 가족에 대한 미안함이 내 가슴 한켠에도 늘 남아 있었다. 어디에 가치관을 두느냐에 따라 관심 정도와 시간 배분이 늘 달라질 수밖에 없고, 주어진 상황들끼리도 언제나 제로섬 게임Zero sum game 상황에 놓여지게 되었다. 아이들 졸업식에 가려니 바이어와의 출장약속이 취소되어야 한다든지, 공장방문이나 세일즈맨 팀워크를 다지기 위해서는 가족과의 저녁시간을 포기해야 한다든지 하는, 어느 한쪽의 희생이 불가피한 70~80년대의 세일즈 환경에 따라 생겨난 가치관의 발현이었다. 집안일은 애써 모른척하며 아내에게 맡겨둔 채로 가정과 회사, 국가의 미래까지도 책임지겠다는 이율배반적인 모순들이 상존하며 부딪치는 아이러니 속에서 비즈니스에만 전념하고 있었던 것이다. 이러한 아이러니와 그에 따른 미안함은 매일 밤 이어지는 술자리에서도 어김없이 비집고 나타났다.

그나마 밤늦게 문을 열어주는 아내들을 위해 할 수 있는 건 술자리를 마칠 때 '앉으나 서나 당신 생각'이라는 노래를 합창하며 아내들의 고마움을 잊지 말자고 다짐하는 것이었다. 이 또한 모순이 아닐 수 없겠지만 이것이 전통이 되어 지금도 'OB 멤버'들을 만나고 헤어질 때면 으레 이 노래를 부르게 된다. 과연 아내들도 남편들이 이토록 끔찍이 고마운 마음으로 늘 생각하고 노래 부르는지 알고나 있을까? 아내는 특별한 코멘트를 달고 있지는 않지만 단둘이 살던 독일에서의 생활에 대해 좋은 기억을 가지고 있는 걸 보면 복잡한 인간관계에 덜 매이고 조금은 개인적이며 부부 중심의 가정생활을 주로 하게 되는 평범함을 더 소중히 간직하고 싶은 것이라 생각한다. 소소한 일상에서의 행복을 주는 것이 가장으로서 든든한 디딤돌 노릇이었을 텐데 늘 희생만을 강요한 것 같아 미안한 마음이다.

돌이켜보면 60여 년을 한결같이 피난민 시절처럼 뭉쳐 살아오는 형제들과, 50년이 넘도록 아직도 학창시절처럼 티격태격하는 동창생들, 휙스트 시절부터 40년 가까이 함께 일한 동료들, 이후에도 2~30년을 이런저런 인연으로 맺어져 어울려 지내는 모든 이들이 언제나 알게 모르게 든든한 버팀목이었다. 나 또한 누가 보아도 믿음직한 반석이 되어야 한다고 다짐해본다. 40년을 한

결같이 외길을 달려오면서 이 많은 인연들을 소중하게 간직할 수 있도록 디딤돌이 되어주고 받침돌이 되어주며, 걸림돌이 생기지 않도록 인내와 지혜를 더해준 소중한 반려자에게 나는 영원한 디딤돌이고 받침돌이다. 모든 열정과 인내의 원천은 'My Better Half'이다.

제2장

# 무엇이든 팔 수 있다

# 동아제약 약장수

방법을 택해 시도해보는 것은 상식이다.
실패한다면 그것을 솔직히 인정하고 다른 방법을 시도해보라.
하지만 무엇보다도, 일단 시도해보라.
– 프랭클린 루스벨트

"그 친구 약 팔러 다닌대."

"설마 박카스 팔러 다니는 건 아니겠지?"

동기동창을 비롯해 나를 아는 모든 사람들은 자기들끼리, 심지어는 함께 있는 자리에서도 걱정 반, 조롱 반으로 대놓고 쑥덕거렸다. 1968년 졸업예정자 신분임에도 그 해 국내 제약회사 1위가 된 동아제약판매주식회사에 지원하여 1967년 11월에 입사했는데 소식을 전해들은 주변의 반응은 한결같았다. 40명의 신입사원 동기들과 용두동에 있는 본사 교육장에서 45일간 오리엔테이션을 받았는데 교육내용은 회사소개와 제품지식에 관한 것으로 약품의 성분과 용법, 효능에 관한 것들이 대부분이었다.

'베스타제'는 뒤에 '아제'가 붙어 있으니 효소소화제이고 앞에는 '베스트'가 붙어 있으니 최고의 효소 소화제란 뜻이며, '박카스'는 그리스 술의 신 '디오니소스'의 로마이름인 '바쿠스Bacchus'

에서 유래되었으며 타우린과 카페인, 비타민 B1 등의 성분이 들어 있어 피로회복, 대사촉진 등에 효능이 있다는 것. 박카스가 처음에는 알약으로 만들어졌다가 앰플로 바뀌고, 다시 드링크병으로 형태를 바꾸어 대박신화를 이룬 과정과, 회사명이나 성분명을 이용해 제품명을 정하던 시대에 의약품에 신화 속 신의 이름을 붙이는 파격적인 작명법을 사용한 것은 독일유학 후 귀국한 강신호 회장의 아이디어라는 것도 이때 알게 된 사실이다.

일반인들에게 인기 있는 자양강장제 박카스와 소화제 베스타제로 널리 알려진 동아제약에서 페니실린, 가나마이신, 스트렙토마이신 등 병원과 조제약국에서 쓰이는 항생제, 주사제, 해열제, 진통제 등 전문약품 영업을 위한 기초교육이었다. 회사 내의 중역과 외부의사, 교수들이 강의한 후 매일 저녁 시험을 치르게 하고 학습평가에 대한 결과는 연수 종료 후 부서 배치와 전국 지점 인사 발령에 적용되었다.

약대 아니면 적어도 나처럼 화학과 같은 관련 학과 출신들도 있었지만 상과나 신학과, 사학과를 나와 약품에 대한 기초상식이 전혀 없는 동기들은 성적도 좋을 수 없었다. 나는 학부 시절 등한시했던 전공 관련 과목들이지만 꽤나 열심히 노력해 상위권으로 배치받아, 오리엔테이션을 마친 후 서울 지점의 병원을 담당하는 신약과의 개인병원 담당으로 발령받고, 본사가 있는 동대문구와 중구의 영업사원으로 근무하게 되었다.

오리엔테이션 과정의 연수 성적이 우수했던 터라 회사에서는 임명 직후 신입사원인 나에게 한국마케팅협회에서 주관하는 일주일 과정의 'salesmanship training course'를 수료하고 연수과정의 주요 내용을 영업사원 전체를 대상으로 전달 교육하도록 지시했다. 이때 받은 훈련 과정과 교육 경험이야말로 평생을 열정적으로 도전하며 세일즈맨의 외길로 내달릴 수 있도록 이끌어준 최초의 길잡이며 첫 번째 디딤돌이 되었다.

영업부서로 간 신입사원들은 세 분야로 나뉘어 배정되었는데 약사자격증이 있는 친구들은 종합병원을 상대로 영업했고 나머지 영업사원들은 도소매 약국과 각자 관할구역의 개인병원을 거래선으로 개척하는 업무를 맡았다. 나는 동대문, 중구 관할의 개인병원을 매일 대여섯 군데 이상 방문하여 회사와 제품소개를 하며 나 자신을 팔기 위한 노력을 시작했다. 병원을 방문하게 되면 의사를 만나게 하는 사람은 간호사였는데 병원장을 만나야 약을 팔든 못 팔든 하는 것이었기에 그들의 영향력은 대단했다. 작은 규모의 개인병원에는 보통 한두 명의 간호사가 있었는데 전문대를 나온 정규간호사보다는 자격증이 없는 경력직 간호사가 대부분이었다.

오라는 곳은 없어도 갈 곳은 많다지만, 아무도 기다려주지 않는 병원으로 들어서 간호사의 눈치를 살피는 일은 곤혹스러운 일이 아닐 수 없었다. 결국 몇 달을 못 견디고 세일즈를 포기하는 동료들이 생겼지만 학생 신분이었기 때문인지 비참하다기보다는 오히려 "기왕 해야 한다면 매월 하는 영업실적 평가에서 1등을 해보자"는 목표를 세우고 더 열심히 병원을 찾아다녔다.

병원마다 크기도 층수도 다르다. 물론 간판도 다양하고 업종도 달랐다. 소아과, 산부인과, 비뇨기과, 안과, 치과, 이비인후과, 내과, 정형외과, 성형외과…… 병원마다 문이 열리는 소리마저 달랐다. 끼이익, 삐이걱, 드르륵, 스으윽, 딸랑딸랑 철제 문도 있고, 나무로 된 미닫이문도 있고, 작은 방울이 달린 유리문도 있었다.

병원 안에서 들리는 소리도 제각각이다. 음악소리, 신음소리, 웃음소리, 울음소리, 느리고 졸린 소리, 점잖고 고운 말씨, 급하고 빠른 말투, 지극히 사무적인 목소리, 병원에 있는 의사도 간호사도 다르다. 병원을 찾는 환자도, 세일즈맨도 다르다. 젊어 보이는 의사, 나이 들어 보이는 간호사, 아줌마와 아기 환자, 초보 세일즈맨과 잡상인. 내가 들어서면 간호사는 얼굴도 보지 않고 알아차린다.

"원장님 세미나 가셨어요." "원장님 안 나오세요." "우리는 다른 회사 제품을 써요." 지금 생각해도 신기한 일은 어떻게 얼굴을 보지도 않고 그런 말을 했을까 싶다. 갈 때마다 껌을 질겅질겅 씹으며 트랜지스터 라디오음악을 듣거나 흥얼거리면서 껌 종이를 접어 뭔가를 만들고 있으면서도 어떻게 알아차리는지 도무지 알 수 없었다. 그러나 나 역시 얼마 되지 않아 깨달았다. 큰길 또는 골목길에 들어선 병원의 위치와 현관의 방향 또는 간판 크기, 형태와 색상을 보고 알아차릴 수 있었다. 병원문이 열리는 소리, 병원 안을 걸어다니는 발자국 소리, 환자가 입고 있는 옷, 병원 내부의 밝기, 실내온도, 소파, 장식품을 보면 원장을 안 만나고도,

간호사를 안 보고도 영업가능성을 알 수 있게 되었다.

　노련한 간호사들이 병원문을 밀고 들어서는 내 발걸음 소리 하나로 환자가 아닌 줄 알아차리듯이, 내 모든 감각의 안테나를 총동원해서 가망고객인지 아닌지를 파악하고 상담응대 방법의 주파수를 맞출 수 있게 되었다. 병원문을 열고 들어서면 의사가 젊은 사람인지 나이 든 사람인지를 먼저 살피고, 간호사의 취미도 파악해서 대화도 하고 기다리는 환자가 몇 명이나 있는지를 세어보는 등 병원 상황을 사실에 입각해서 면밀히 조사해 거래할 병원을 세심하게 선정하고 접근방법을 구상해서 집중적으로 관리하는 방법을 마련해야만 했다. '선택과 집중'의 전략이었던 셈이다.

　드디어 내게 첫 번째 시련과 도전이 시작되었다. 주인공은 당시 중구에서 꽤나 유명했던 피부비뇨기과의원의 간호사였다. 병원을 방문해서 인사를 하기도 전에 작은 창구를 닫아버리고는 "원장님 안 계세요"를 앵무새처럼 반복하는 것이었다. 갈 때마다 어이없는 문전박대를 당하자 오기가 발동한 나는 병원장을 만나 약을 팔 때까지는 하루도 안 빠지고 매일 방문하기로 결심하고 문안인사를 드리는 심정으로 그 병원으로 출근했다. 한 달 정도 원장을 만날 수 있는 기회를 달라고 졸랐는데 간호사가 보기에도 불쌍했거나 지독한 사람이라고 생각했던지 아니면 더 이상 못 오게 하려고 했는지 원장을 만나게 해주었고 바로 그 자리에서 성공적으로 첫 주문을 받게 되면서 그 병원은 고정 거래선이 되었다.

　성공, 승리, 희열. 만감이 교차했다. 아주 작은 주문으로 시작되었지만 처음 느껴보는 성취는 감동 그 이상이었다. 이젠 나를 발가벗겨 광화문 네거리에 던져놓아도 굶어 죽지 않는다는 자신감과 도전정신이 샘솟아오르는 것을 느꼈다. '시작은 미약하나 끝은 창대하리라'는 성경 구절이 떠올랐다. 졸업도 하기 전 미약하게 시작된 사회생활의 첫걸음인 동아제약 약장수는 40년을 내달리게 될 아우토반의 첫 번째 인터체인지였던 것이다.

약장수라 하면 북과 징을 등에 메고 전국 장터를 돌아다니며 심산유곡 불로초를 조상대대로 내려오는 비법으로 만들어 심청이 아버지도 눈을 뜨고, 앉은뱅이도 걸을 수 있다면서 온갖 감언이설로 만병통치약을 팔던 장돌뱅이를 연상케 한다. 세일즈맨 역시 깔끔하게 차려입고 병원과 약국을 찾아다니며 연수시절 배운 대로 제품의 성분과 용법, 효능을 충분히 이해시켜서 주문받는 일을 하므로 약장수는 역시 약장수인 것이다. 아직도 귓가에 맴돌고 있다.

"동식이가 약장수 한다며?"

# 준비된 실험실

드디어 졸업을 하게 되었다.

동아제약 세일즈맨을 하면서 졸업을 하게 된 것이다. 막상 졸업을 하고 나니, 세일즈 현장에서의 경험을 바탕으로 화학전공분야에 본격적으로 도전해봐야 할 것 같았다. 입사 동기 중에 같은 부서로 배치받은 이씨 성을 가진 기덕, 시평과는 형제처럼 지냈는데 이 트리오, 이씨 삼총사로 불리면서 영업에서만큼은 모두가 좋은 실적을 인정받고 있었다. 마침 '이씨 삼총사' 중 약대 출신 동료의 소개로 공장장과의 면담이 이루어졌다. 경영진에게 의지가 전달되어 실험실 근무를 추천받아 품질관리실 화학기사로의 새로운 도전이 시작되었다.

하지만 새로운 도전은 또 다른 고민을 만들었다. 제대 후 다시 복학해서는 학업에 전념하지 못한 채 취업이 된 터에 화학도로서의 준비가 덜 되었기 때문이다. 기회는 준비된 자에게만 호의적이라는데, 그런 면에서 실험실 근무는 준비되지 않은 나에게는 어려움을 수반한 기회였다. 그러나 한편으로는 앞으로 더 많이 다가올 기회들과 좋게 만날 수 있도록 준비할 수 있는 기간이기도 했다. '내가 정말 알아야 할 모든 것은 유치원에서 배웠다'라는 책 제목도 있지만 나야말로 내가 알아야 할 모든 전공과목은 대학 강의실이 아닌 회사 실험실에서 배웠다.

원서 공부를 위한 스터디그룹도 만들고 유기화학, 분석화학, 끝없는 반응실험 등 대학시절 소홀했던 공부를 지독하게 해야만 하는 기회가 만들어진 것이다. 당시 품질관리실의 실질적 책임자인 실험실 과장은 약대 출신의 학구파로 나중에 국회의원이 된 이상희 박사여서 회사업무가 곧 전공수업과도 같았다.

실험실에는 약사 자격증 소지자, 화공학과 출신, 보조원이 여럿 있었지만 화학과 전공자는 혼자였으므로 매일 해야 하는 일은 기기분석과 신제품에 대한 새로운 분석방법을 개발하는 일이었다. 하루도 빠짐없이 통금시간까지 야근의 연속이었지만 힘든 줄도 모르는 나날의 연속이었다. 늦게나마 전공을 제대로 해볼 수 있는 기회를 갖게 된 안도감과 스스로 '준비'되고 있다는 성취감을 느낄 수 있는 나날이었다. 그런데 이렇듯 육체적, 정신적인 한계를 느낄 겨를도 없이 주어진 과제에 집중하게 하는 열정이라는 무한대의 힘은 과연 어디서 나오는 것일까? 열정의 유전인자는 타고난 것이었을까? 아니면 교육이나 환경에 의해 끊임없이 샘솟도록 할 수 있는 것일까?

실험의 목표와 결과치를 얻기 위해서라면 어디든지 달려갔다. 분석방법을 실험하는 과정에서 제일 어려웠던 것은 필요한 실험 기기를 다 갖추고 있지 못한 것이다. 그 당시 실험 기기를 제일 많이 갖추고 있던 KIST에도 우리 회사 실험실처럼 드나들며 많은 도움을 받았다. 또한 당시에는 거의 모든 시약들이 수입품이었는데 필요한 시약이 없으면 모교인 고려대 분석화학 은사 교수님을 찾아뵙고 시약을 차용해 쓰기도 했다. 주문한 시약이 도착하면 당연히 돌려드릴 터였지만 교수님은 해당 시약이 어떤 실험에, 어떻게 필요한지 완벽하게 설명하지 않으면 빌려줄 수 없다며 칠판에 실험의 전 과정을 화학구조식으로 풀어써야 하는 시험을 치르기도 했기에 때 아닌 보충수업을 해야만 했다.

회사 내에서의 실험도 기다림의 연속이었다. 하루 종일 매달려야만 하는 화학실험을 마치고 작업복을 걸친 채로 밖으로 나가 생맥주 한 잔을 하거나 중국집에 가서 자장면에 고량주 한 잔이 유일한 낙이었다. 우리의 대화내용도 생맥주와 짭짤한 안주 사이에 일어나는 화학적 반응이라던가 가끔 안주로 시키는 송화단에 대해 진흙과 재 속에서 오리알이 삭혀지는 과정의 화학작용 따위를 우스갯소리로 할 정도였으니 꿈에서도 구조식을 붙들고 잠이 들곤 했다.

가끔씩 명동 국립극장 앞에 있는 생맥주 집이나 종로 2가의 길고 좁은 두어 평도 채 안 되는 중국집에서 고량주 한잔 할 때를 빼놓고 저녁식사는 어김없이 라면이었다. 실험실에 있는 전기 히터에 라면을 끓여 제법 화학도다운 모습으로 비커에 각자 덜어 먹으며 서로를 위안했다. 여자 약사들도 김치며 반찬을 준비해와 함께 먹고는 했는데 요즘도 야근을 하며 실험실에서 라면을 끓이는 여자 약사들이 있을까? 그런데 비커 설거지를 어떻게 했는지는 왜 기억이 안 나는 것일까? 어쩌면 그렇게 실험해야 할 것들이 많았는지 밤낮으로 비커, 시약, 라면이었다.

이렇게 매일 아침부터 밤늦게까지 실험실 안에서만 생활을 하다 보니 전공분야 실력은 늘어가는데 몸무게는 점점 줄어들고 혈색도 나빠지자 어머니는 "실험실 아닌 데서 일할 수는 없느냐"며 걱정을 많이 하셨다. 때맞춰 부서장의 배려로 서울대 생약연구소에 파견근무하며 기기 분석 공부를 할 수 있는 기회를 갖게 되었다. 연구소에 근무하면서부터는 야근할 일이 없어졌기에 본격적으로 공부하기 위해서 서울대학교 보건대학원 야간에 응시할 수 있었고 다행히 합격하여 부족한 공부를 더 하기로 했다.

그 당시 동아제약에서는 원료 합성부터 완제품 생산까지의 모든 과정에 기술개발 투자를 하지 않으면 살아남기 어렵다고 판단해 미래를 위한 투자로 이공계 학생들을 많이 채용하며 특별한 관심을 가져주었다. 이런 과정에서 제약회사의 터줏대감이라 할 수 있는 약사들과 이공계 신입사원들과의 보이지 않는 알력도 있었다. 어느 날 약사와 이공계 사원 간의 충돌이 있었는데 발단은 식당에서 사소한 일로 시비가 되어 언쟁을 하던 중 한 약사 출신 사원이 "너희들은 왜 남의 땅에 와서 설치느냐"면서 식당의 물컵을 던진 것이었다. 순간 분위기는 아수라장이 되었는데 다음 날 회사에 알려져 약사들은 생산부 상무에게 불려가 심한 꾸중을 들었다. 소위 텃세랄 것도 없는 작은 다툼을 목격하게 되었지만 여기가 누구의 땅인지, 내가 뿌리를 내리고 설 수 있는 땅인지에 대해 자문하게 되었다.

화학도로서 세일즈에 입문해 기술영업을 한 것이나, 실험실과 연구소에서 밤을 새우며 구조식을 써내려간 모든 일들이 같은 목표를 위한 것이었다. 처음 실험실에 발령받아 매일 아침 박카스 샘플을 채취하러 생산현장에 들어가면 가운을 입은 여종업원 수백여 명이 수군대며 나만 쳐다보는 것 같아 얼굴도 들지 못하고 랜덤샘플링에 열중하던 총각 시절 모습, 기기분석 검사와 분석방법개발을 위해 대학 연구실 같은 분위기의 실험실에서 살다시피했던 시절의 창백한 모습이 오버랩되어 떠오른다.

"나에겐 변화가 필요해." 스스로 다짐하며 되물어본다. "과연 내가 서 있어야 할 땅은 어디인가?" 마침내 미처 준비되지 못했던 나를 위해 공부할 수 있도록 '준비된 실험실'을 떠나서, 굳게 디디고 서야 할 새로운 기회의 땅을 찾아 떠나게 되었다. 연구소를 그만두면서 서울대 보건대학원도 자퇴를 하고 결혼준비를 하면서 새로운 직장으로 옮기게 된 것이다.

# 오퍼상의 추억

경험은 최고의 교사이다.
다만 수업료가 너무 비쌀 뿐이다.
– 토머스 칼라일


이직移職은 달콤한 유혹이었다.

무역회사로 옮긴 동료가 친지 한 사람을 소개해주었다. 우리나라에서는 역사와 전통을 자랑하는 종합무역상사 '천우사'의 과장 출신으로 독립해서 화학실험 장비와 실험기기 등을 전문으로 취급하는 오퍼상을 차린다고 했다. 오퍼상으로 시작해 세계를 무대로 하는 무역회사를 만들 꿈을 펼쳐보이는 그가 몇 번 만나보지는 않았지만 같은 남자로서 멋져보였다. 가망 고객은 대학교 연구실과 화학 연구소, 기업 연구소, 종합병원 등이었는데 모두 내가 일해본 경험이 있어 자신 있었다. 홍콩에 본사가 있어 안정되게 사업을 시작할 수 있다고 했다. 새로 설립되는 회사는 독립적으로 운영된다고 했다. 급여로 파격적인 금액을 제시했으며 그것도 홍콩 본사에서 지급한다고 하는 등 모든 면에서 새로운 도전이었고 가슴 벅찬 유혹이었다.

실로 창업創業은 짭짤한 경험이었다.

새로 설립하는 개인회사였기에 사장과 나 두 사람이 모든 것을 해야 했다. 무교동 대한체육회 옆에 자그마한 사무실을 구하고, 사서함을 개설해 영업준비를 하면서 책상 하나에서부터 자질구레한 집기들을 사들이며 사무실 모양을 갖춰나갔다. 회사설립 인가 등을 모두 마치고 여직원을 선발해 교육시키고 매일 해야 할 일들이 처음 해보는 일이어서 여기저기 물어봐가며 회사 만들기와 영업준비를 착실히 해나갔다. 사장과 함께 새롭게 시작했기에 내 회사라는 책임감과 각오로 모든 정열을 바쳐 창업자의 애로사항을 경험하며 시야가 넓어지는 것을 느꼈다.

오퍼상Offer商은 그야말로 새콤한 자극이었다.

화학을 전공하고 실험실과 연구소에서 여러 분석기기를 많이 다루었기에 장비사용방법은 잘 알고 있었지만 새로운 장비의 성능 홍보와 유지보수는 정말 새로운 분야였다. 제품 카탈로그와 매뉴얼을 공부하면서 하나씩 익혀갔다. 무에서 유를 창조하는 오퍼상의 영업방식도 그러하지만 수입하는 제품들은 포장마저도 나를 감동시키기에 충분했다. 치과대학에서 주문한 독일 '라이카'사의 학생용 현미경 200여 대를 통관해 조립하고, 납품 전에 검수해야 하는데 학교에 도착한 제품의 포장을 보고 엄청난 자극을 받았다. 도구를 사용하지 않고는 절대로 열리지 않는 견고한 나무박스는 물론이거니와 운반 중 제품이 손상되지 않도록 꼼꼼하게 포장된 상태가 매우 견고했기 때문이다. 말로만 듣던 독일

사람들의 완벽주의를 실감하게 된 순간이었다. 새로운 거래선에 새로운 제품을 소개하고 판매하는 전 과정을 혼자 해볼 수 있었던 오퍼상의 경험은 짜릿짜릿했다.

그리고 결별, 그것은 쓰디쓴 아픔이었다.

1970년 1월 초에 회사를 설립했는데 결혼식 날짜는 이미 2월 28일로 정해져 있었다. 날 때부터 일복을 타고났는지 회사 일을 혼자 맡아서 하는 터라 신혼여행도 2박 3일 가까운 온양온천으로 다녀온 후 바로 출근했다. 나를 둘러싼 모든 환경이 뒤바뀌고 있었다. 새로운 가정, 새로운 직장, 새로운 인생에 도전하는 사람답게 나의 모든 것을 다 바쳐 일을 했다. 그럼에도 불구하고 6개월이 지난 어느 날, 사장에게 큰 실망을 하고 회사를 그만두기로 했는데 이유는 한 가지였다. 당초 입사시 보수는 홍콩 본사에서 받기로 했었는데 사장이 절반을 사용하고 급여의 절반만 지급해왔음을 알게 된 것이다. 이는 단순히 금전적인 손해를 넘어 인간관계의 가장 기본인 신뢰가 깨진 것이기에 회사를 떠나기로 결심했다. 사장은 집에까지 찾아와 자신의 잘못을 사과하면서 계속 남아 있어줄 것을 권유했으나 단호하게 거절하고 아픈 추억으로 새겨둬야 했다.

한 직장에서 40년 가까이 일하기 직전에 잠깐 몸을 맡긴 오퍼상의 추억은 불과 반년이라는 짧은 기간에 인생의 모든 맛을 다 보게 해주었다. 달고, 짜고, 시고, 쓰고…… 지금 생각해보니 달콤쌉싸름한 다크초콜릿 맛이었던 것도 같고, 아직 채 익지 않은 감의 떫은 맛 같기도 한 추억을 마지막으로 다시는 이것저것 입맛 따라 움직이지 않는 외길 인생을 달리게 되었으니 내 인생의 그 6개월이 어떻게 작용한 것인지는 그 또한 모를 일이다.

# 청계천을 누비다

거절당한 순간, 세일즈는 시작된다.
- 엘머 레터먼

더위는 한창 기승을 부리고 있었다.

결혼한 지 몇 달 되지도 않아 꿈을 가지고 시작한 오퍼상은 갈 길이 아니다 싶어 접어두기로 한 어느 날이다. 새로운 직장을 찾아야 했는데 우연히 신문을 읽다가 한독약품공업주식회사chemical Industrial Division에서 화공약품 판매 영업사원을 모집한다는 광고가 눈에 띄었다. 전공과 경력이 조건에 맞는 것 같아 입사원서를 제출하고 면접을 보게 되었다. 면접관은 한국인과 외국인 중역들이었다. 다행스럽게도 나는 미8군에서 카투사로 22개월 복무한 경험이 있었기에 유창하지는 않았지만 질문에 답할 수 있었고, 합격 통보를 받고 출근했다.

사무실 분위기는 먼저 다니던 회사와 많은 차이가 있었다. 아마도 외국인이 경영하는 회사였기 때문이었으리라. 직원은 독일인 휙스트 책임자 한 명과 본사에서 파견된 델리게이트delegates 두 명

그리고 분야별 세일즈맨 네 명과 영업관리, 비서, 타이피스트 각한 명씩 모두 열 명이었다. 나는 훽스트Hoechst사와 관계 회사의 화학제품 세일즈맨으로, 열한 번째 멤버로 합류하게 되었다. 부서에 배치된 후 첫 번째 임무는 훽스트사의 종합 카탈로그를 주면서 제품지식을 공부하고 판매 가능한 제품을 선택해 판매하라는 것이었다. 처음에는 어디에서 어떻게 시작해야 할지 몰랐다.

모든 세일즈맨들은 각자 자기가 맡은 분야에서 자신의 일만 하지 다른 사람의 일에는 전혀 관여하지 않아 서로 업무적으로 연관이 없으므로 좋은 관계를 유지할 수 있었다. 퇴근 시간이 되면 함께 나가 맥주 한잔 하고 주말이면 함께 등산도 하는 등 사무실 분위기는 좋았지만 눈에 보이지 않는 경쟁은 치열했다. 한국 시장에 판매할 수 있는 제품을 매일 점검했지만 1970년대의 화학관련 산업은 아주 초기단계였다. 선배직원 네 명이 맡고 있는 시장분야를 보면 섬유산업, 페인트 산업, 고무, 플라스틱 산업과 피혁산업에 쓰이는 염료와 안료 및 조제였으며 내가 맡은 분야는 화학, 제약, 화장품 비누산업이었다.

매일 카탈로그를 뒤적이고 제품을 연구하며 국내 시장에 적합한 판매 아이템을 찾던 중 'Fluoro Chloro Hydrocarbons' 제품 판매를 하도록 권유받았다. 바로 FCH의 시장조사를 시작했다. 시장은 세 분야로 나뉘어 있었다. 첫째는 냉장고 등에 쓰이는 냉매Refrigerants, 둘째는 수지발포제Foam blowing agent, 셋째는 분사추진제Aerosol spray propellants였다.

당시 냉장고와 에어컨은 럭키 그룹의 금성사에서 생산하고, 헤어스프레이 제조회사는 두세 곳 정도 있었던 것으로 기억되지만 스프레이 제품은 태평양 화학에서만 FCH를 사용했고 여타 화장품 제조업체나 살충제 생산회사에서는 프로판과 부탄가스를 사용했다. 1970년 8월 10일 입사 후 연말까지는 샘플을 거래선에 전달하고 자신을 소개하며 시장조사를 하는 기간이었는데 다행스럽게도 두 달도 되지 않아 잊혀지지 않는 첫 주문을 태평양 화학으로부터 받게 되었다. 지금도 기억하고 있는 주문량은 5톤m/t, F-12으로 아주 적은 것이었지만 지금까지 일본 생산업체들이 독점하고 있던 시장을 짧은 시간에 파고들어갈 수 있는 내 능력을 확인하는 계기가 되어 '하면 된다'는 자신감을 갖게 되었다.

연말이 가까워오자 훽스트에서 거래선에 줄 연말선물로 캘린더와 다른 선물을 보내왔는데, 신입사원이었던 나로서는 거래선에 독일제 캘린더를 선물한다면 영업이나 거래선 관리에 도움이 될 것 같다는 생각이 들었다. 자신감에 차 있던 나는 본사에서 온 달력을 다 짊어지고라도 거래선을 찾아다녀야겠다고 생각했으나 불과 20부만 배정되었다. 이유인즉, 모든 판촉물은 영업실적에 비례하여 배분하는 것이라며 20부도 최소단위로 되어 있어 주는 것이라 했다. 그나마 이것도 고맙게 받아야만 했다. 하지만 더 좋은 영업실적을 거둬 더 많은 캘린더와 판촉물을 지급받았으면 하는 욕심이 났다. 물론 그 욕심은 현실이 되어 3년 뒤에는 내게 배정된 판촉물을 선배들에게도 나눠줄 수 있는 기쁨을 맛보았다.

FCH의 다른 시장인 냉매시장을 목표로 설정하고 국내 제일의 냉장고 제조회사인 금성사를 집중공략하기로 했다. 판매전략은 우리제품의 우수성을 화학식으로 설명하는 데는 자신 있었던 터라 무조건 샘플을 눈앞에 두고 그들의 기준에 맞는지를 확인시켜주는 것이었다. 샘플이라도 스틸 실린더를 포함하면 전체 무게가 약 40kg 가까이 되는 것을 충무로 회사에서 종로에 있던 금성사 2층 구매부까지 땀을 뻘뻘 흘리며 혼자서 짊어지고 올라갔다. 구매부 수입과 직원들이 깜짝 놀라며 "어떻게 이렇게 무거운 것을 혼자 들고 왔느냐"며 안쓰러운 표정으로 바라보았지만 이러한 노력은 그들에게 좋은 인상을 주었고, 생산부 책임자도 소개받았다.

나는 바로 금성사 가전제품 생산공장이 있던 부산 동래공장을 찾아가 우리 제품의 우수성을 설명하고 빠른 품질검사를 요청했다. 실험담당 연구원은 약 26가지의 모든 스펙을 다 체크하려면 며칠이 걸리니 서울로 먼저 올라가서 기다리라고 했으나, 결과가 나올 때까지 부산을 떠나지 않겠다고 말하고 매일 담당자를 찾아가 그날그날의 시험결과를 물어보았다. 이런 나에게 그들은 두 손을 들었고, 생각보다 빨리 첫 주문을 받을 수 있었다.

국내 제일의 금성사에 납품을 했으니 냉매의 또 다른 시장을 개척하는 것은 더 쉬울 듯했다. 잠재 수요를 알아야 했기에 철저하게 시장조사를 했다. 냉장고, 룸 에어컨, 자동차 에어컨 수리 그리고 일반 구멍가게, 정육점 냉장고. 또한 부산 같은 항구도시에서는 고기잡이배의 냉장과 냉동고용으로도 많은 냉매가 사용된다는 것을 알게 되었다. 유통구조와 수입, 도매가격도 조사하기 시작했다. 당시 서울에는 청계천에 수많은 에어컨, 냉장고 수리점과 냉매 및 에어 컴프레서 등을 취급하는 도매상들이 몰려 있다. 나는 청계천 1가에서 청계천 8가까지 냉매를 취급할 만한 모든 곳을 한 가게도 빠짐없이 방문하고 그 중 영향력이 있을 만한 여덟 개 도매상 사장들을 선택해 종로의 한일관에서 저녁식사를 대접했다.

당시 갓 서른 살이던 내가 5~60세도 넘는 도매상 사장들을 한곳에 초대했다는 사실은 젊음의 패기였는지, 아니면 정말 무모한 도전이었는지 아무튼 대단한 사건이었다. 그 자리에서 독일 휄스트와 나를 소개하며 우리 제품을 취급해달라고 설득했다. 모든 도매상에서는 일본 냉매를 판매하고 있었다. 1970년대 초만 하더라도 도매상 사장들은 직접 수입하거나 다른 나라의 제품에 대해 잘 모르고 있던 시기였다. 때문에 수입상은 국내 시장을 독점하다시피 했고 도매상들은 수입상에 매달릴 수밖에 없었다. 이런 시점에 청계천의 사정을 속속들이 알고 새로운 거래선으로 나타난 패기 넘치는 젊은이가 그들에게는 고맙게 느껴졌을지도 모를 일이다.

도매상 사장들에게 판매조건을 제시하고 우리 회사와 계약해줄 것을 설득했는데, 처음 거래하는 것에 대한 회사의 리스크 관리에 절대 필요하다는 것을 이해시키고 계약금 10%를 내도록 하는 것이 가장 어려웠다. 그들에게는 독과점업체로서 자신의 이익위주로만 영업을 한 수입회사에 대한 거부감이 있었기 때문이다. 그러나 결국 끈질긴 설득으로 모두 훽스트 제품을 취급할 것에 동의했고 다음 날 회사에 나와서 전원 계약을 체결했다. 그 후 부산에 있는 도매상에게도 이 소식이 알려지면서 서울의 도매상들과 같은 조건으로 계약을 하게 되었다.

지금은 시민의 휴식공간으로 복원되었다지만 청계천이 내게 주는 의미는 남달랐다. 제한적이었던 냉매시장을 일본제품의 독점적인 셀러스 마켓Seller's market에서 바이어스 마켓Buyer's market으로 바꾼 열정과 꿈의 실현무대라 할 수 있다. 구매자 입장에 서서 유통방법과 저장용기를 개선해 원가를 줄이던 내 젊은 날이 그곳에 묻혀 있는 것이다. 가끔 뉴스에 청계천이 보이면 시장조사와 영업관리를 위해 구두가 닳도록 누비고 다니던 그 시절이 그리워지고는 한다.

# 싱글 파이터

존재하는 것은 변화시켜야 한다.
변화시키는 것은 성숙하게 만드는 것이다.
- 앙리 베르그송

회사 조직이 바뀌고 있었다. 입사한 지 3년도 되지 않은 신입사원이지만 수입판매의 필요성에 대해 제안을 했다. 어렵게 개척한 청계천을 비롯한 전국의 큰 도매상에게 안정적인 공급과 더불어 수입원가를 절감시키기 위한 선택이었다. 오직 영업에만 집중하고 거래선으로부터 받은 주문량에 대해 오퍼 세일즈를 하던 회사조직에서 직접 수입판매를 하게 된 것에 대한 일부 직원들의 거부감도 극복해야 하는 하나의 과제였다. 기업들이 쉽게 혁신을 할 수 없는 이유는 기업의 경영구조 자체가 혁신을 생산하도록 설계된 것이 아니라 같은 일을 반복하도록 되어 있기 때문이라고는 하지만 세일즈 시스템을 바꿔서라도 수입판매방식은 개선할 필요가 있었다.

다행히 회사의 전폭적인 수용으로 모든 일이 순조롭게 진행되었지만 첫 번째 주문 상품인 냉매가 부산항에 도착했다는 연락을 받고 내려가보니 수입과 통관절차에 대하여 미리 숙지했음에도 불구하고 통관절차가 생각했던 것보다 무척 까다로웠다. 고압가스 수입증명서와 수입된 스틸 실린더의 반송 보증 서류 등 당시만 하더라도 세관직원들의 고자세와 고압가스협회나 정부허가기관과의 업무 교류 등 어려운 점이 한두 가지가 아니었다.

영업과 판매하는 일은 이제껏 해오던 것처럼 혼자서도 할 수 있었지만 제품을 통관하고, 거래선에 인보이스를 발행하는 수출입 관련업무와 제품을 배달하는 일은 혼자서 될 일이 아니었다. 팀워크를 맞춰 도와줄 직원이 필요했다. 우선 직원을 채용했는데 이것이 그동안 세일즈맨 한 사람 한 사람이 외롭게 산업분야별로 각 부문을 맡아 싱글 파이터single fighter로 일해왔던 회사조직을 변화시키는 시발점이 되었다. 우리는 왜 당시 각자 '싱글 파이터'라는 국적 불명의 대명사를 훈장처럼 달고 다녔을까? 아마도 외국 회사 특유의 개인별 실적 위주의 조직 분위기 때문이 아니었을까? 아마도 각개전투에 능숙한 '외로운 전사' 쯤으로 이해했던 것 같다.

혼자서 자기만의 길을 개척해 나아가는 것은 의미 있는 일이다. 『숫타니 파타』에 나오는 부처의 설법이 들리는 듯하다. "숲 속에서 묶여 있지 않은 사슴이 먹이를 찾아 여기저기 다니듯이, 지혜로운 이는 독립과 자유를 찾아 무소의 뿔처럼 혼자서 가라. 소리에 놀라지 않는 사자와 같이, 그물에 걸리지 않는 바람과 같이, 흙탕물에 더럽히지 않는 연꽃과 같이 무소의 뿔처럼 혼자서 가라."

멋진 말이다. 스스로의 길을 혼자서 꿋꿋이 개척하고 나아가는 것이 성숙한 홀로서기라는 사실을 부인하고 싶지는 않다. 어쩌면 세일즈라는 직업의 특성이 외로운 혼자만의 싸움인지도 모를 일이다. 그러나 커다란 시장을 장악하기 위해 여러 거래선을 상대할 때는 혼자만의 육탄전으로는 어림없는 일이다. 독불장군獨不將軍이란 말이 있듯이 혼자서는 장군이 될 수 없는 법이다. 장군은 고사하고 소위 계급장도 달 수 없는 노릇이 아니겠는가? 팀워크가 절실히 요구되고 있었다. 판매 방식이 바뀌고 나니 냉매용기와 물류방법 개선이 당장 필요하게 되었다. 우선 판매 후 거래선에 배달되던 수입실린더를 회수하는 일도 정말 어려웠다. 따라서 그에 따른 여러 어려움을 해결하고, 수입원가도 내려 이익을 극대화시킬 수 있는 방안을 고안했다.

'해왔던 대로, 해본 대로' 뛰어봐야 기존 수입판매회사와 다를 바가 없었다. 쳇바퀴 속 다람쥐는 열심히 살 수는 있지만 잘살 수는 없다. 청계천과 부산 등의 큰 거래선 사장들에게 원가절감을 위한 새로운 물류 방법을 제시했다. 기존 유통방식을 바꿀 필요가 있었다. 새로운 기회는 새로운 시작을 할 때 찾을 수 있다. 소위 말하는 파트너와의 원원 전략으로 용기 판매, 회수 과정을 생략한 재충전방식의 물류 방안이다.

즉, 냉장고용 냉매F-12는 20톤짜리 ISO 컨테이너, 에어컨용 냉매F-22는 900kg 스틸 컨테이너로 수입해 각 거래선이 자산으로 확보하고 있는 100kg 스틸 실린더에 재충전하는 조건을 제시했다. 물론 원가절감이 되므로 판매가격을 인하해주겠다는 조건과 함께였다. 다행스럽게 이 방법은 모든 거래선에서 동의하고 협조해준 덕분에 쉽게 바꿀 수가 있었다. 그런데 개별 용기가 아닌 컨테이너로 수입하다보니 컨테이너가 도착했을 때 하차하고, 다시 반송할 때 상차에 필요한 크레인을 확보하는 일이 숙제였다. 제시간에 크레인이 하차하지 않으면 컨테이너운반용 트레일러에 대한 지체 비용을 지불해야 하기 때문에 중요한 일이었다.

컨테이너 하차장은 훽스트와 의약품 합작회사인 한독약품 상봉동 공장을 이용했는데, 궁하면 통한다더니 마침 공장 근처 연탄공장과 시멘트 구조물 생산공장에서 자가 크레인을 가지고 있었기에 미리 이용 날짜와 시간만 알려주면 도움을 받을 수 있었다. 일종의 아웃소싱이었던 셈이다. 또한 창고관리를 하며 실린더를 바꾸고 채우고 배달하는 직원도 채용했는데, 외기온도에 따라 달라질 수 있는 실린더의 충전량을 맞추기 위해 원시적인 방법이지만 여름에는 실린더를 얼음덩어리로 식히고, 겨울에는 실린더를 가열하는 일까지도 일일이 수작업으로 함으로써 언제나 정량이 주입되도록 하여 거래선의 믿음도 쌓아가며 원가도 줄여 이익을 극대화할 수 있었다.

'싱글 파이터'가 아닌 '팀 플레이'의 시작이었다.

# 마가린과 쇼트닝

늘 기쁜 마음으로 웃는 사람은
마지막에도 기쁜 마음으로 웃을 것이다.
− 프리드리히 니체

먹을 것이 마땅치 않았던 70년대 초반에는 마가린이 버터보다 값이 싸지만 영양가가 거의 같아, 버터 대신 즐겨 이용되던 식품이었다. 당시에는 빵에 발라 먹기도 하고 뜨거운 밥에 간장을 넣고 비비면 훌륭한 한 끼 식사가 되었다. 어쩌다 미국에라도 갔던 사람이라면 슈퍼마켓에서 '마줘린'이라 발음해야 알아들을 것을 '마가린' 또는 '마아~가아~링' 해대며 구해보려고 애썼다고 할 만큼 인기가 대단했다. 또한 '쇼팅'이라 불리던 쇼트닝도 식품 가공에 쓰이는 반고체 상태의 유지제품으로 제과를 비롯해 중국음식점이나 각종 튀김가게에서 오랫동안 요리에 사용되어왔다.

요즘에는 물자도 풍부하고 먹을 것도 다양해지면서 트랜스지방이 많은 마가린과 쇼트닝을 찾는 사람들이 줄어들어 제품 진열대에서 찾아보기 힘들 정도로 시장이 축소되었지만 당시에는 국내 굴지의 기업들이 취급하는 '핫 아이템'이었던 것이다. 인기 상품인 마가린과 쇼트닝을 생산하려면 우지, 팜유, 고래기름 등 식물성 또는 동물성 기름을 경화하는 과정에서 촉매가 필요한데, 훽스트의 니켈 촉매제Ni. catalyst가 우리나라에 소개되기 전에는 일본의 N사가 모든 생산회사의 촉매제 공급을 장악하고 있었다.

당시의 우리나라 시장상황에서는 제조산업에 독일에서 수입 판매하는 화학제품을 사용하는 것이 생소하고, 거래선을 바꾸는 것에도 한계가 있던 때였지만, 이런 황무지 같던 시장 상황이야말로 영업 실적을 올리는 데에는 둘도 없이 무궁무진하게 개척 가능한 옥토와 같은 황금시장이기도 했다. 당시 마가린, 쇼트닝 생산업체에는 서울식품, 삼강산업, 이화유지, 삼화유지, 그리고 해표 식용유 등이 있었다.

내가 제일 먼저 한 일은 거래선별 생산공정과 제품을 제조하는 프로세스인 경화과정에 대한 시장조사였다. 참고 데이터를 비롯해 내가 가지고 있는 모든 자료를 철저히 준비해 거래선을 방문하기로 했다. 첫 방문 거래선은 삼강산업이었다. 영등포에 있는 공장을 찾아가니 구매부에서는 제품의 품질검사가 필요하다며 실무 결정권을 지닌 공장장과의 시간을 마련해주었다. 공장장은 50세가 넘어 보이는 분이었는데 아주 친절하게 맞아주며 마치 입사 면접시험 치르는 것처럼 전공은 무엇이며 어떻게 영업을 하게 되었는지를 물었다.

개인적인 호기심과도 같은 질문에 답변을 드리자 비로소 제품

소개 및 경화과정 조건과 프로세스 전 과정을 설명해보라고 했다. 순간 나는 잘하면 이번 비즈니스는 성공할 수 있을 것 같다는 예감이 들었다. 그리고 방문 전에 준비했던 내용을 차근차근 설명했다. 설명을 들은 후 공장장은 뜻밖에도 샘플을 주문했다. 생각지도 않은 성과에 쾌재를 부르면서 즉시 샘플을 전달하고 시험 결과를 기다렸는데, 얼마 지나지 않아 공장장으로부터 연락이 왔다. 그는 품질검사의 시험 결과를 자세히 설명해주었음은 물론, 독점 경쟁 대상이었던 N사의 제품과의 분석비교표를 만들어주면서 "당신과 같은 세일즈맨은 처음 보았다"며 이 비교표를 참고로 모든 제조업체에서 성공하기를 바란다는 격려와 함께 우리 제품을 주문했다.

생각지도 않았던 성과였다. 제품과 함께 나 자신을 파는 데 성공한 것 같아 기뻤다. 공장장은 대학에서 화학공학을 가르치던 교수였다고 구매직원이 귀띔을 해주었는데 그가 만들어준 비교 시험 분석표를 들고 나오면서 역시 아는 것이 힘이라는 것과 진지함에 대한 신뢰의 중요성을 새삼 느끼게 되었다.

자신감으로 무장한 두 번째 목표는 서울식품이었다. 한국에서 마가린과 쇼트닝을 가장 많이 생산하는 회사였는데 나중에 알게 된 사실이지만 구매부에는 고교동창이 근무했고, 생산부서 책임자는 대학 선배였다. 그러나 제품 생산과정에서 품질을 결정짓는 원료인 니켈촉매는 단순히 인맥만으로 교체하기에는 힘든 원료였다. 뿐만 아니라 '무작정 아는 사람 소개로 거래선에 영업해서는 안 된다'는 영업신조를 지키고 있었기 때문에, 언제나 '작정'을 하고 당당하게 영업을 해야 성공한다는 원칙을 스스로 깰 수는 없는 일이었다. 왜 나를 선택해야 하는지 분명한 이유와 타당한 명분을 제공해야 했던 것이다. 영업 현장에서 많이 쓰이고 있는 "잘 부탁드립니다"라는 말은 부탁해서도 안 되고 받아들여져서도 안 되는 불필요한 이야기다. 품질이나 가격 면에서 이득이 될 수 있다는 것을 가시적으로 증명해보이면 되는 것이다. 위의 두 동문들도 처음 거래를 시작했을 때는 잘 알지도 못했었다.

어떻게 되었든 서울식품에서 휄스트 제품을 소개하고 시험할 수 있는 기회를 얻은 것은 행운이었고, 샘플시험 결과는 삼강산업의 시험 결과와 일치한 덕분에 쉽게 주문을 받을 수 있었다. 이렇게 국내 1, 2위 생산업체와 거래가 시작되니 부산에 있던 이화유지, 삼화유지와의 거래도 역시 쉽게 이루어졌다. 남은 것은 진해에 있는 해표식품이었다.

1970년대 중반 진해까지 가는 유일한 교통수단은 부산 서면에서 시외버스를 타고 가는 것이었다. 서울에서 혼자서는 들기도 힘든 샘플 드럼들을 기차에 싣고 부산역에서 서면까지 가서 다시 버스를 갈아타고 진해에 도착, 또 차를 갈아타야만 해표식품에 도착할 수 있었다. 단 한 번의 품질검사 기회를 얻기 위해 샘플을 짊어지고 다니며 분석 비교표를 펼쳐놓고 설득을 하던 강행군이 여간 힘든 게 아니었지만, 그 대가로 최초 영업 목표로 한 국내 굴지의 상위업체에 납품은 물론 모든 촉매제 사용업체로부터 수

주받을 수 있었다.

이렇게 모든 마가린, 쇼트닝 생산업체를 거래선으로 만든 후 다음에는 비누 공장을 목표로 하게 되었다. 당시의 비누제조업체로는 럭키화학, 동산유지, 평화유지, 영남유지 등이 있었다. 마가린 시장에서의 경험을 되살려서 가장 크게 시장을 장악하고 있던 럭키화학을 첫 번째 영업 대상으로 삼았다. 부산 초읍동 공장에 의뢰했던 샘플 테스트 자료와 함께 경쟁사의 분석 비교표를 근거로 설득했다. 합격이었다. 모든 테스트를 거쳐 드디어 시장을 독점하고 있던 일본 제품을 우리 회사 제품으로 바꿀 수 있게 되었으니 큰일을 해낸 셈이었다.

이렇게 모든 비누 생산 회사들이 훽스트의 니켈 촉매제 제품으로 바꾸는 데에는 약 6개월 정도밖에 걸리지 않았다. 빠른 시간에 큰 성과를 올릴 수 있게 되면서 능력을 인정받게 되어 바쁘지만 즐거운 날들을 보내고 있었다. 그러던 어느 날 거래선으로부터 기쁨과 슬픔을 안겨주는 소식을 전해들었는데, 우리나라의 경화촉매제 시장을 독점하고 있던 일본 N사가 한순간 모든 시장을 빼앗기자 한국시장을 담당했던 일본인 책임자를 문책, 퇴사시켰다는 것이다. 누군가의 성공이 다른 누군가에게는 눈물로 돌아갈 수 있다는 것은 알고 있었지만, 같은 위치에서 일하는 사람으로서 한편으로는 마음이 편치 않았다. 그러나 어차피 생존 경쟁의 시대, 적자생존의 시대가 아닌가? 때로는 나도 반대 상황이 될 수 있는 입장이기에 세일즈맨으로서의 희열과 비애를 함께 느꼈다.

웃을 것인가? 울 것인가? 정글과도 같은 시장경쟁의 모습은 한 없이 사랑스럽다가도 등 돌리고 떠나가는 연인의 뒷모습을 닮았다. 함성으로 승리를 자축해야 할지, 언제 바뀔지 모르는 입장을 생각해서라도 조심스럽게 추슬러야 할지 미묘한 감정이었다. 지속적 경쟁 우위를 다짐하며 마시는 축배의 맥주 맛도 짜릿하면서 쌉쌀했다.

# Foot in the door

우리가 두려워해야 할 것은 오직
두려움 그 자체뿐이다.
- 프랭클린 루스벨트



새로운 도전이 기다리고 있었다.

'새롭다'라는 형용사는 상대적이다. 늘 해오던 것, 이미 알고
있던 것들을 전제로 비교한다는 뜻이다. 새로워진다는 것은 현
상태를 유지하는 최선의 길이다. 1972년으로 기억되는 어느 날,
훽스트 책임자인 사우트너Mr. Sautner씨의 방에는 훽스트 자회사인
'메싸'의 지역 책임자가 함께 자리하고 있었다. 두 사람은 용접봉
과 용접기계 등을 생산하는 '메싸 그리샤임Messer Griesheim'에 대하
여 자세히 설명하면서 용접봉Welding electrode business의 국내 진출
사업을 맡아달라고 했다. 화학을 전공한 사람으로서는 생소한 특
수용접봉을 취급한다는 것이 상상이 가지 않았으나 맡겨진 일이
기에 일단은 새로운 분야에 도전해보기로 하고 동의했다. 국내
용접봉 생산업체인 조선 선재 등에 관한 정보를 수집하면서 용접
봉의 사용처를 확인하고 특수용접봉을 판매하는 회사를 방문하

며 시장조사를 하기 시작했다.

용접봉은 조선, 자동차 등 중공업 분야에서 많이 사용되었으며, 기계 및 부품의 수선에도 사용되었는데, 이들 대부분은 청계천에 있는 기계공구상을 통하여 유통된다는 사실을 알게 되었다. 청계천에 있는 기계공구상들은 이미 냉매사업을 위해 누비고 다닌 터라 아이템은 새로웠지만 영업에는 어느 정도 자신 있었다. '메싸 그리샤임'의 아시아 태평양지역 담당은 싱가포르에 있는 휙스트와 함께 있었는데 기술적 지원과 함께 가격안정과 수급조절을 위한 완충재고Buffer Stock를 갖고 아태지역을 지원하고 있었다. 지역책임자가 방한하여 한국 내 시장조사 결과에 대해 브리핑 받고는 '후James Foo'를 기술지원 담당자로 우리나라에 보냈다.

미스터 '후'와 설악산 여행을 하게 되었는데 말레이시아 사람인 그는 처음 보는 눈 위에서 뒹굴며 먹어보고 신기해했다. 나도 용접봉에 대해서는 그가 눈을 처음 대하듯 전혀 새로운 경험이라 신기하고 가슴 설렌다고 이야기하며 용접봉에 대한 기초지식 및 용도에 대해 상세히 배웠다. '후'는 몇 차례 기술전수를 위해 방문한 뒤 개인 사정으로 회사를 떠나고, 나도 어느 정도 자신이 생길 무렵 독일인 담당자인 예가Mr. Jaeger가 새로 부임하여 처음으로 울산 현대 조선소를 방문했는데 그로서는 처음 보는 조선소였으며 소문대로 규모에 경탄했다.

'메싸'의 용접봉 및 기술에 대한 회사 소개 후 현대 조선소에서는 빠른 시일 내에 약 300여 명의 용접반장을 대상으로 용접 재료에 따른 용접봉의 선택 및 용접방법에 대해 체계적으로 훈련시켜 줄 것을 요청했다. 이 제의는 우리에게는 정말 최상의 기회였으며 그 후 분기에 한 번씩 네 번에 걸쳐 모든 분야를 현장 훈련할 수 있는 프로그램을 마련했다. 현대조선은 물론 방문하는 회사마다 '메싸'의 모든 기술자료들이 영문으로 되어 있어 용접사들이 이해할 수 없다며 한글로 번역된 자료집을 원했다. 자료를 번역하는 일에는 용접에 전문지식이 있는 전문가가 필요했기에 수소문 끝에 용접협회를 소개받아 방문했지만 협회에도 그런 전문가는 없다고 했다. '용접도 예술이다'라는 자부심을 가진 용접사는 번역할 실력이 안 되고, 영어, 독일어가 능통한 번역가들은 용접 현장을 이해하지 못했기 때문이다. 우여곡절 끝에 KIST에서 특수 용접관계 전문가 한 사람을 소개받아 한글판 카탈로그를 만들 수 있었다. 다른 전문자료 번역도 어렵지만 이것은 정말 어려운 작업이었다고 생각된다. 만약 번역의 오류로 용접 재료와 용접 방법을 잘못 선택하면 용접결과에 미치는 손실이 상상 외로 크기 때문에, 현장에서 근무하는 용접사에게 일일이 자문을 받아 교정하는 어려운 과정을 거친 다음에야 한글 번역본이 완성된 것이다.

용접 교육을 위해 도착한 현대 조선소 울산현장 교육장에는 300여 명이 넘는 용접반장들이 기다리고 있었다. 용접 기술자가 아니었던 나는 전문용어를 어떻게 정확하게 통역할 수 있을지 걱정이 앞섰지만 다행스럽게도 교육 프로그램은 잘 진행되었는데 용접 전문가들의 질문에 대답하는 일은 기술자의 강의를 통역하는 것보다 훨씬 어려웠다. 전문적인 분야 특히 특수용접분야에서의 질문은 너무나 구체적인 것이어서 정말 잊히지 않는 새로운 분야의 통역 경험이었다. 강의가 끝나고 현장에서 실습을 하게 되었는데 현장 소음 속에서의 통역은 너무 힘들었지만 네 번에 걸친 강의와 실습교육을 마친 후 드디어 우리 회사 용접봉을 사용하게 되었다. 교육을 마치고 나니 교육을 받은 용접사들보다 나 자신이 특수용접기술자가 된 것 같은 자신감을 갖게 되었으며 현대조선의 성공을 기반으로 현대자동차에 특수 용접기술에 관한 기술영업이 시작되었다.

현대자동차에서 생산하는 엔진블록은 주물로 제조되는데 하나의 미세한 바늘구멍 같은 핀홀pin hole만 발생해도 불량품으로 폐기된다. 따라서 경제적인 손실이 크다. 원가절감의 일환으로 우리 회사 제품을 사용해서 간단히 핀홀을 제거할 수 있다는 것을 설명하는 일이 쉽지는 않았다. 새로운 방식으로 해본다는 것에 대한 막연한 거부감이라는 벽을 허물어야 했다. 새로운 기술의 이해부족에서 오는 불안과 불신을 없애기 위해 기술적 데이터를 제시하고 다른 업체에서의 성공사례를 소개했다. 또한 생산원가에 대한 지식과 관심이 부족한 점도 특수용접 기술 도입을 가로막는 요인이었는데 원가절감 사례를 구체적으로 설명하여 이익이 되는 결과를 보여주었다.

폐기되는 엔진블록이 절대적으로 안전하게 사용될 수 있다는 것을 우리 기술자들이 현장에서 시연해보임으로써 기술적으로 입증되어 새롭게 채택되었다. 자동차뿐만이 아니라 배를 만드는 조선소와 수많은 건축현장을 가진 건설사를 비롯해서 전차, 탱크를 만드는 방위산업체에 이르기까지 정말 백지상태에서 시작한 세일즈테크닉이 전국 방방곡곡에 화려하게 꽃피우고 있었다.

어느 날 회사의 제품을 공부하던 중 휙스트 자회사였던 'SGL Carbon'에서 전극봉Graphite Eletrode을 생산하는 것을 알게 되어 동료직원에게 판매 가능성을 알아본 결과 그리 쉽지 않은 시장이라고 알려주었다. 그러나 용접봉 시장을 한번 경험해본 터라 일단 도전해보기로 결정했다. 전극봉은 일반적으로 전기로Arc furnace에서 고철을 녹이는 연료로 사용되는 제품인데 우리나라에는 포스코처럼 철광석을 원료로 용광로Blast furnace에서 선철하는 회사를 제외하고는 모든 제강회사들은 고철을 사용하는 제철회사들이다. 1970~80년대에는 인천제철, 동국제강, 극동제강, 강원산업 및 한국철강 등이 있었는데 전극봉은 인천제철의 소비량이 제일 많았고 일본제 전극봉이 시장을 독점하다시피 하고 있었다. 먼저 서울에서 거리가 가깝고 가장 큰 회사로 알려진 인천제철을 목표로 선정하고 첫 방문을 시도했는데 결과는 아주 긍정적이었다.

우리 제품 소개에 앞서 우리나라 전극봉 시장에 대한 기술적인 정보를 알려줄 것을 정중히 요청했다. 이런 식의 거래선 접근 방법 또한 영업의 기본임을 잘 알고 있는 터라 다시 한 번 시도해보았는데 결과는 성공적이었다. 그들로부터 상세한 정보를 알게 되었고 이에 더해 주원료의 100%를 한 공급업체에서 구매하는 것에 대한 위험요인에 관해서도 슬쩍 의견을 물어보았다. 위험분산을 위해서라도 구매선 다변화를 제안해본 것이다.

이 제안 덕분에 전극봉의 판매를 시작할 수 있게 되었다. '문안으로 한 발 밀어넣기Foot in the door'가 통했던 것이다. 다시 한 번 새로운 제품으로 새로운 시장을 개척하는 기쁨을 느낄 수 있었다. 이 성공을 기반으로 국내의 모든 제강업체에 SGL Carbon 제품을 공급하게 되면서 일본제품이 독점하던 시장을 대체하는 시장진입에는 성공했으나 마켓셰어를 올리고 유지시키는 일이 새로운 시장을 개척하는 것보다 더 힘들다는 사실도 알게 되었다.

제강 공정에서 전극봉은 주원료인 고철만큼이나 생산원가 및 제조 공정에 미치는 영향이 대단히 큰 중요한 원료이다. 생산 라인에서는 오랫동안 일본제품에 익숙해져 있었던 터라 고철의 품질이나 전기로의 조건이 조금만 달라져도 바로 전극봉에 이상이 생겨 전극봉 소비량이 증가해 원가에 영향을 주게 되므로 제품판매를 하면서부터 애프터서비스에 많은 시간을 할애해야 했다. 생산라인의 엔지니어들과 수시로 미팅도 해야 했다. 제품의 품질이 워낙 민감하고 제조공정 또한 단순치 않으므로 공급회사의 전문 엔지니어가 항상 같이 참여하는 일이 중요했기 때문이다. 미팅 전에는 생산현장인 전기로에서 우리 전극봉의 상태를 보게 되는데 고철을 녹이는 전기로의 온도는 천도 이상이어서 여름철에 전기로에 올라가는 것은 뜨거운 사우나탕의 열기와는 비교가 안 될 정도였다. 나야 가끔 방문해서 현장의 열기와 열정을 받아올 뿐이지만, 그곳에서 매일 일하는 사람들의 열정은 정말 존경스러웠다.

이렇게 시작된 '새로운 시장'에 대한 도전은 본업이랄 수 있는 화학산업분야는 물론 빌딩산업, 화장품산업, 유가공산업, 육가공산업, 제약산업 등으로 넓어져갔다. 훽스트 입사 후 10여 년 동안은 새로운 제품으로 새로운 거래선을 확장하는 '새로운 도전'에 뜨거운 정열을 쏟아부은 시기였다.

제3장

독일로 떠나다

# 괴테 인스티투트

알고 있는 것만으로는 부족하고 실제로 응용해야 한다.
원하는 것만으로는 부족하고 실제 행동으로 옮겨야 한다.
– 요한 볼프강 폰 괴테

1980년, 한국사람으로서는 처음으로 독일 휙스트로의 연수근무를 제의받았다. 당시 사장이었던 휄츠라인Mr. Hoelzlein의 추천으로 다음 해에는 독일로 출국해야 하는데 독일어는 전혀 할 줄 모르는 상태였다. 다국적 기업답게 여러 나라 사람들과 함께, 본사에서 파견나온 독일인 사장과도 10여 년을 근무했지만 회사 내의 공용어는 영어였기에 독일어는 특별히 배울 필요가 없었다.

내 나이 마흔 살, 논어에 나오는 공자 말씀처럼 남자 나이 사십이면 불혹不惑이라 했거늘 사물의 이치를 터득해서 세상일에 흔들림이 없을 나이에 새롭게 독일어를 배우기로 했다. 학문에 뜻을 두는 지학志學의 나이였다고는 하지만 20여 년 전 고등학교 1, 2학년 때 제2 외국어로 배워 어렴풋이 기억나는 독일어 "아베체데 에에프게……"와 "데어데스뎀덴 디데어데어디 다스데스뎀다스

디데어뎬디"라는-용법도 기억나지 않는-정관사만이 마법의 주
문처럼 입에서 맴도는데 그나마 문법 위주로 배워, 회화는 전혀
기억나지 않는 터라 연수 가기 전에 미리 독일어를 배워야겠다고
결심했다.

처음에 외워야 할 문법들이 많아 시작하기가 어려워 "울고 들
어갔다가 웃고 나온다"고 할 정도로 끔찍한 독일어를 제대로 배
우기 위해 가장 권위 있고 전통 있다는 주한독일문화원의 괴테
인스티투트Goethe Institut를 찾았다. 남산 중턱에 있는 괴테 인스티
투트 서울에 등록하려 했으나 지망생이 너무 많아 입학전형으로
선발하고 있었다. 지원자 대부분이 독일유학을 준비하는 독일어
전공 학생들이어서 입학시험에 합격하는 것은 도저히 불가능해
보였다. 마침 독일어를 전공한 둘째누나와 의논하던 중 대학시
절 은사님이자 주한 독일문화원에서 중책을 맡고 있던 한봉음 교
수님을 함께 찾아뵙고 독일 횝스트사 근무를 추천받게 된 경위를
설명드리고 독일어를 제대로 해야만 세계적인 화학회사의 선진
기술을 배울 수 있노라고 사정하여 간신히 공부할 수 있게 되었
다. 회사에서도 중견 간부이고, 가정을 꾸민 지도 10년이 넘어
두 아들의 아빠가 된 나는 일주일에 두세 번씩 회사업무를 마치
고 독일어 수업을 듣는 학생이 되었다.

이듬해인 1982년 5월 독일로 떠날 때까지 독일어 기초수업을
마치고 현지에서의 어학연수를 더하기 위해 바바리아Bavaria의
아주 작은 도시 프린Prien에 있는 '괴테 인스티투트 프린'에 가기

로 결정했다. 훽스트가 있는 프랑크푸르트나 뮌헨 등 대도시에도 괴테 인스티투트가 있었는데 왜 하필이면 바바리아 지방의 프린을 언어연수지역으로 정했는지 지금 생각하면 어이없는 결정이었지만, 어찌 되었든 지금은 또 하나의 즐거운 추억으로 남아 있다.

숙소에서 학교까지는 걸어서 10분 거리였다. 첫 수업시간, 괴테 인스티투트의 교실에 들어가 앉았다. 전체 학생은 18명이었다. 세계 여러 나라 사람이 모인 듯해 국적을 물어보니 미국, 이탈리아, 일본, 사우디아라비아, 체코 등 정말 다양했는데 어쩌면 당연한 일이겠지만 40세인 내가 최고령이었다. 교실을 둘러보니 나와 비슷한 아시아 사람이 있었다. 신일본제철에서 온 그는 기초 8주 과정을 마치면 뒤셀도르프에 있는 지사로 간다고 했다. 나와 같은 목적으로 온 것이었다. 그 외에는 모두 독일에서의 유학을 목적으로 온 학생들이었다.

"구텐 모르겐Guten Morgen." 아침인사를 건네면서 교실에 들어선 50세가 넘어 보이는 여선생은 독일어로 자기소개를 하고 교과과정도 설명했다. 그리고 모든 학생들도 자기소개를 하고 수업이 시작되었다. 선생님은 학생들이 수업을 알아듣는지 못 알아듣는지는 상관없이 독일어로만 수업을 진행했다.

나는 독일회사에 이미 10여 년을 다녔고 오기 전에 서울에서 기초를 닦았기에 어느 정도는 눈치로 이해할 수 있었다. 생각해보니 선생님으로서도 다른 방법이 있을 수 없었다. 각국의 학생이

모였으니 영어로 할 수도 없고 어차피 독일어를 배우러 온 만큼 함께 겪어야 할 과정이었다.

우리나라에서는 독일어나 영어 수업시간에 주로 문법과 해석을 배웠으나 이곳에서는 읽기, 쓰기, 듣기와 말하기를 중심으로 공부했다. 특히 말하기는 반복, 반복 또 반복했다. 매일 듣기와 받아쓰기 시험을 치렀는데 지금 생각해도 듣기와 단어를 동시에 익힐 수 있는 가장 효과적인 외국어 교육방법인 것 같다. 그리고 카세트테이프로 듣기와 쓰기 숙제를 매일 해야 했는데 숙제를 끝마치는 시간은 매일 밤 12시에서 새벽 1시 사이였다.

나는 우리나라를 대표한다는 생각과 젊은 학생들에게 모범이 되어야겠다는 생각으로 밤늦게까지 공부했으며 주말에도 복습을 게을리하지 않았다. 회화테이프를 듣고 따라하면서 계란을 삶아 먹다가 알루미늄 냄비 밑바닥이 녹는 것도 모르고 미친 듯이 공부했다. 또한 한국에서 배운 문법은 많은 도움이 되었고 회화 위주로 배운 다른 나라 학생들에게 독일어 문법의 기초를 가르쳐주기도 했다.

괴테 인스티투트에서의 수업은 주로 교실에서 했으나 학생들이 지루하게 느낄 즈음에는 모두 의자를 들고 정원으로 나오게 하여 야외수업을 진행하는 융통성으로 수업에 집중도를 높였고, 바바리아의 문화를 알려주기 위해 버그하우젠Burghausen의 고성도 견학하고 모차르트가 태어난 오스트리아 잘츠부르크Salzburg를 방문해서 유명한 콘서트홀에서의 오케스트라 감상 등 그곳 문화를 조금이라도 이해할 수 있도록 기회를 많이 만들어주었다.

한편으로는 공부하는 것 이외에 혼자서는 한 번도 해보지 못한 식사준비와 빨래, 청소를 과연 잘 해낼 수 있을까 하는 막연함을 이겨내면서 독신생활에 차츰 적응했다. 나는 평생 규칙적인 생활을 한 것으로 유명한 독일 철학자인 칸트를 닮아갔다. 항상 밤 10시에 잠자리에 들고 아침 5시에 기상하는 것이 그의 변하지 않는 생활습관이었다는데 아침부터 저녁까지 하루를 분 단위로 나누어 하루 일과를 정하고 꼼꼼하게 체크하고 항상 같은 시간에 산책을 해 마을 사람들이 그를 보고 시계를 맞춘다는 일화가 전해질 정도로 매일매일 똑같은 일정으로 움직였다고 한다.

나도 매일 아침 6시 정각에 일어나 가벼운 운동을 하고 아침식사를 준비했다. 아침 메뉴는 매일 똑같다. 삶은 계란 아니면 계란프라이 그리고 소시지나 햄과 오렌지주스이다. 간단하다. 어김없이 7시 45분에 집을 나서며 10분이면 인스티투트에 도착, 8시부터 오전 수업을 하고 점심시간을 맞이한다. 점심은 인스티투트에서 제공하는 쿠폰으로 근처에 지정된 식당에서 먹는다. 물론 메뉴는 아침저녁 메뉴보다 훨씬 좋다. 그러나 지정 식당 메뉴도 거의 매일 같은 것이다. 오후 수업을 마치면 아무도 없는 원룸아파트로 돌아간다. 저녁식사를 준비한다. 저녁메뉴는 더욱 더 간단하다. 슈퍼마켓에서 구입한 토마토소스 스파게티 그리고 김치 대신 오이피클이면 해결되었다. 스파게티국수를 삶고 소스는 뜨겁게 데우기만 하면 된다. 세상에서 제일 쉬운 요리이다. 아마 월요일부터 금요일까지 똑같은 메뉴를 똑같은 시간에 먹었던 것 같다. 과연 칸트 스타일이 아니겠는가?

외국어 연수생활 중 가장 중요한 것은 그 나라의 언어와 문화 그리고 관습을 다양하게 이해하고 체험하는 것이며 물론 그런 이유로 이곳에 독일어를 배우러 왔지만 그런 점에서는 다른 대도시에 비해 현지 어학연수를 했던 프린은 생각보다 훨씬 작은 마을이었다. 독일통일에 마지막까지 저항했다고 할 정도로 강한 바바리아인이라는 자부심 때문에 영어는 물론 독일어조차도 자유롭게 소통되지 않을 정도로 폐쇄적이었지만, 반면에 그러한 환경 덕분에 독일어를 집중적으로 학습할 수 있었던 프린에서의 생활은 전통을 소중히 하고 독일인의 근검절약과 소박한 정도 느끼게 해준 소중한 경험이었다. 원하는 것을 행동으로 옮기고, 알고 있는 것을 응용할 수 있도록 계기를 만들어주었던 휙스트와 정말 열심히 공부할 수 있었던 '괴테 인스티투트'에 감사하며 삶은 계란과 토마토소스 스파게티를 떠올리며 추억의 건배, 프로스트Prost!

# 독일로 떠나다

모든 사람들이 세상을 바꾸겠다고 생각하지만
어느 누구도 자기 자신을 바꿀 생각은 하지 않는다.
– 레프 톨스토이

출장용 가방을 싸는 일은 거의 프로 수준이다. 그동안
전국 팔도를 누비고 다닌 세일즈의 경력을 보나 해외출장 횟수
를 보더라도 이미 짐 꾸리는 일은 머릿속에 잘 정돈된 형태로 매
뉴얼화되어 있어 무엇을 먼저 넣어야 할지, 맨 마지막에 넣어야
할지, 접어서 넣을 것인지 아니면 둥글게 말아서 넣을 것인지가
결정되었다. 출장목적에 따라 필수품과 일용품의 품목과 수량도
자동적으로 계산되어 그저 가방을 선택해 꾸리면 되는 간단한
일이다.

그러나 이번 출장만큼은 경우가 좀 달랐다. 짧게는 하루 이틀
에서 길면 2, 3주간의 출장이 아니라, 적어도 일 년 이상은 현지
에서 체류하면서 언어연수를 겸해서 업무연수를 해야 하는 해외
파견근무의 성격이었던 것이다. 가족과 함께 떠나는 것도 아닌
터라 준비하고 꾸려야 할 여행가방은 그나마 단출할 수 있었지만

잠깐씩의 출장 때와는 느낌이 달랐다. 자취생활을 할 생각에 이 것저것 걱정이 되면서 큰 가방이나 작은 가방이나 가방을 꾸리고 길을 떠난다는 것에 대해 많은 생각들이 오가고 있었다.

서울에서 매일 출퇴근하면서 가족, 동료들과 지내던 것을 멀리 하고 지구 반대편에서 그것도 일 년이 넘는 시간을 떨어져 지내야 한다는 변화에 대한 생소함 때문이었으리라. 마음속에서는 끊임없이 자문자답하고 있었다. "정말 잘 결정한 걸까? 지금 잘 하고 있는 걸까? 과연 잘 해낼 수 있을까?" 스스로는 이러한 질문에 항상 '예스'이기를 간절히 바라고 있었다. 웬만해서는 무엇을 잘 바꾸지 않는 현상유지심리가 강하게 나타나는 불혹의 나이에 회사 추천으로 맞게 된 이 변화의 기회를 과연 어떻게 받아들여야 할 것인가? 오래도록 멀리 떨어져 있으면 아웃사이더가 되는 건 아닐까?

인생에는 언제나 변화가 따르기 마련이다. 나를 둘러싼 환경이나 습관, 행동양식, 생각 등 모든 것이 시시각각 변화하고 있다. 어떻게 변화를 만들어내고, 그 상황을 어떻게 받아들이고 대응하느냐에 따라 성장과 좌절이 결정된다고 할 수 있다. 모든 것이 끊임없이 변화하는데도 인간은 변화에 역행하려는 경향이 강한 것 같다. 변화가 가져오는 미지의 요소를 두려워하기 때문이리라. 그래서 지금 문제가 있을지라도 미래에 도전하기보다는 현재에 머물고 싶어 하는 것 같다. 그편이 안전하며 늘 해오던 대로 사는 것이 오히려 알기 쉽고 대처하기 쉽다고 느끼기 마련이다. 그리고 현상유지를 함으로써 얻을 수 있는 이익이 더 크다는 것을 정당화하려고 애쓴다. 나 또한 변화와 관련된 위험을 더 두려워해서 지금의 상황을 유지시키려는 함정에 빠져들고 있는 것은 아닌지? 가급적 변화라는 충격에서 멀어지려고 하는 것은 아닌지? 이러한 생각들은 나를 어디로 이끌어갈 것인가? 결코 나를 어디로도 이끌어줄 수는 없는 것이다.

도전의 시간이었다. 많은 사람들에게는 안정된 자리를 버리거나 옮김으로써 당하게 될 불이익이 두려워 필요 이상으로 현 상태를 지속시키려는 경향이 머릿속 깊이 박혀 있겠지만 나는 새로운 변화를 위한 커다란 도전으로 받아들이기로 했다. 변화에 참가한다는 것은 성장한다는 것이다. 변화 없이는 성장도 없다. 작은 떡잎이 큰 나무가 되고 병아리가 껍질을 깨고 나와야 닭이 되듯이 생명이 있는 모든 존재는 변화와 성장으로 이루어져 있다. 가슴속의 열정이 불타오르고 있었다. 혼자 여행을 떠나야 할 때이다. 하지만 혼자가 되는 것이 외로워지는 것만은 아닌 것이다. 새로운 목표에 대한 믿음과 애착이 혼자 길을 떠날 수 있는 힘이 될 것이고 또 새로운 세상에서 삶의 방향이 같은 사람이나 마음이 통하는 사람들과도 자연스레 만나 멋진 친구로 삼을 수 있다는 기대도 있기 때문이다.

유명한 셰익스피어 희곡 대사 중에 길 떠나는 아들에게 보내는 한마디가 머릿속에 떠올랐다.

"자, 너에게 축복을 내린다. 그리고 몇 마디 충고할 테니 명심

하거라, 알겠지? 마음속 생각은 함부로 입밖에 내지 말며 엉뚱한 생각을 실천에 옮기지 마라. 잡스러운 친구는 사귀지 말고 일단 사귄 친구가 진실하다면 쇠사슬로 마음에 묶어두어라. 새파란 풋내기, 햇병아리들과는 너무 친하게 어울리지 마라. 그저 악수나 하다 손바닥만 두꺼워질 게다. 싸움판에는 끼어들지 마라. 하지만 부득이하게 싸우게 되면 상대방이 앞으로 너를 얕보지 않도록 철저하게 해치워라. 남의 말에 귀를 기울이되 말하는 것은 삼가라. 남의 의견을 들어주되 옳고 그른 판단은 신중히 하란 얘기다. 옷을 입는 것에는 지갑이 허락하는 데까지 맵시를 내도 되지만 눈에 띄지는 않을 정도로 품위를 지켜라. 옷은 인격을 나타내니까.

프랑스에서는 상류사회의 세련된 명사들이 이런 방면에 안목이 탁월하다고 하더라. 그리고 빚을 지지도 말고 꾸어주지도 마라. 돈을 빌려주면 돈과 사람을 다 잃게 되고, 빚을 지면 절약하는 마음이 무뎌진다는 걸 잊지 마라. 무엇보다도 네 스스로에게 충실해라. 그러면 밤이 낮을 자연스럽게 따르듯, 다른 사람에게도 충실한 사람이 되겠지. 그럼 잘 가거라, 내 훈계가 네 마음속에서 무르익기를 기도하마.”

햄릿을 사랑하는 오필리어의 아버지인 폴로니어즈 재상이 프랑스로 떠나는 그의 아들에게 들려준 훈계이자 축복의 대사이다. 세상물정 모르는 젊은이가 아니라 한 집안의 가장이 되어 있었지만 다시 한 번 곰곰이 음미해볼 충고로 내 가슴속에도 박혀 있었다. 지금은 셰익스피어 시대와는 가치관과 세계관이 많이 바뀌었다고는 하지만 먼 길을 떠나 새로운 세계와 만나는 데에는 나름대로의 구체적인 행동철학과 표현방식을 지닐 필요가 있다. 우선 나 자신을 어떻게 다스려야 할지와 어떤 친구를 사귀느냐 하는 것은 인생에 있어 너무도 중요한 문제이다. 적절한 비유인지 모르겠지만 담배를 끊고 나니 그전에 느끼지 못했던 걸 확실히 알게 된 사실이 있다. 담배를 피우고 있는 방에 잠시 머물게 되면 온몸에 담배 냄새가 배게 된다는 것. 좋은 비누내음이 나던 몸도 다른 강한 냄새 나는 곳에 머물게 되면 그 향기는 옅어지고 강한 냄새를 묻히게 마련이다.

우리 마음도 마찬가지이다. 내가 가진 '생각의 옷'도 사귀는 친구들의 향기를 흡수한다. 지금 나에게는 누구의 향기가 배어 있을까? 나에게 향기가 있다면 어떤 향을 누구에게 풍기고 있을까? 서울에서처럼 허물없이 지낼 수 있는 오래된 사람들, 가족이나 학교동창, 회사동료가 없는 객지로 떠나면서 달라질 나의 모습과, 새롭게 만들어야 할 환경에 대해 많은 것들을 다시 한 번 상상하며 독일로 떠나기 위한 가방을 꾸리고 있었다.

# 당케, 미스터 바우만

2주 동안 남의 말에 귀를 기울이기만 하면
남의 관심을 끌기 위해 2년 동안 노력한 것보다
더 많은 친구를 얻을 수 있다.
- 데일 카네기

독일 연수가 결정되었을 때 어학연수 장소를 '프린'으로 강력히 추천한 사람은 메글레Meggle라는 회사의 바우만 Mr.Baumann씨였다. 메글레는 버터와 유당 등을 제조하는 회사로 프린에서 불과 차로 30여 분 거리에 위치해 있다. 바우만씨는 메글레의 수출 담당으로 일 년에 서너 차례씩 우리나라를 방문했고 나도 일 년에 한 번은 메글레 본사를 방문하는 터라 아주 가까운 사이다.

바우만의 집은 프린에서 멀지 않은 바써부르크Wasserburg의 작은 마을 라이트메링Reitmehring이므로, 그는 혼자 지낼 수밖에 없는 나이 사십의 유학생을 돌봐줄 수도 있고 금요일 저녁부터 일요일 저녁까지 자신의 집에서 지내면서 일주일 동안 배운 것을 가족이나 마을사람들과 회화연습도 할 수 있다며 나에게 프린의 괴테 인스티투트를 추천했다. 그러나 아이러니하게도 이 지역은 독일표

준어가 아닌 바바리아 사투리를 사용했다. 인스티투트에서는 표준어를 배우고 한 발짝 문밖을 나오면 독일인도 알아들을 수 없는 바바리아 사투리가 들렸고 독특한 가톨릭 문화를 가지고 있어 우리가 잘 아는 아침인사조차 구텐 모르겐Guten Morgen이 아닌 '그루쓰 고트Grüss God'라고 인사하는, 독일어연수 목적과는 다소 거리가 먼 생활환경을 가지고 있었다.

뮌헨 역까지 마중 나온 바우만씨 부부를 따라 독일 남쪽 바바리아주에 위치한 조그마한 휴양도시 프린에 도착해서 학교 앞 원룸 아파트에 거처를 잡았다. 다음 날 아침, 태어나서 처음으로 내 손으로 직접 아침식사를 준비하면서도 자취 생활을 해야 하는 현실이 실감나지 않았다. 앞으로가 걱정되기 시작했지만 당장 먹을 것은 바우만씨가 준비해주었기에 하루 이틀은 그럭저럭 해결했다.

'프린'에서의 생활은 단조로웠다. 놀 것도, 볼 것도, 먹을 것도 마땅치 않았다. 다른 젊은 학생들은 대부분 기숙사 생활을 함께해서 끼리끼리 몰려 점심식사를 하러 다니고 저녁에는 어려운 외국어 공부 스트레스를 풀기 위해 유흥가에서 즐기기도 하는데 나는 늘 혼자 저녁식사를 하고 독일어에 매달렸다. 가끔씩 젊은 학생들을 숙소로 초대하면, 냉장고에는 시원한 맥주가 가득하고 항상 화이트와인을 갖추고 있었기에 즐거워했다. 물론 저녁식사는 언제나 슈퍼마켓에서 구입한 토마토소스 스파게티와 오이피클이 전부였다. 그래서인지 한 주일 내내 금요일 수업이 끝난 후 바우만씨 집에 가서 일요일 저녁식사까지 하고 돌아오는 주말만을 기다렸다.

서머타임 제도가 있어 저녁 8시가 넘어서까지 해가 있었다. 금요일 오후에 바우만씨가 픽업하는 순간부터는 해방된 기분이었다. 바우만씨가 사는 라이트메링에는 금요일과 토요일 저녁에는 동네사람 또는 친구들과 부부동반으로 외식을 하든, 밤늦게까지 술과 춤으로 즐기며 살았다. 저녁에 같이 술을 마신 사람들과 아침 일찍 함께 맥주를 마시는 풍습은 우리가 아침에 해장술을 하는 것과 같았다. 이런 풍습은 아마도 바바리아가 농축산업 지역이기 때문인 것으로 생각된다. 이렇게 잘 놀고, 잘 먹고, 잘 쉬다가 일요일이 되면 아침부터 주말숙제를 하고는 저녁식사 후에 학교와 숙소가 있는 '프린'으로 돌아가는 작은 일탈이 기다려지는 주말의 연속이었다.

바우만씨 덕분에 한국관광객들이 잘 찾지 않는 킴제 호수를 관광하기도 했다. 헤렌 킴 제Herren-Chiem-See라는 명칭은 킴오Chiemo라는 백작 이름에서 나온 명칭이라 한다. 그런데 독일어 'See'는 호수라는 뜻이 있으니 킴제 호수가 아니라 킴의 호수로 표기되어야 맞는 것 아닐까? 마치 동해바다라고 하는 것과 같다. 게다가 'See'가 남성으로 쓰일 때는(der See) 호수를 의미하고 여성으로 쓰일 때는(die See) 바다를 의미하는데 영락없이 킴제 호수는 바다를 닮았다, '바이에른의 바다'라는 명성답게 킴제 호수는 수평선이 보일 만큼 망망대해와 같았다.

프랑스의 베르사유 궁전을 세 번이나 다녀와 그대로 만들었다는 유명한 킴제성Chiemsee castle은 아름다운 킴제 호수의 헤렌 킴제 섬에 있었다. 아름답기로 이름나 많은 관광객들이 찾는 린더호프 성Linderhof castle과 퓌쎈 근처의 백조의 성Neuschwanstein castle도 루트비히 2세에 의해 지어졌다고 한다. 그러나 이야기를 듣고보니 궁전의 아름다움보다는 성을 지은 루트비히 2세에 관한 사연이 더 우울했다. 자살을 시도했던 바이에른의 4대 국왕인 그가 '바그너'의 오페라 '로엔그린'에서 삶의 희망을 찾았지만, 바그너를 사랑하고 정치를 등한시해 왕권을 잃고 비운의 죽음을 맞이했다고 하니 독일판 '왕의 남자'가 아닌가 하는 생각에 권력의 무상함이 새삼 느껴졌다.

바우만씨는 언제나 새로운 것을 보여주고 싶어 했다. 어느 날 좋은 구경을 시켜준다기에 따라나섰더니 도로 양편이 예쁜 꽃으로 단장되었고 집집마다 깃발이 걸려 있었다. 이 마을 어느 집 아들이 가톨릭 신부가 되어 고향으로 돌아오는 날을 축하하는 행사라고 한다. 마을을 들어서는 입구까지 동네 사람들이 차를 타고 나가 신부가 탄 차 뒤를 따라 그의 집까지 환영하는 것이다. 다음 날 아침부터 작은 동네에 자동차가 몰려들었다. 길 양편을 주차장으로 만들고 넓은 초원에는 야외미사를 드릴 수 있는 행사장을 만들었다. 신부의 첫 번째 미사 집전에 참석하기 위해서 반경 100km 내의 지역 사람들이 모여들었다. 북부독일은 개신교가 많은 데 비해 남쪽지역인 바바리아는 인구의 90% 이상이 가톨릭 신자들이다보니 신부가 되는 것이 마을의 큰 경사인 것이다.

처음에는 왜, 이런 곳에 어학연수원을 두었을까 이해되지 않았지만 조용하고 외부와 차단된 곳 그래서 학생들이 공부에만 전념할 수 있는 곳이기도 하고, 체재비 등 물가가 대도시에 비해 경제적이라는 긍정적인 면으로 이해하기로 했다. 그러나 다시 생각해보아도 독일어 하나만을 목표로 했다면 강렬한 남부사투리를 쓰는 '프린' 지역을 선택한 것이 불합리해보이기는 했다. 다만 고마운 바우만씨와의 인연으로 바바리아만의 특별한 추억을 간직하게 되었고 그 시절을 아름답게 회상할 수 있게 되었다.

Danke schön, Mr. Baumann!

# 횤스트 사이트

용기 있는 한 사람이 다수의 힘을 갖는다.
– 앤드류 잭슨

어학연수를 위해 머물렀던 독일 남부지방 '바바리아'의 휴양도시 '프린'에서 '괴테 인스티투트' 과정을 마치고 본격적인 업무연수를 위해 중서부에 위치한 '프랑크푸르트'시의 '횤스트 사이트Hoechst site'로 이사했다. 프랑크푸르트는 유럽 최대의 비즈니스 지역이자 유럽 최고의 경제 중심지로 일컬어지는 '라인-마인Rhein-main'의 중심에 위치해 있으며 유럽에서는 이 지역이 마치 바나나 형상을 했다고 해서 '바나나 존banana Zöne'으로도 불린다. 라인강 지류인 마인 강변에 발달한 이 도시의 정식명칭은 베를린 근교의 폴란드 국경 근처에 있는 프랑크푸르트 안 데어 오데르Frankfurt an der Oder와 구별해 '프랑크푸르트 암 마인Frankfurt am Main'으로 불린다. 세기적인 대문호 '괴테'가 태어난 장소로 유명한데, 이 도시 사람들은 '괴테'를 '프랑크푸르트 시민의 위대한 아들'이라 부르며 매우 자랑스럽게 여기고 있다.

독일의 남북과 동서를 잇는 교통의 요충지이며 국제적인 무역도시로 지정학적, 경제적 측면에서 최고의 비즈니스 환경을 갖추고 있는 이곳에 기업들이 몰려드는 것은 당연한 것으로 다국적 기업들이 유럽시장의 진출기지로 삼아 치열한 경쟁을 벌이고 있다. 프랑크푸르트는 독일에서 가장 현대적인 도시로 포스트모던 건축물 등 세련되고 멋있는 건물들을 여기저기서 만나볼 수 있다. 독일의 상업과 금융의 중심지로 도시 중심가에 나란히 서 있는 높은 건물은 대부분 은행 건물로 '독일의 맨해튼'이라고 불리기도 한다.

제2차 세계대전 당시 독일의 여느 도시에 비해 철저히 파괴된 것도, 전후 복구사업을 하면서 이 도시가 오늘날과 같은 현대적 외관을 갖추게 된 것도 이 같은 정치·경제적 위상과 깊은 연관을 맺고 있다.

프랑크푸르트 시내 중심가의 고층빌딩과 유럽 특유의 고풍스런 건물들을 뒤로한 채 푸른 잔디와 양 옆으로 서 있는 인상적인 가로수를 보며 20여 분을 달려 교외에 다다르면 '획스트 사이트'라 불리는 획스트 산업단지에 도착하게 된다. '획스트'란 이름은 이곳 지역명인 동시에 회사명칭이기도 한데 설립 당시 지역이름을 따서 이름을 정한 것이다. 산업단지라는 말이 어울리지 않는 한적함과 고요함을 느끼며 조금 더 달리면 커다란 산업용 탱크와 탱크로리, 파이프 라인, 크레인 등이 나타나는데 여기서부터가 진짜 인프라서브 획스트Infraserv-Hoechst이다. 140여 년 전에 설립된 유럽 최고의 전통을 자랑하는 산업단지로 전체 규모 460만 평방미터이며 또 하나의 도시를 연상할 만큼 웅장한 모습에 기업활동에 필요한 모든 인프라가 갖춰져 있는 비즈니스 천국이다.

지금은 구조조정에 의해 이곳을 운영하는 '인프라서브 휙스트' 사의 대주주인 클라리언트Clariant를 비롯한 여러 개의 기업으로 나뉘어 회사 이름과 주인이 바뀐 상태지만, 당시 이런 규모의 산업단지를 운영하고 있는 회사에 근무하고 있다는 사실에 커다란 자부심을 가질 수 있었다.

산업단지에는 '휙스트 이스트', '휙스트 웨스트' 등 주 출입구마다 기차역이 있고 마인 강을 끼고 염료와 안료의 생산공장이 있다. 그 당시 휙스트 사이트에는 R&D센터의 연구개발 인력과 본사 직원만도 3만 5000명이 근무했다. 이곳에는 식당이 여러 곳에 있으며 각 식당의 메뉴와 가격에도 차이가 있기 때문에 대부분의 직원들은 각자가 미리 안내된 메뉴를 보고 찾아가야 했다.

또한 휙스트 사이트에서 셔틀버스로 약 10여 분 거리에 회사 창립 100주년을 기념하여 건설한 '백년관'이 있는데, 이곳에는 규모가 크고 메뉴도 다양한 직원식당을 비롯해 고객용과 방문객용 식당이 있다. 다른 모든 직원용 식당은 뷔페식으로 각자 식판을 들고 음식을 선택하여 테이블을 찾아 앉아야 하지만 고객용 식당의 메뉴는 다른 식당과 차원이 다르게 프랑스 요리, 이태리 요리 등을 별도로 주문할 수 있으며 직원식당에서는 제공되지 않는 포도주 등 알코올음료도 제공된다.

이곳에 게스트를 초대하려면 미리 부서장의 허락을 받아야 하며 테이블도 미리 예약해야 한다. '백년관'에는 식당뿐만 아니라 콘서트홀과 스포츠시설 등 종합레저시설이 마련되어 있었다. 그리고 '횔스트 사이트'에는 또 다른 부서 책임자 전용 식당이 마련되어 있다. 물론 메뉴도 차이가 있는데 우리나라에도 손님을 위한 식당이 따로 마련되어 있는 회사도 있고 특히 계급을 중시하는 군부대에 장교식당과 사병식당을 따로 두는 것은 이해가 되지만 같은 회사 내에서 함께 일하는 부서장과 일반직원의 식당이 따로 있는 것이 얼핏 이해되지 않았으나 이곳 사람들은 아무도 위화감을 느끼고 있지 않았다.

주차장 이용도 부서장급 이상은 회사 내 주차장을 이용할 수 있지만 일반 직원들은 회사 밖에 마련된 주차장을 선착순으로 이용해야 한다. 횔스트에서는 옷차림만 보아도 직원들의 직급을 알 수 있다. 세일즈맨이나 부서장은 감색 양복을 유니폼처럼 착용하고, 여직원 중에서도 고위간부의 비서들은 거의가 감색 투피스 정장 아니면 단색 원피스차림이다. 아무도 강요하지는 않지만 누구도 어기지 않는 그들만의 룰이 있어보였다. 일본이나 미국에서도 같은 반응을 보였을까? 지금은 많이 달라졌겠지만 우리나라 직장인들이 쉽게 이해 못할 문화의 차이를 느낄 수 있었다.

# 게스트하우스

우리의 인생은 우리가 노력한 만큼 가치가 있다.
– 프랑수아 모리아크

'휙스트 사이트'에서 '게스트하우스'까지는 걸어서 20분 거리다. 세계 여러 나라에서 출장온 직원들이 머무르는 숙박시설인 게스트하우스에는 스튜디오 타입의 원룸과 조그마한 거실과 주방이 있는 투룸, 그리고 아침과 저녁을 사먹을 수 있는 레스토랑을 갖추고 있다. 원룸에 간단한 이삿짐을 풀고 업무연수가 시작되었다. 다음 날 인사과에 신고를 하자 소속되어 일할 유기화학제품 영업부Organic Chem. Div.로 안내되었다. 이곳은 여러 차례 출장으로 낯익은 곳이기도 하거니와 직원들도 이미 잘 아는 사람들이어서 마치 고향에 온 것 같았다.

함께 근무할 사람들과 반가운 인사를 나누고, 해야 할 업무를 안내받았는데 주어진 업무는 유기 화학제품 중간체organic Chem. intermediates를 일본과 대만, 한국에 수출하는 업무였다. 흥미롭게도 우리나라에서 하던 일과 정반대되는 일이었다. 한국을 비롯한 각국에 있는 현지 직원들을 통해 제품을 판매하는 일로 수출 업무를 처리하면서 생산과 판매에 관련되는 전 과정을 연수시키려는 프로그램이었다. 연수 목적 중에 제일 중요한 것은 전반적인 업무 흐름을 파악하고 모든 조직에서 일하는 각 분야 사람들을 접촉하여 인간관계를 맺는 것이다.

화학분야의 영업뿐 아니라 인사조직HR, 유통물류logistics, 전략기획planning, 재무회계Financing 등 전 조직의 업무를 파악할 수 있도록 프로그램이 짜여 있었다. 업무를 하면서 새로운 것을 보고 배우는 일은 정말 흥미로웠다. 특히 일본과 대만 책임자들과도 서로 잘 아는 사이인지라 세 나라에 공평하게 물량을 조절하거나 가격협상을 처리하는 일이 얼마나 어려운지 다시 한 번 체험하게 되었다. 나 자신이 언제나 "모든 일이나 사람에게 공평하고 공정해야 된다"고 직원들에게 교육하고 강조했지만 스스로도 지키기 어려운 부분이었다. 때문에 당시 선의의 경쟁을 하는 세 나라에 대해 어느 한쪽에 치우침 없이 공정하게 처리할 수 있도록 나를 믿고 따라준 우리나라 직원들에게는 지금도 감사하고 있다.

업무 시간은 오전 8시에서 오후 5시까지다. 출근 시간에 맞추어 매일 아침 7시 30분에 게스트하우스를 나선다. 사무실에 도착하면 동료들과 커피를 마시는데 아침과 오후 한 차례씩 사무실에서 잡일을 돕는 메이드가 서비스카를 끌고 복도를 다닐 때 마실 사람은 각자 자기 컵을 가지고 복도로 나가 제공받는다. 커피잔은 사용 후 각자가 물에 씻어 보관하는데 대부분 책상서랍에 보관한다. 커피값으로는 매달 5마르크씩 지불하는데 이는 합리적인 방법이라 생각한다. 나는 숙소에서 식사를 하고 출근하지만 많은 직원들은 먹을 것을 가방에 넣어가지고 사무실에 와서 커피와 함께 아침식사를 한다. 대부분 빵, 샌드위치, 사과 등이다.

근무시간에는 모두들 각자 맡은 일을 충실히 했다. 11시 45분이면 점심식사를 시작하고, 오후 5시 5분 전부터 퇴근준비를 하다가 정각에 펜을 놓고 퇴근한다. 이런 근무 형태는 독일은 물론 유럽의 일반적인 근무형태였다. 물론 이러한 출퇴근 모습은 이미 10년 이상 '훽스트' 조직 속에서 생활했기 때문에 생소하지 않았지만 직원으로서 회사의 앞날이 걱정되기도 했었다. 이미 여러 차례 방문하여 조금도 양보하지 않는 정시 출퇴근을 알고 있었으나 막상 같이 일하면서 실제로 생활하다보니 우리나라 직원들이 야근하는 것에 대해서도 갈등이 생겼다. 한 가지 다행스러운 것은 ZDA, 우리말로 중앙기획실인 이곳은 '훽스트'의 핵심 인재들이 일하는 부서이며 이곳만은 24시간 전등이 꺼지지 않는다고 했다. 아마도 이들 덕분에 전 세계의 17만 명이 넘는 거대한 조직이 일사불란하게 움직이는 것이라 믿는다.

본사 사무실에서는 모든 직원이 함께 일하는 날이 거의 없다. 직원들은 각자가 맡은 일을 충실하게 하면서도 자기에게 주어진 혜택은 모두 즐기고 있었다. 자리가 비어 있어서 알아보면 휴가라고 하거나 아니면 병가라고 한다. 독일은 일 년 법정 휴가일이 6주로 정해져 있고, 휴가 때에는 휴식과 함께 가족생활을 누리는 견실한 생활양식을 가지고 있다. 독일의 휴가는 세계에서도 가장 길어서 남자도 출산휴가를 받는다. 뿐만 아니라 여름휴가도 매우 길다. 그럼에도 불구하고 독일에서 생산된 제품은 세계적인 경쟁력을 보유하고 있는 것을 보면 노동시간과 제품의 질은 무관하다는 것을 알 수 있다. 당시 우리나라에서는 생각조차 할 수 없는 일이었다.

특별히 외국 손님과 저녁식사 약속이 있는 경우를 제외하고는 아주 중요한 손님들의 접대도 대부분은 점심식사를 같이 하는 것으로 대신한다. 퇴근길에 직장 동료들과 어울려 저녁식사나 술을 함께 하는 경우도 거의 없다. 미리 2~3주 전에 약속하는 경우를 제외하고 동료들이 퇴근 후 같이 회식을 하는 경우는 한 번도 없었다. 단지 우리 부서에서는 한 달에 한 번씩 독일식 볼링을 했는데 참가자도 열 명을 넘지 않았지만 고작 한 시간 내지 한 시간 반 정도의 게임이 끝나면 서둘러 집으로 돌아가기도 바빴다. 독일인들이 원래 가족적인 사람인지 아니면 극히 개인주의적인 사람인지.

동료들이나 가까운 이웃들과의 식사 약속도 미리 해야 하며 부부동반을 원칙으로 한다. 우리처럼 갑작스럽게 약속하거나 퇴근길에 술 한잔 하자며 붙잡는 사람은 미친 사람 취급을 받게 된다. 독일인은 근면하기도 하지만 노동과 휴식을 시간적으로 명확히 구분해서, 일하고 쉬고 노는 것을 뒤섞이지 않게 효율적으로 사용하고 있었다. 정해진 일과시간에만 집중해서 일을 하는 그들과, 하루 종일 업무에 관한 생각에 잠겨 있던 습관이 서로 익숙하게 조율되지 않아 처음에는 적응하기가 매우 혼란스러웠다. 아마도 많은 한국인들은 오로지 일을 해야만 한다는 시대적 상황 때문에 강박증에 시달리고 있었던 것 같다.

'휄스트'의 미래와 '휄스트 코리아'의 조직 효율성까지 염려하며 밤잠을 설치던 '게스트하우스'의 나는 이미 '휄스트'라는 회사의 '게스트'가 아니었다.

# 코리안 엔젤

고통을 주지 않는 것은
쾌락도 주지 않는다.
- 미셸 몽테뉴

아침 6시에 일어나 세면하고 식사하고 7시 30분쯤 걸어서
출근해 8시부터 5시까지 근무하고 숙소에 돌아오면 5시 30분쯤
된다. 저녁식사를 하고 나면 책을 읽거나 텔레비전을 보는 것 외
에는 특별히 할 일이 없다. 여기서도 '칸트'처럼 지낼 수는 없는
일이었다. 좀 더 다양한 경험을 하고 싶었다. 가끔씩은 게스트하
우스의 식당에서 여러 나라에서 온 직원들과 같은 테이블에 앉아
식사를 함께 하거나, 식당 문을 닫을 때까지 맥주나 포도주를 마
시며 서로 다른 문화와 공동 목표에 대해 토론하기도 했다. 저녁
시간을 이용해 아일랜드와 영국에서 온 친구들과 독일어 학원을
함께 다니기도 했다.

학원은 축제가 자주 열리는 하우프트바헤Hauftwache 쇼핑 거리
에 위치해 있어서 수업이 끝난 후 축제의 떠들썩함을 이방인들끼
리 즐기기도 했다. 획스트 시내에서 조금 떨어진 곳에 있던 게스

트하우스 주위에 맥주를 파는 작은 퍼브Pub가 있었다. 시간이 나면 그동안 배운 독일어 연습도 할 겸 가끔 들르곤 했는데 어느 동네에서나 흔히 볼 수 있는 정겨운 곳이었다. 특히 이곳은 정년퇴임한 노인들이 많이 모이는 곳이라 내가 가면 젊은 아시아 사람이라며 모두들 친절하게 대해주었다.

휙스트에서 근무했던 직원들도 만나볼 수 있었다. 그 중에서도 내가 원하면 항상 함께 할 수 있던 오텐Mr. Otten과 로만Mr. Romahn은 두 사람 모두 같은 세일즈 부서에서 근무한 인연으로 자주 만났는데 매일 이야기해도 끝이 없는 한국 생활을 되새기며 향수를 달래기도 했다. 또 한 사람, 염료 사업부의 한국에서 이민온 정치국 선생은 믿기 어려울 정도로 친절한 분이다. 주말의 절반 이상은 이 세 사람과 지내는 시간이 많았는데 언제라도 우리 음식이 생각나면 정 선생 댁을 찾곤 했다. 정 선생의 가족 모두가 가톨릭 신자로 남동생은 신부가 되어 서울에서 근무했다.

나는 가톨릭 신자는 아니었지만 일요일이면 정 선생 가족과 함께 한국에서 오신 신부가 주관하는 미사에 참석했다. 미사 드리는 분들은 이민자들이 대부분이고 한국 본사의 독일 주재원으로 근무하는 직원과 가족들이었다. 약 150명 정도가 모이는데 미사가 끝나고 시간이 있는 사람들은 교인들이 마련한 프랑크푸르트 시내에 위치한 '한국의 집'에 모여 환담하고 정보도 교환하는 자리를 가졌다. 물론 신부님도 함께 즐거운 시간을 갖는다. 2층에는 어린이들이 놀 수 있도록 피아노 등을 갖추어놓고, 1층은 여러 사

람들이 대화할 수 있도록 넓은 공간에 의자와 테이블을 준비해 각
종 음료수와 독일에서는 빼놓을 수 없는 맥주까지도 마련되었다.

한국인들은 먼 타국에서도 몇 사람이든 모이면 모임을 만들었
다. 혈연, 학연, 지연 때문에 오히려 배타적이 되는 부정적인 면
도 있지만 누가 어떻게 운영하느냐에 따라 크게 달라지는 것 같았
다. 언젠가는 우리나라 개신교 목사님께서 미사에 오셨기에 어떻
게 미사에 참석하게 되었는지 물어보았더니 대답은 간단했다.
"서로 위안차 방문한다"고 했다. 하나도 이상할 게 없어보였다.
타 종교를 인정하지 않는 우리나라 종교계의 이기심을 다시 한 번
돌아보게 했다.

독일에서는 가톨릭과 개신교가 여러 가지 방법으로 협력하면서
사회의 여론형성에 참여하고 교파를 초월해 교회 및 사회사업을
한다고 한다. 독일 교회에는 헌금이 따로 없으며 종교세가 있는
데 교회에 이름이 등록되면 정부에서 수입의 일정 비율만큼을 종
교세로 받아가기 때문에 한때는 그 돈이 아까워서 교회에다 자신
의 이름을 명단에서 빼달라고 하는 사람들도 있었다고 한다. 국
가에서 종교세를 걷어들이는데 정부가 이 돈을 모아서 각 교회에
지원해주고 신자들도 따로 십일조를 내지 않고 목회자들도 정부
에서 급여를 받는 셈이라고 하니 우리나라 교회와는 시스템이 완
전히 다르다.

아무튼 정 선생님 덕분에 주말 휴일이 늘 풍요로웠다. 정 선생
님 부인은 훽스트 시립병원 수간호사로 근무하면서 딸과 함께 다

정스레 살고 있었다. 1970년대에 한국간호사로 독일에 와서 20년 가까이 되셨다는데 당시 한국에서 온 간호사와 광부 이야기는 가슴 아픈 사연들을 지니고 있다. 5·16 군사혁명 직후에 소위 혁명세력을 인정하지 않던 미국이 원조를 일시 중단하게 되는데, 그들을 인정하면 아시아 또는 다른 나라에서도 똑같은 상황이 발생할 것이라는 우려에서였다고 한다. 가난한 한국에 돈 빌려줄 나라는 지구상 어디에도 없었다.

당시 한국은 자원도 돈도 없는 세계에서 가난한 나라 중 하나였다. 필리핀이 국민소득 170달러, 태국이 220달러였을 때 우리나라는 76달러였다. 지푸라기라도 잡고 싶은 마음에 우리와 같이 분단국인 동독과 대치 중인 서독에서 1억 4,000만 마르크를 빌리는 데 성공했다. 당시 우리나라는 서독이 필요로 하는 간호사와 광부를 보내주고 그들의 봉급을 담보로 잡힌 셈이다. 독일에 파견할 고졸 출신 광부 500명을 모집하는 데 4만 6,000명이 몰렸다. 백 대 일의 경쟁을 뚫고 선발된 사람들이다.

그들 중에는 정규 대학을 나온 학사 출신도 수두룩했다. 상당수가 대학졸업자와 중퇴자들이었다. 이들은 면접 볼 때 손이 고와서 떨어질까봐 까만 연탄에 손을 비비며 거친 손을 만들어 면접에 합격했다고도 한다. 당시 남한 인구 2,400만 명에 정부공식 통계에 나타난 실업자 숫자만도 250만 명이 넘는 시절이었으니 매월 150달러짜리 직장에 지원자가 밀려드는 것은 당연한 일이다. 간호사의 사정도 비슷했다. 처음에 독일로 떠날 때의 고용조건은

월 보수 110달러였다. 1970년대 중반에는 서베를린에만 한국 간호사가 2,000명이 넘었다. 이후 10여 년간 독일로 건너간 한국 간호사가 1만여 명, 광부들은 약 7,800여 명이 건너갔다고 한다. 이들의 송금액은 연간 5,000만 달러로 한때 GNP의 2%대에 달했다.

서독 방송, 신문들은 대단한 민족이라며 가난한 한국에서 온 간호사와 광부들에게 찬사를 보냈다. "세상에 어쩌면 저렇게 억척스럽게 일할 수 있을까?" 해서 붙여진 별명이 '코리안 엔젤'이었다. 세계가 우리나라를 무시하지 못하도록 국력을 키울 수 있었던 것은 그때 그 광부와 간호사들, 월남전과 중동건설 세대가 있었기 때문이다. 수천 미터 지하 탄광에서 비지땀을 흘리던 광부와 이방인의 시신을 닦던 간호사들, 목숨을 담보로 이국전선에서 싸우던 파월장병들의 고귀한 생명과 작열하는 사막의 건설현장에서 흘린 땀과 눈물이 있었기에 오늘의 풍요를 누릴 수 있다는 사실을 상기시켜주신 정 선생님 내외분도 바로 '코리안 엔젤'의 한 분이다.

제4장

# 너무도 다른 문화

# 아! 로렐라이

다른 사람과 비교하지 말고
너 자신의 삶을 즐겨라.
– 니콜라스 드 콩도르세

13년 동안 아이들을 기르고 시부모님을 모시고 산다는 핑계로 남들 모두 즐기는 해외여행 한번 제대로 해보지 못한 아내의 첫 해외여행은 나의 본사 프로그램 덕분에 가능했다. 모처럼의 기회로 아내가 독일에 머무는 동안 즐겁고 많은 추억이 쌓일 수 있도록 유럽의 여러 나라를 둘러볼 수 있는 계획을 세웠다. 하지만 아내와 함께 할 수 있는 시간이 주말뿐이어서 여행지는 당일치기나 1박이 가능한 지역으로 한정되었다.

아내는 로렐라이 언덕을 가보고 싶어 했다. 독일로 출장오거나 관광 오는 한국방문객들이 꼭 가보고 싶어 하는 곳은 한결같이 전설 속의 로렐라이 언덕이고, 영화 속의 하이델베르크였다. 다행히 두 곳 모두 프랑크푸르트에서는 당일 여행이 가능한 곳이었다. 그러나 로렐라이 언덕은 이미 여러 번 다녀왔기 때문에 그곳은 커피숍 하나 있는 언덕일 뿐이라고 내가 아무리 말해도 아내는 "남들은 다 구경시켜주고 나는 구경 안 시켜주느냐"고 서운해 하여 결국 가기로 했다.

우리나라에서 온 누구에게나 똑같이 얘기하지만 "볼 게 없으면 가지 말자"고 포기한 팀은 단 한 번도 없었다. 아마도 귀국해서 "독일까지 가서 그 유명한 로렐라이를 못 가봤다"고 하면 남에게 뒤처지는 것으로 생각하거나 남이 하면 나도 해야만 직성이 풀리는 습성 때문인 줄로만 알았다. 그러나 이미 로렐라이는 평범한 언덕이 아니라 전설과 노래의 힘으로 반드시 들러보아야 할 관광명소가 되어 있었다. 학창시절 음악시간에 배웠던 '로렐라이 언덕'이라는 노래 덕분에 우리에게는 더욱 친숙한 곳이기도 하다.

아름다운 소녀가 머리카락을 휘날리며 노래를 부르면 그곳을 지나던 선원들이 노랫소리에 도취되어 넋을 잃고 그녀의 모습을 바라보다가 배가 물결에 휩쓸려서 결국 암초나 절벽에 부딪쳐 물속으로 빠져들게 된다는 내용이었는데 대문호인 하이네의 서정시로 이어지면서 전설처럼 되었다고 한다. 실제로 지형 위치상 굽어지는 협곡 때문에 물살이 불규칙적이고 유속이 빨라져 많은 배들이 침몰되었다 하니 이러한 전설이 만들어졌겠지만 막상 로렐라이 언덕을 다녀온 사람들은 그 유명세에 비해 실망스러워했다. 유람선이 그곳을 지날 때는 로렐라이 음악을 틀어주는데, 그때서야 비로소 그곳이 로렐라이 언덕임을 알 수 있을 정도이다. 그래도 이곳을 찾는 많은 관광객들은 언덕 저편 어딘가에서 마음속에 그려온 금발의 아름다운 처녀가 슬픈 연가를 불러주기를 기대하며 저마다의 가슴속에 환상을 새기고 돌아가게 되는 것이다.

여행 가이드들은 관광객이 감동을 느끼는 데 걸리는 시간에 따라 관광명소를 두 종류로 나눈다고 한다. 그랜드캐년이나 나이아가라 폭포 등은 보자마자 탄성이 나오는 '1초 관광지'이고, 라인 강변의 로렐라이 언덕이나 브뤼셀의 오줌싸개 동상처럼 역사적인 배경이나 뒷얘기를 갖고 있는 관광지는 '10분 관광지'로 구분한다. 여행 산업에서는 '1초 관광지'보다 '10분 관광지'가 더 중요하다. 아무리 노력해도 그랜드캐년과 같은 자연을 만들어낼 수는 없지만 해설이 따라붙는 여행지는 사람의 몫이다. '맛있는 이야기'를 담으면 평범한 곳도 관광 명소로 바꿔놓을 수 있다. 여행을 자주 다니고 학력수준이 높을수록 스토리텔링을 선호한다는 게 여행업계의 일반적인 견해이다. 역사, 시詩, 전설, 영화 등 모든 이야깃거리가 관광산업의 소재이다.

로렐라이뿐 아니라 프랑크푸르트에서 한 시간 반가량 떨어진 서남부지역의 바덴 뷔르템베르크Baden Wurttemberg주에 있는 하이델베르크시에도 이야깃거리는 넘쳐났다. 시내에서 보이는 산 위에는 붉은 빛이 도는 돌로 13세기에 지어진 하이델베르크 고성이 있다. 이 성은 여전히 고딕과 르네상스 양식이 조화된 옛 모습을 유지하고 있으며 하이델베르크에서 가장 인기 있는 볼거리로 각광받고 있다. 이 성은 이름 자체에서 풍겨나오는 학구적인 이미지와 더불어 하이델베르크를 더욱 고풍스럽게 만든다. 2차 대전 당시 연합군 사령관도 도시의 아름다움에 폭격을 포기했다는 일화를 가진 하이델베르크의 고성은 다소 파괴되어 있어도 아름다움을 잃지 않고 있었다.

구시가를 따라 흐르는 네커어Necker강에 그림자를 드리우는 아름다운 적색 사암의 하이델베르크 성과 그 강을 따라 펼쳐져 있는 하이델베르크 시내는 그야말로 한 폭의 그림을 보는 듯했다. 지하에는 1751년에 만들어졌다는 8미터 높이에 22만 리터가 들어가는 세계 최대의 술통인 그로세스 파스Grosses Fass가 있다. 이 술통은 기네스북에도 등재되어 이곳의 관광자원 역할을 톡톡히 했는데 원래는 전쟁 중 성 안에 물이 부족할 것을 염려하여 물 대신 와인을 저장할 목적으로 만들어놓았다고 한다.

성 내부 지하에는 독일 약사 박물관이 있어서 18~19세기의 의료기관 물품들을 볼 수 있었는데 그곳에서 한약 달이는 용기부터 거의 모든 것을 동양의 한약방과 똑같이 꾸며놓은 것이 흥미로웠다. 또한 성에서 제일 아름다운 건물이라는 '프리드리히관'과 프리드리히 5세가 영국에서 데려온 아내 엘리자베스에게 하루 만에 지어 선물했다는 '엘리자베스의 문' 등 볼거리가 많다. 특히 엘리자베스의 문은 60대의 괴테가 30대 여인을 만나 사랑에 빠진 곳으로도 유명한데 정원에는 말년에 사랑에 빠진 괴테가 그의 심정을 읊은 유명한 시의 한 구절인 '여기서 나는 사랑을 하고, 그리하여 사랑을 받으며 행복했노라'라는 글이 비석에 새겨져 있다.

고성의 아름다움에 더해진 하나하나의 사연들은 저마다의 이야깃거리로 연간 수백만 명의 관광객들을 불러들이고 있다. 또한 독일 최초로 세워진 하이델베르크 대학교는 영화 「황태자의 첫사랑」에 나오는 곳으로 특히 우리나라 사람들이 꼭 한번 가보고 싶어 하는 곳이다. 양친 없이 엄격한 의식을 지키며 궁정에서 자란 황태자가 경치 좋은 대학도시 하이델베르크 유학 중에 하숙집 소녀와 감미로운 대학생활을 하면서 벌어지는 사랑과 이별의 스토리인데 이 영화를 보고 이곳을 찾는 사람들은 황태자라든가 첫사랑의 판타지와 로망이 어우러지는 특별한 경험을 선사받게 될 것 같았다.

하이델베르크 대학이 있는 거리는 600여 년의 전통을 말하듯 옛 건물 사이에 낭만 넘치는 카페들이 이어져 있는데, 대학생들이 즐겨 찾는 Bier Hof에서는 영화에서 보았던 것처럼 큰 홀 안의 열차 식당과 같이 긴 테이블 양쪽에 열 명이나 스무 명씩 앉아 1000cc짜리 맥주잔을 들고 서로 어깨동무를 하고 노래를 부르며 젊음을 즐기고 있었다. 황태자가 대학 신입생으로 평민 대학생 합창단에 가입하던 날, 그들의 전통의식대로 큰 잔의 맥주를 단숨에 마시는 장면에서 독창과 합창으로 흐르던 축배의 노래가 들려오는 듯했다.

Drink! Drink! Drink! 아내와 나도 자리를 잡고 앉아 영화의 주인공이 된 듯 맥주잔을 부딪혔다.


Ein zwei drei vier

Nip your stein and drink your beer

Drink! Drink! Drink!

대학 뒤편에 위치하고 있는 학생감옥은 대학 자체의 사법권에 따라 근신받은 학생들을 수감하기 위한 곳이었다는데 학생들은 오히려 이곳에 오는 것을 하나의 명예로 생각해 감옥에 있었다는 흔적을 남기기 위해 심심풀이로 감옥 벽에 그림을 그리거나 글을 새겨놓기도 했는데 이렇게 남겨진 낙서마저도 '예술작품'으로 보호되며 입장료를 받고 보여주는 '10분 관광' 상품이 되었다. 억지로 지어낸 이야기보다는 사실을 발견해 윤색하는 것이 관광객에게 더 큰 공감을 유발할 수 있음을 실증하는 것으로 실화를 모티브로 한 '스토리텔링'이 관광객들의 지갑을 열고 있었다.

# 차붐의 인기

다른 사람들을 지배하는 자는 강하지만
자기 자신을 지배하는 자는 위대하다.
– 노자

    영국 스코틀랜드 에버딘 팀을 이끌던 알렉스 퍼거슨 감독이,
차범근 선수가 속한 프랑크푸르트 팀과 경기 후 인터뷰에서 "우
리가 풀지 못했던 주요한 문제는 '차붐'이었다. '차붐'을 막을 수
없었다. 해결 불가능한 존재였다"고 극찬할 만큼 차범근 선수의
유럽진출은 성공적이었다. 신체 조건이 좋고 거친 몸싸움을 하는
유럽선수들 사이에서도, 번개처럼 빠르게 돌진하며 드리블해서
상대를 압박하는 그의 공격 축구는 빛이 났다. 빠른 공간침투와
공중전에 강해서 '갈색 폭격기'라는 별명이 붙기도 했는데, 독일
프로축구 리그인 '분데스리가Bundesliga'로 진출한 차범근 선수의
인기는 폭발적이었다.

    1979년 8월, 데뷔전에서 어시스트를 기록해 독일에서 발간되
는 최고 권위의 축구 전문지 「키커Kicker」가 뽑은 주간 베스트 일
레븐에 선정되었고, 세 번째 경기에서는 첫 골이자 결승골을 뽑

아내 역시 「키커」지의 '금주의 골'로 선정되면서 전 독일인의 주목을 받기 시작했다. 여기에 네 번째, 다섯 번째 경기에서도 연속 득점에 성공해 세 경기 연속 골을 기록하자 차범근 선수가 분데스리가에 동양 축구의 붐boom을 일으키고 있다는 의미와 이름의 로마자 표기인 bum을 이용해 '차붐Tscha Bum'이라 불리기 시작했다.

'차붐'이 속한 '아인트라흐트 프랑크푸르트' 축구팀은 그 당시 휠스트가 스폰서를 하고 있어 관심 갖게 되었고 경기장에도 스폰서용 로열석이 준비돼 있어 관전하러 가기도 했다. 처음에는 스폰서로 만나 그의 집에 초대받아 가게 되었으나 대화를 하다보니 고려대 동문임을 알게 되어 더 친근하게 이야기를 나누게 되었다. 축구 외 자기 생활이라고는 아예 생각할 수조차 없는 전쟁터 같은 객지에서 오랜만에 마음껏 모국어를 사용하고, 우리 음식을 마음껏 먹을 수 있었던 날이어서 그에게도 특별한 날로 기억될 만큼 그의 집에서 보낸 하루는 모두에게 기억에 남는 시간이었다.

잠깐 들여다본 일상의 단면이겠지만 '차붐'의 성공과 인기에 버무려진 빛과 그림자를 떠올리게 되었다. 차범근 선수가 세계적인 선수로 명성을 떨치며 독일 국민과 축구팬에게 절대적인 지지와 사랑을 받을 수 있었던 가장 큰 요인은 무엇이었을까? 아마도 피나는 훈련과 함께 축구와 가족 그리고 신앙 외에는 전혀 신경을 쓰지 않는 구도자적인 생활을 했기에 가능했을 것이다. 교민들과도 어울릴 기회가 없자 '대인관계가 원만하지 않다'는 등의 소문도 있었으나 그는 이에 개의치 않고 오로지 축구에만 전념했기에 정상의 자리에 오른 것이다. 자신에 대한 모든 것을 축구 하나로 평가받고자 했으므로 그의 '처세술'과 '대인관계'는 축구장에서만 존재했다.

본인 말대로 남들에게 잘하고 대인관계 좋게 하는 일은 언제나, 누구라도 할 수 있는 일이지만 그가 독일에 온 목적은 단 하나 분데스리가에서의 성공이었고 그 목표를 달성하기 위해서는 포기해야만 해야 하는 것들이 많았다. 김치나 마늘이 들어간 음식을 먹고 난 후 냄새를 싫어하는 동료들과 하나가 되기 위해 우리나라 음식을 거의 끊다시피 하며 낯선 이국땅에서 성공의지를 다졌다고 했다. 그의 매니저를 자임했던 부인 오은미 여사도 칼로리 분석에 따른 메뉴선택과 식단관리는 물론 경기에 관한 모든 기사를 스크랩하고 언론관계일들을 도맡아 하며 매일 계속되는 운동 후의 마사지까지 1인 5역의 바쁜 나날을 보냈다.

이와 같은 그와 가족들의 노력과 희생으로 1980년 세계 축구 베스트 일레븐에 선정되고, 이후 독일 분데스리가 10시즌 동안 단 한 장의 옐로카드만을 받았을 정도로 투철한 페어플레이 정신으로 경기에 임해 프랑스 풋볼 잡지에 펠레, 마라도나, 베켄바워와 함께 세계축구 4대인물로 선정되었으며 국제 축구역사 통계연맹이 선정한 '20세기 아시아의 선수'가 되었다. 슈뢰더 독일 총리가 우리나라를 방문해 가진 기자회견에서 "방한의 궁극적 목적은 양국의 발전과 우호증진이어야 한다. 하지만 난 '차붐' 부터 만나고 싶다"고 밝힐 만큼 '차붐'의 도전은 성공적이었다.

성공의 사전적 의미는 '목적하는 바를 이룸' 또는 '부나 사회적 지위를 얻음'의 '출세'와 유사한 의미로 쓰인다. 우리나라에서 직장인으로 성공할 수 있는 비결은 돈이나 뛰어난 재능 아니면 어떤 특별한 노하우를 생각하게 된다. 성공한 사람들을 보면 우리는 보통 그들이 부모로부터 물려받은 재산이 많거나 좋은 학교를 나오거나 뭔가 천부적인 재능이 있기 때문이라고 단정한다. 물론 돈이나 학벌, 뛰어난 재능이 성공의 요인일 수도 있다. 하지만 냉철하게 분석해보면 그들의 성공은 무언가 남다른 자기관리와 자기경영을 바탕으로 한 피눈물나는 노력의 대가이다. 원하는 것을 '노력'이라는 과정을 통해 얻었을 때 비로소 '성공'이라고 할 수 있으며, 노력 없이 얻어진 것은 단지 요행일 뿐이다.

원하는 것이 있고, 그것을 위해 공을 들인 결과를 얻지 못하면 우리는 이를 실패했다고 한다. 그러나 불행히도 노력했다고 해서 원하는 결과가 모두 이루어지는 것은 아니다. 세상사에는 과학적이면서도 비과학적인 면이 함께 작용하고 다분히 비과학적인 힘이 우세하게 작용하는 행운을 사람의 힘으로 만들 수는 없다. 행운은 찾아오는 것이지 찾아갈 수는 없기에 행운을 '비는' 것이다.

만약 노력과 여러 가지 요소가 합쳐져 원하는 방향의 결과를 얻게 되었다면 '이루어진' 것이다. 사회생활을 하면서 철저한 자기관리는 성공을 이루는 것과 직결된다는 점에서 매우 중요하다. 이는 절제된 행동을 통한 남다른 노력과 열정이 필요한 것이다.

특히 성공과 실패, 그에 따른 보상의 차이가 현격한 프로의 세계에서는 성공을 입증하고 뒷받침해주기 위한 인기 있는 브랜드 전략도 필요하다. 과거와는 달리 브랜드는 기업의 경영전략 차원에만 머물지 않고 핵심적인 자산가치로 자리매김했다. 개인에게도 이와 같은 기준을 적용하는 것이 크게 무리되지는 않는다. 수많은 제품 중에서도 확고한 브랜드 이미지만으로도 기업이윤이 보장되는 것처럼 수많은 선수들 중에서도 자신만의 브랜드를 갖춘 '차붐'은 성공으로 가는 탄탄대로를 닦으며 인기라는 자산가치를 확보했던 것이다.

개인의 브랜드가 얼마나 중요한 것인지 우리 모두 알고는 있지만 어디서부터, 어떻게 만들어가야 하는지는 모르고 있다. 브랜드는 단순히 이미지로만 가치가 매겨지는 것이 아니라 오랫동안 쌓은 내실과 신뢰로 이루어지는 것이므로 치밀한 전략 아래 성실한 노력이 필요하다. 이름도 모르던 코리아에서 온 차범근 선수가 오로지 축구장에서만 평가받기 위해 자신이 좋아하고 익숙했던 많은 것들을 버리고 성실히 노력해 세계적인 차붐으로 탈바꿈했던 것처럼 한순간에 이루어지는 성공은 없다.

# 아내는 요리사

음식은 냄비 속에서 만들어지나
사람들은 접시를 칭찬한다.
– 탈무드

아내가 온다.

우선 그동안 혼자 머물고 있던 게스트하우스의 싱글룸에서 조금 넓은 주방시설과 몇 명이 앉을 수 있는 거실이 딸려 있는 패밀리룸으로 옮겼다. 자취생활을 청산하고 아내와 함께 지내며 한국 음식을 먹을 수 있게 된 것이다. 아내가 오기 전까지는 레스토랑에서 사먹거나 함께 근무하는 동료나 친하게 지내게 된 교포들과 함께 어울리며 식사를 해결하곤 했었다. 독일인 하면 실용성과 검소함이 연상되듯이 그들의 음식문화에도 이 같은 특성이 그대로 나타난다. 음식을 준비할 때면 요리에 필요한 재료만을 구입해 사용하고, 테이블 역시 불필요한 장식이 거의 없으며, 대부분의 음식은 커다란 접시 하나에 담는다.

우리나라 음식은 개인별로 밥과 국을 따로 담아내는 것은 기본이고 김치보시기와 각종 반찬그릇들로 즐비하게 한 상 차려져야만 하니 독일인의 눈에는 언제나 진수성찬의 큰 파티테이블을 마주하고 앉는 기분이었을 것이다. 또한 이들은 음식 맛이 마음에 들지 않아도 깨끗하게 비우는 편이지만 한국식 상차림 중에서도 특히 손님상차림은 모두가 충분히 먹고도 항상 남을 정도로 넉넉히 준비했으니 음식낭비가 심하다고 생각했을 수도 있다.

물론 이것은 문화의 차이이기 때문에 무엇이 좋고 나쁘다고 할 수는 없지만 최근 들어 우리도 음식물 쓰레기를 줄이기 위해 반찬을 조금씩 담아내는 것은 바람직한 현상이다. 우리나라도 지역별로 음식 종류와 맛에 차이가 있듯이 독일 음식문화도 지역별로 다르다. 바닷가에 접한 북부지역은 스칸디나비아의 영향을 받아 청어와 같은 생선을 많이 먹고, 동부지역은 서양고추나 '캐러웨이' 등의 향신료를 많이 사용하는 데 비해서 라인강 유역의 서부 지역 음식은 강한 양념을 사용하지 않으며, 남부지역은 소시지와 맥주 그리고 감자를 이용한 요리가 다른 지역에 비해 많아 우리가 생각하고 있는 독일 음식의 모습에 제일 가깝다고 할 수 있다.

"사람은 빵만으로 살지 못한다, 반드시 소시지와 햄이 있어야 한다"라는 독일식 우스갯소리 속담은 현실에서 생활화되고 있었다. 소시지나 햄뿐 아니라 일반적으로 보면 독일 요리들이 한국사람 입맛에는 약간 짜게 느껴지는데 아마도 긴 겨울에 대비한 보존식품이 발달한 영향이 있는 것 같기도 하고, 맥주를 많이 마시는 탓에 체내 나트륨이 부족해져서 자꾸 짠 음식이 먹고 싶어지기 때문에 음식 맛이 점점 짜진 것 같기도 하다. 독일 각 지역에는 나름대로 특색 있는 소시지와 햄 종류들이 많이 있는데 이들에게 소시지와 햄은 하루도 빠지지 않고 먹는 중요한 음식이다. 이와 함께 우리나라 사람들이 김치처럼 먹는 독일인의 가장 대표적인 샐러드는 양배추를 잘게 채썰어 여러 가지 향신료들과 소금에 절인 후 발효시켜서 먹는 '자우어크라우트 Sauerkraut'이다. 약간 달고 시큼한 맛이 나서 김치 대용으로 먹을 만하지만 만들어먹을 줄을 모르니 당연히 슈퍼마켓에서 사먹을 수밖에 없었다.

독일인의 주식은 감자다. 감자는 빵만큼이나 중요한 탄수화물 공급원인데, 간단하게 삶아서 먹기도 하지만 튀기거나 볶기도 하고, 삶아 으깨 먹거나 전을 부쳐서 먹기도 한다. 독일 사람도 아닌 내가 이곳 프랑크푸르트의 게스트하우스에서 햄과 소시지, 감자와 계란, 오이피클이나 자우어크라우트를 계속 먹었으니 우리 음식이 그리웠다. 가끔은 레스토랑이나 퍼브에서 돼지고기 정강이살을 소금에 절였다가 맥주에 부드럽게 삶아 만든 독일의 대표적인 요리인 '슈바인학세'를 비롯해 여러 가지 독일 전통 음식을 즐기기도 했지만 우리나라 전통 음식인 갈비구이나 불고기와는 비교할 수 없는 전혀 다른 차원의 맛이었다. 그들은 기름이 많고 단 맛이 강한 돼지고기를 즐겨 먹는데 특유의 누린내를 없애고 육질을 부드럽게 하기 위해 맥주에 넣고 삶아 먹는다고 한다.

하지만 그렇듯 특별한 요리도 모국 음식을 그리워하는 자취생의 미각을 충족시켜주지는 못했다. 그러던 차에 아내가 독일로 오자 먹을 음식도 다양해지고 함께 식사를 해야 할 사람들도 많아졌다. 주중에는 자연스레 한국에서 출장온 직장동료들과 함께 우리식 저녁식사를 준비해 먹었다. 주말이면 한국을 다녀온 독일직원들의 가족이나 도움을 준 분들을 초대해 한국음식을 대접하는 일로 리빙룸은 디너파티장으로 바뀌게 되었다.

한국을 다녀간 외국 사람들은 갈비구이, 불고기, 김치를 제일 좋아하기 때문에 당연히 우리집 주 메뉴는 불고기와 갈비로 정해졌다. 그러다보니 아내는 집 근처 정육점에 갈비며 불고기 구이용 소고기를 마치 큰 식당을 경영하는 사람처럼 구입하는 큰 손님이 되었다. 정육점에서는 통갈비를 일정 간격으로 잘라 가져오지만 힘줄이며 기름부위 등을 잘 발라내지 않은 상태여서 갈비를 사오는 날에는 반나절씩 걸려 고기를 다듬느라 손이 부르트게 고생했다. 그래도 맛있게 먹어주는 사람들을 보며 기꺼이 양념을 재어놓고 흐뭇해하는 아내를 보면 내조의 어려움을 느끼게 되고 미안함과 고마움이 교차했다.

또한 한국음식에서 빠질 수 없는 게 김치인지라 여러 사람이 먹을 김치를 하루 건너 준비하고 담그는 일도 쉽지 않았으리라 생각된다. 객지에서 변변치 못했을 조리기구와 낯설게 느껴졌을 재료들로 순 한국식 음식상을 차리느라 난감해했을 아내 모습이 아직도 눈에 선하다. 그래도 주말이면 그간 신세를 졌던 프랑크푸르트에 사는 동료들 집에서 바비큐파티를 할 수 있도록 한국 음식을 준비해서 신세갚음도 할 수 있었다. 특히 괴테 인스티투트 프린에서 독일어 공부할 때 많은 도움을 주신 분들을 위해 갈비를 재고 김치를 담가 자동차로 약 500km를 달려 바바리아의 '바우만' 씨 집에서 코리안 디너파티를 하던 추억은 잊을 수가 없다.

현지에 근무하는 동안은 물론이거니와 퇴임한 이후 지금까지도 독일 친구들이 부러워하며 즐겁게 추억하는 것이 한국음식과, 요리솜씨에 더해 한국 여성의 강한 내조의 힘을 보여준 아내라며 고맙다는 인사를 받고보니 새삼 아내 자랑을 하고 싶다. 사람들은 내게 집안일과는 담을 쌓고 지냈다고 한다. 물론 그렇게 일했기에 지금의 성공이 있었는데 집안일은 모두 아내가 도맡아 요리해왔기에 가능했던 일이다. 나만큼이나 엄한 시어머니를 선한 미소로 모셔왔고, 아들 둘이 각자 소담스런 가정을 꾸릴 만큼 잘 키워낸 나의 아내. 그 작고 여린 몸으로 혼자 감당하기에 얼마나 벅차고 힘든 일이 많았을까 돌아보면 아들로서, 아빠로서도 그렇겠지만 남편으로서의 무심함에 고개를 들 수가 없다.

세상 누구보다 현숙하고 지혜로운 사람 유봉선. 힘들 때, 기쁠 때 늘 곁에서 손을 잡아주었던 사람. 내가 무슨 일을 해도 철저히 내 편이었던 사람. 이제 내게 주어진 시간 동안 아내의 짐을 덜어주고 한 가정을 이끄는 억센 며느리, 엄마로서가 아닌 내 아내로서 환하게 웃게 해줄 것이다.

인사를 받고보니 우리나라에서는 팔불출 소리를 듣더라도 새삼 아내자랑을 하게 되었다. 비록 음식에서뿐만 아니라 나만큼이나

고지식하고 엄한 시어머니 수발을 비롯해서 일에만 몰두하느라 소홀했을지도 모를 아이들 교육이며 집안의 크고 작은 모든 일들을 알맞게 자르고, 다듬고, 지지고, 볶아서 잘 요리하고 있는 아내는 역시 지상 최고의 요리사임에 틀림없다.

# 한강의 기적

흔히 랍비가 바라던 것을 신이 이루면 기적이라고 하는데,
신이 바라던 것을 랍비가 이루는 것이야말로 진짜 기적이다.
– 탈무드

라인강이 흘러가듯, 한강이 흘러가듯 역사 또한 흘러가
고 있다. 21세기 산업지도자를 위한 이노베이션 특강에서 분석하
고 있는 바와 같이 18세기 후반 영국에서 시작된 산업혁명은 서양
의 물질문명이 동양을 제압하게 되는 결정적 계기가 되었다. 이
를 바탕으로 서구 열강들은 제국주의를 추구했고, 일본은 메이지
유신 이후 서양 문물을 신속히 받아들이면서 대동아공영이라는
미명하에 침략적 제국주의에 동참하게 되었다.

돌이켜보면 우리나라는 이러한 근대사의 가장 큰 피해국 중 하
나였고 그 때문에 나는 자칫하면 이 땅에서 태어나고도 국적 없는
사람이 될 뻔할 만큼의 민족적인 설움을 겪어야 했다. 다행히 나
라를 되찾기 위해 애쓴 선열들의 노력 덕분에 해방을 맞이하고서
도 남북분단이라는 민족적 비극을 겪어야 했음은 함흥이 고향인
나에게는 오랜 시간이 흘러 많은 국민들이 잊고 있는 분단국의 아

품을 뼛속 깊이 새겨두도록 한 또 다른 시련이었다.

　제2차 세계대전 패전국인 독일은 동서로 분단되었으나, 똑같은 전범국인 일본은 분단되지 않고 도리어 피해국인 우리나라가 이념적으로 갈라선 것은 납득할 수 없는 역사의 불행이다. 남한만의 단독 정부 수립 후 채 2년도 되지 않아 시작된 한국 전쟁으로 3년간의 동족상잔이 우리에게 남긴 것은 폐허 그 자체였다. 오늘날 많은 사람들의 신화가 되고 있는 고故 현대그룹 정주영 명예회장은 『시련은 있어도 실패는 없다』라는 그의 자서전 머리말에서 다음과 같이 적고 있다.

　"한국경제는 원칙론적으로 보면 전부 안 될 일뿐이지 될 일은 하나도 없었다. 자본도, 자원도, 경제전쟁에서 이길 만한 기술축적도 없었다. 이것이 우리의 현실이었다. 학자들은 독일을 '라인강의 기적'이라 했고, 그들은 기적이라는 말을 좋아하는지 우리의 경제성장을 '한강의 기적'이라고 표현했다. 그러나 정치와 경제에 기적은 없는 게 현실이다. 종교에는 기적이 있을 수도 있겠지만 정치와 경제에는 기적이란 없다고 생각한다. 경제학자들이 기적이라고 하는 것은 경제학 이론으로, 또한 수치로는 불가능한 것이 인간의 정신력으로 실현된 데 대한 궁색한 변명일 뿐이다."

　이와 같이 '한강의 기적'이란 용어는 원래 제2차 세계대전 이후 수십 년 동안에 걸친 서독의 경제적 발전을 이르던 '라인강의 기적'에서 유래한 말로 우리나라가 전쟁 이후부터 아시아의 네 마리 용 중 하나로 꼽히게 될 만큼 급격한 경제성장을 이룬 것을 표현하는 캐치프레이즈로 쓰이기 시작했다. 우리나라는 GDP 기준으로 보면 1953년 13억 달러에서 2007년 1조 달러로 성장하여 770배나 성장했으나, 아직도 기아가 해결되지 않는 곳이 존재하기도 한다. 그래도 20세기 초 헨리 포드에 의해 시작된 대량 생산 기술 덕택으로 인류 대다수가 기본적인 의식주를 해결할 수 있게 되었다.

피터 드러커 교수의 말대로 20세기는 생산성 혁명의 시대였다. 대량생산 방식 하에서는 분업에 따라 동일한 작업이 반복적으로 이루어지기 때문에 라인편성, 작업표준 등과 같은 고전적 산업공학이 큰 역할을 했다. 대량생산 방식을 지배하던 패러다임은 공장 규모가 크면 클수록 생산단가가 내려간다는 것이었다. 공장 규모가 지나치게 커질 경우에는 오히려 규모의 불경제가 나타나기도 하지만, 큰 것이 좋다는 규모의 경제 하에서는 광범위한 통합이 매력적이었다.

기업의 자체 생산시스템과 공급체인을 관장하는 범위가 넓어지는 정도에 따라 통합 방법도 여러 각도로 모색되고 있었다. 싼 가격이 구매의 주요요인이 되던 시기에는 규모의 경제를 위한 통합을 통해 덩치가 클수록 경쟁우위를 누릴 수 있었다. 그러나 생활 수준이 높아짐에 따라 남들과 똑같은 것을 저렴하게 구매하는 것보다는 조금 더 비싸더라도 개성 있는 것을 선호하게 되면서 표준품을 대량 생산하는 능력보다는 다품종 소량생산도 효율적으로 할 수 있는 새로운 능력이 필요하게 되었다. 물론 제조원가의 높은 상승도 불가피한 것으로 생각되었다.

그러나 자동화기술이 고정형 자동화에서 프로그램형 자동화 및 가변형 자동화로 확대됨에 따라 이러한 품목과 가격의 상충관계를 완화시킬 수 있는 유연생산시스템과 컴퓨터 통합생산이 등장하게 되었다. 생산성과 유연성의 상충관계를 대폭 완화시킬 수 있는 프로그램형 자동화의 결과, 다수의 제품을 따로 따로 생산하는 것보다 이들을 모아 하나의 작업장에서 만드는 것이 비용이 적게 들게 되니 훨씬 경제적이어서 인수합병의 이론적 근거를 제공하게 되었다.

오늘날 경쟁 환경에서는 개별공장의 경쟁우위를 지배하던 규모의 경제와 통합생산만으로는 기업의 성공과 실패가 결정되지 않는다. 경쟁과 협력이 병존하는 글로벌 경쟁 하에서는 가능한 한 많은 것을 추구하기보다, 차별적 경쟁우위를 확보하고 있는 부분만 자사가 수행하고 나머지는 자사보다 더 잘할 수 있는 파트너를 찾아서 협력해야만 한다. 따라서 훽스트만의 핵심역량을 기반으로 이러한 협력 네트워크의 구축이 더 큰 시너지 효과를 발휘할 수 있도록 핵심역량의 보호와 외부자원의 활용을 적절히 조화시키지 않으면 안 되었다.

훽스트가 차별적 경쟁우위를 확보할 수 있는 부분을 찾아 필요한 핵심역량만을 확고히 구축하고, 그 외 분야는 가장 경쟁력 있는 기업으로부터 조달받거나 과감히 처분할 수 있도록 노력했다. 경쟁 우위의 패러다임이 바뀜에 따라, 핵심능력을 기반으로 한 경쟁과 협력이 경기의 새로운 규칙으로 이미 자리잡고 있었다. 한강의 기적이라는 표현이 결코 과장이 아니던 우리 경제가 큰 시련에 처했던 이유 중 하나는 산업경쟁력을 지배하는 경쟁우위의 패러다임이 급속히 변하고 있었기 때문이다.

패러다임의 변화란 흔히 경기 종목이나 규칙이 바뀌는 것에 비유된다. 이미 경기 종목이 바뀌었는데도 과거의 규칙에 따라 경기에 임한다면 새로운 경기에서 이길 수 없는 것은 불 보듯 뻔한 일이다. 앞으로는 '경쟁우위를 갖추지 못한 분야에서는 경쟁하지 말라'는 교훈을 뼈아프게 되새겨보며 전 세계적인 규모로 움직이는 경제와 기술의 패러다임 변화를 신속히 읽어내고, 새로운 경기에 적합한 새로운 능력을 하루속히 갖추어 계속 이어지는 제2, 제3의 한강의 기적을 기대해본다.

# 통일된 나라

승리하면 조금 배울 수 있고
패배하면 모든 것을 배울 수 있다.
- 크리스티 매튜슨

"우리의 소원은 통일, 꿈에도 소원은 통일"이라는 노랫말과 멜로디는 언제나 내 머릿속과 가슴속 깊은 곳에 자리잡고 있었다. 고향이 이북이어서 남다른 감회가 있을 수도 있겠으나 아주 어렸을 때부터, 최근 월드컵축구 응원가로 불려질 때까지 한번도 의심해보지 않았던 '우리의 소원은 통일'이었던 것이다. 더구나 독일과의 인연으로 동서독의 평화적 통일을 비교적 가까이서 실감할 수 있었기에 지구상 마지막 남은 분단국가인 우리나라, 내 나라의 통일에 대한 열망은 너무나 간절한 소망으로 남아 있다.

그런데도 워낙 회사업무 외에는 관심을 두지 못하는 체질인지라 간절함을 채울 만큼 공부할 여유는 갖지 못했다. 과연 통일은 이루어질 것인지? 이루어진다면 어떻게 이루어질 것인지? 한국의 분단 상황을 주시하는 독일 친구들도 관심 있는 일이기에 전혀 모르는 일이라고 화제를 매번 다른 데로 돌릴 수만은 없는 일이었기에 오랜 동안 통일부에 근무한 친구로부터 과외를 받기도 하고 매체에 게재된 북한 문제 전문가들의 통일에 관한 기사들을 주의 깊게 읽기도 했다.

미국계 투자은행인 골드만삭스가 발표한 '통일한국 대북 리스크에 대한 재평가' 보고서에는 남북한이 통일되면 30~40년 내에 한국의 GDP 규모가 프랑스, 독일, 일본을 추월할 것으로 예측하고 있다. 북한이 풍부한 지하자원과 양질의 노동력을 바탕으로 시장경제체제로 전환할 경우 한국이 이룩한 고속성장을 못할 이유가 없다는 분석이었다. 물론 막대한 통일비용을 부담해야 하고, 경제적인 이익을 창출하기까지는 분단되었던 시기를 극복할 만한 충분한 시간과 문화적 이해도 필요할 것이다. 통일에 대한 전망이 극과 극을 달리는 것은 한반도를 둘러싼 변수들이 그만큼 복잡하게 얽혀 있기 때문이다. 이는 통일이 엄청난 기회이자 위기가 될 수 있다는 뜻이기도 하다.

실제로 통일 20주년을 맞은 독일정부는 1989년 베를린 장벽 붕괴 이후 '통일 비용'으로 최소 2,040조 원을 쏟아부은 것으로 추정되며 지금도 매년 독일 연간 GDP의 4% 수준인 170조 원 정도가 옛 동독지역에 지원되고 있다고 한다. 단지 비용 문제만이 아니라 동서독 주민들이 서로를 '오씨Ossi, 게으른 동독놈', '베씨Wessi, 잘난 체하는 서독놈'라고 비하해 부르며 갈등에 휩싸이는 통일 후유증에 시달렸다고 한다.

남북한 통일의 경우 독일경제가 감당한 것보다 부담이 훨씬 클

것으로 예상된다고 하는데 막대한 통일비용에 대한 부담은 통일에 대한 부정적 인식을 확산시키고 통일을 금기시하는 분위기까지 만들었다. 각종 여론조사 결과를 보면 '통일이 필요하다'는 의견은 계속 줄어들고 '통일이 필요 없다'는 사람이 늘어나고 있다고 한다. 아예 무관심하거나 통일을 두려워하는 경우도 많아지고 있다. "남한 국민이 북한 주민을 먹여살려야 한다." "통일이 되면 남북한이 모두 망할 것"이라는 주장이 나오면서 통일에 대한 공포를 불러왔다. 그러나 전문가들은 통일에 따른 편익을 고려할 경우 통일비용은 충분히 감내할 수 있다고 지적한다. 분단상태로 인해 치러야 하는 '분단비용'을 감안하면 통일이 훨씬 많은 기회를 가져다준다는 것이다.

통일연구원의 정책포럼 보고서에 따르면 통일비용은 20년이건 30년이건 지출만 하면 끝나지만 통일로 인한 편익은 한반도가 지구상에 존재하는 한 계속해서 발생하므로 "편익이 비용보다 훨씬 크다"고 밝히고 있다. 통일한국은 약 8,000만 명의 인구대국이 되므로 우선적으로 내수시장 규모가 커지고, 섬나라나 다름없던 한국이 대륙과 연결돼 지리적 한계도 극복하게 되면서 국가브랜드 가치 상승이라던가 코리아 디스카운트 해소 등 무형의 편익도 엄청나게 늘어날 수 있으니 독일 통일을 교훈삼아 시행착오를 줄이면 적은 비용으로도 통일을 관리할 수 있다는 설명이다.

한편으로는 통일비용이 과장된 측면도 있다. 북한경제의 흡수능력을 고려하지 않고 단순히 북한경제를 남한 수준으로 끌어올릴 때 드는 비용을 추산한 경우가 대부분이기 때문이다. 통일은 독일처럼 예고 없이 찾아올 수 있다. 이해득실을 따져 선택할 수 있는 여지가 없을 수도 있다. 통일이 축복이 될지 재앙이 될지는 얼마나 치밀하게 대비하느냐에 달려 있다. 독일통일 당시 서독은 미국 다음가는 막강한 경제력을 과시하고 있었음에도 통일 독일의 경제는 오랜 기간 침체의 늪에 빠져 있었으니, 우리도 준비 없이 갑작스럽게 통일이 이뤄질 경우 남북한은 상상하기 힘든 심각한 경제문제에 직면할 수도 있을 것이다.

독일 통일 후 동서의 경제적 격차로 인한 갈등, 서독 주민들의 동독 지원에 대한 반감, 동독 주민들의 사회주의 향수 등도 통일 한국에서 충분히 나타날 수 있는 문제들이다. 같은 언어를 쓰는 같은 민족이지만 60년 이상 서로 다른 체제에서 살아왔기 때문에 사회문화적 장벽을 걷어내는 데는 상당히 오랜 기간이 걸릴 게 분명하며, 동서독은 통일 이전부터 활발한 교류협력을 진행했고 동독 주민들의 자유에 대한 갈망도 대단했지만 남북한의 교류협력 수준은 여전히 걸음마 수준이라는 게 대부분 독일과 한국의 통일 상황을 보는 전문가들의 의견이었다.

쉬울 듯하면서도 반세기 넘게 통일이 안 되고 있는 근본적인 요인들이 많이 있겠지만 북한을 힘으로 제압하겠다는 압박정책도, 반면에 무조건 퍼주자는 유화정책도 우리가 추구할 현실적인 대안은 아닐 것이다. 겉으론 조건 없는 경제지원을 하는 듯하면서도 결과적으로는 정치범 석방의 결실을 거둬들여 독일통일의 기

반을 착실히 다져온 독일인들의 지혜로움을 남북간에도 적용할
수는 없는 것인가 생각해본다.

　독일 통일은 앞으로 다가올 통일한국에 대해서도 시사하는 바
가 크다. 독일도 정치적, 경제적으로는 통일을 이루었으나 심리
적, 정서적인 통일을 아직도 이루지 못하고 있다고 한다. 우리의
소원인 통일에 한발 다가서려면 주변정세나 정치적 상황 등이 고
려되어야겠지만 무엇보다도 우선 한국의 경제력을 높이고, 북한
의 개방과 시장경제체제로의 전환을 유도, 경제력 격차를 해소하
는 노력이 필요하다는 것을 통일된 나라 독일의 사례와 비교해보
면서 그래도 아직은 희망을 가지고 통일 이후 미래의 대한민국과
내 고향 함흥의 추억을 그려본다.

# 뢰머 광장 여신상

제 자신이 바르면 명령을 하지 않아도 능동적으로 이행하지만
제 자신이 바르지 못하면 비록 명령을 해도 따르지조차 않는다.
– 공자

프랑크푸르트의 번화가는 하우프트바헤 광장에서 콘스타블러바헤 역까지 이어지는 자일Zeil 거리이다. 금융기관이 밀집해 있으며, 카우프호프Kaufhof 백화점을 비롯한 대형 쇼핑몰과 레스토랑 등이 줄지어 있다. 이 거리는 휴일의 명동처럼 차량 통행을 제한한 보행자 거리로 지정되어 있어 축제에 따라 열리는 거리의 공연들이 지나가는 행인들과 관광객들의 눈길을 사로잡고, 노점상에서 굽는 소시지의 훈향과 와플의 달콤함이 미각을 자극한다.

영국인 동료들과 자주 어울려 다니던 이 거리 주변에는 역사적인 건물들이 많은데 괴테의 생가인 괴테 하우스Goethe Haus를 비롯해 카이저돔이라 불리는 대성당이 있는 뢰머 광장Römerplatz이 있어 관광객이 북적인다. 광장에 로마인이라는 뜻의 '뢰머'라는 이름을 붙이게 된 것은 고대 로마인들이 이곳에 정착하면서부터라

는데 이 뢰머 광장에는 15세기에서 18세기의 건축물이 남아 있다. 대표적인 건물인 구 시청청사는 신성로마제국 황제가 대관식이 끝난 후 화려한 축하연을 베풀었던 유서 깊은 곳으로, 1405년부터 청사로 사용하다 제2차 세계대전 때 파괴되었다가 재건되었으며 프랑크푸르트 최초의 박람회가 열린 곳이기도 하다.

맞은편에는 15세기에 퀼른의 비단상인들을 위해 지어진 독특한 모양의 목조건물인 오스트차일레를 볼 수 있는데 창틀의 모습이 독특하고 아름다워 언제나 많은 관광객들로부터 사진 세례를 받는다. 그 못지않게 사람들의 관심을 끄는 것은 광장 중앙에 있는 '유스티치아Justitia'라는 정의의 여신상이다. 기원은 고대 이집트의 마아트Maat로 거슬러 올라가는데, 마아트는 정의뿐 아니라 진리·질서를 상징하는 포괄적 의미를 갖고 있다. 그리스에서는 질서와 계율의 상징인 테미스Themis의 딸 디케Dike가 현재의 정의의 개념에 가장 가까운 여신이다. 그 후 로마 신화를 통해 형평성의 개념이 추가되면서 오늘날의 정의의 여신인 유스티치아가 탄생했고, 정의란 단어 'Justice'도 여기서 유래했다.

정의의 여신상은 각 나라의 시대와 사회 상황 속에서 자연스럽게 변형되어 묘사되고 있다. 그리스의 여신 디케는 칼만 쥐고 있었으나 로마의 유스티치아에 이르러 공평의 의미가 가미되어 저울을 들고 있는 모습의 여신상이 만들어졌다. 그리스에서의 법 Dike과 정의Dikation, 또는 로마에서의 법Jus과 정의Justice의 관계에서 알 수 있듯이, 서구에서는 법과 정의의 연관성을 바탕으로 인격화시킨 정의의 여신상을 법의 상징물로 여겨 각 도시의 시청, 법원, 광장 등에 세웠다.

뢰머 광장에 세워진 정의의 여신상 유스티치아는 한 손에는 칼을, 다른 한 손에는 평형저울을 들고 서 있다. 세워 든 칼은 범법자에게 겁을 주어 범죄행위를 못하도록 하는 국가의 권위를 나타내며 법의 엄격한 집행을 상징하고, 평형저울은 법 집행에 편견이 배제된 평등과 형평성을 상징한다. 정의란 어느 한쪽으로도 기울어짐이 없는 공정함을 뜻하기 때문이다. 거창하게 국가의 정의라든지 법 집행을 이야기하지 않더라도 조직 내에서 공정함을 유지하기란 쉽지 않다. 특히 인사 고과라든지 인사 발령의 공정성은 리더의 생명과도 같이 중요한 것인데, 역할 배분에 있어 동일한 기회가 주어지도록 해야 하며, 동일한 조건하에서 업무 능력 평가를 거쳐 승진의 기회와 상벌을 공정하게 집행해야 한다.

학연과 지연은 물론이고 취미생활이나 조직 내의 동호회를 통한 호불호를 넘어 공사를 구별해 사람을 기용하고 평가해야 한다. "추종자나 약삭빠른 사람이 승진한다면 조직은 더 이상 업적이 향상되지 않고 추종이 판을 치는 세상이 된다. 공정한 인사를 위해 전력을 다하지 않는 최고경영층은 업적을 손상시킬 위험을 무릅쓰는 동시에 조직에 대한 존경심을 손상시킨다"고 피터 드러커가 경고했듯이 불공정 인사는 자포자기적 심정과 조직 내 불평불만을 만연케 하는 독소가 된다. 공정한 인사의 중요성은 아무리 강조해도 지나침이 없다. 그러나 사람에 대한 판단은 결코 쉽지 않아 누가 봐도 공정하다고 판단할 만큼 객관적 인사인지 스스로에게 물어봐야 하고 왜 그런 결정을 내렸는지 투명하게 공개할 수 있어야 한다.

　독일에서 수출업무를 담당할 때에도 국가별 수출물량의 배정과 가격책정에 있어서 우리나라에 치우치지 않고 처리하고자 애쓰면서 공정, 공평의 의미를 되새기고 있었다. 그러나 철학의 나라 독일에서 마주 대하게 되는 정의의 여신은 내게 보다 근본적인 물음을 던지고 있었다. 과연 정의란 무엇인가? 무엇이 옳은 일인가? 현안 업무에 파묻혀 지내느라 우리들 누구나가 일상에서 수시로 맞닥뜨리고 있지만 무심히 지나갈 수밖에 없었던 절실한 철학적 과제를 던져주었다. 능력주의 평가 시스템이 과연 공정한가? 기회나 재능이 모든 이에게 공평하게 주어지지 않았는데 이런 조건에서 승자가 혜택을 과도하게 가져가는 것은 불공정하지 않은가? 노력의 기회나 성과조차도 태어난 환경에 의해 좌우된다면 그것을 진정한 개인의 능력에 의한 것이라고 할 수 있겠는가?

　전형적인 독일 날씨는 가끔씩 나를 철학자로 만들어 사색의 깊은 바다로 안내했다. 정의正義를 정의定義한다는 것 자체가 어쩌면 불가능한 일이겠지만 사전에서는 '사상가에 의하여 입법자나 위정자가 그 사회에서 궁극적으로 실현해야 할 규범 및 가치로 여겨온 개념'이라고 설명하고 있다. 그렇다면 정의는 상황에 따라 얼마든지 달라질 수가 있는 것이다. 절대가치가 아니라 입법자나 위정자가 중요시 여기는 가치에 따라 얼마든지 달라질 수 있으니 말이다.

소위 오피니언 리더의 입장에서 '사회를 구성하고 유지하는 공정한 도리'에 대해 정의의 여신상을 볼 때마다 생각했다. 대부분의 정의의 여신상은 눈을 감고 있거나 눈가리개로 눈을 가리고 있었다. 눈을 뜨고 본다면 사람을 차별할 수 있으니 선입관으로는 아무것도 보지 말고 오직 정해진 규율과 자신의 신념대로 공정하게 행하라는 의미이다. 법 앞에서는 누구에게나 평등한 법 적용을 위해 형평성을 상징하는 평형저울을 들고 있으며 엄격한 법 적용을 상징하는 칼을 들고 서 있다. 우리나라에도 대법원에 한국적인 미를 갖춘 정의의 여신상이 있다. 눈은 가리지 않은 채 지그시 아래를 내려보면서 한 손에는 칼 대신 법전을 들고 다른 손에는 평형저울을 들고 앉아 있는 형상이라 들었다. 힘보다는 지혜로 정의를 밝힌다는 의미가 들어 있다고 하는데 상상으로만 두 여신을 비교해본다.

나름대로는 중견간부로서 또는 최고 의사결정권자로 많은 의사결정의 순간마다 상대방의 입장에서 심사숙고했노라고 자부해왔지만 뢰머 광장 여신상을 떠올리며 '정의'라는 화두를 가슴속에 담고보니, 자신을 먼저 바로 세우려고 노력하면서 저울처럼 공평하고, 거울처럼 투명하게 바른 잣대로 세상을 잰다고 한 최선이 혹여 차선은 아니었는지 아쉬움이 남는다.

제5장

# 무한, 무한도전

# K-1 프로젝트

사과 속에 들어 있는 씨앗은 셀 수 있지만
씨앗 속에 들어 있는 사과는 셀 수 없다.
– 켄 케세이

이렇게 좋은 기회를 다른 나라에 빼앗길 수 없었다.

휅스트에서는 K-Division의 주요제품인 정밀화학제품의 생산을 위해 아시아 국가에 투자할 계획을 수립중에 있었다. 휅스트코리아의 휈츠라인 사장과 함께 휅스트에서 검토중인 투자계획을 한국으로 유치할 수 있는 방안을 모색하기 시작했다. 당시 우리 회사는 휅스트와 방계회사에서 생산되는 제품의 오퍼세일즈와 수입판매만 하고 있었다. 전자제품과 반도체 산업 그리고 전자재료산업이 미국에 이어 세계 2위 생산국인 일본시장의 잠재력이 가장 컸기 때문에 일본을 생산시설투자 1순위에 놓고 있었다.

한국은 삼성반도체와 현대전자가 D램 사업을 시작하는 초기 단계였고, 화학산업은 아직 걸음마 단계라 거의 모든 화학 관련 제품을 일본에 의존하고 있었는데, 휅스트코리아도 화학약품사업부에 전자와 반도체 재료를 판매할 새로운 팀을 만들기로 했고 한국 내 생산을 계획하고 있던 품목 중 하나인 옵셋인쇄판 수입 판매를 계획하기 시작하던 시기였다. 우리나라에도 처음으로 생산시설이 들어설 수 있는 기틀이 보이기 시작했기에 설득력 있고 명분 있는 사업계획을 만들어야만 했다.

우선 필요한 공장시설을 세 분야로 나누었다. 반도체, 옵셋인쇄, 인쇄회로기판 등에 쓰이는 특수 화학제품 생산라인이다. 세 분야의 시장규모 조사와 수요예측을 하고 수입판매와 생산판매의 수익성 분석을 통해 투자규모를 결정해야 했다. 또한 일본이나 대만보다 왜 한국에 투자를 해야 하는지에 대한 타당성과, 외국기업이 한국 내에 첨단기술 제품 생산시설에 투자할 경우 현지법인에 주어지는 한국 정부의 인센티브 계획 등이 부각되도록 사업계획을 마련하고 한국 내 사업구상을 수도 없이 설명하며 프레젠테이션 기회를 가지기 위해 노력했다.

훽스트 측의 담당 부서는 K-Division이었는데 우리에게도 프레젠테이션 기회가 주어졌다. 훽스트는 담당사업부에서 새로운 투자를 결정하더라도 '굿아크터 지쭝Gutachter Sitzung'이라 불리는 투자심의 과정을 거치도록 되어 있다. 경영층에서는 15개 사업부 중에 본 사업과는 관계없는 3개 사업부장을 선정해 운영위원회격인 Steering Committee를 구성한다. 투자사업부는 사업계획을 위원회에 제출해서 서면 검토하게 한 후, 최종 프레젠테이션에서 설명하고 질의, 응답하는 투자심의과정을 거친다. 투자의 타당성에 대한 심의위원의 의견이 반영되고, 최고경영진에 의하여 최종 투자 승인이 결정되므로 성공 여부는 이 세 사람에게 달려 있다고 할 수 있다.

사업계획서인 굿아크터 마페|Gutachter Mape를 완성하여 투자결정 심의기구에 제출하기까지 수없이 한국과 독일을 오가며 프레젠테이션을 했다. K-Division의 사업부장이 협의사항이 있으니 회사 대표와 독일 사업부장실로 오라 하여 즉시 독일로 출발했다. 프랑크푸르트 공항에서 간단히 세면을 하고 사업부장실로 출근, 약 1시간 정도 회의를 했지만 전화로 이야기해도 되는 사항이기에, 다시 귀국하는 무박 3일의 미팅을 한 적도 있었다. 그래도 국내 최초로 생산공장이 만들어지면 첨단기술의 국산화를 이룰 수 있다는 꿈에 부풀어 잠을 설쳤다.

이런 과정을 거쳐 완성된 사업계획의 타당성을 검토하는 투자심의회의에는 심의위원 세 명과 K-Division 사업부장을 비롯해 심의회 진행과정을 관찰하기 위해 중앙기획실의 동아시아 책임자도 배석했다. 나는 휄츠라인 사장과 한국 사업대표 자격으로 참석했다. 회사의 투자성공여부를 결정하는 회의이기에 분위기는 엄숙하고 차가웠다. 회의는 질문에 답하는 형식으로 3시간 정도 소요되었는데 질문의 대부분은 투자타당성을 주장했던 내게 집중되었다. 순조롭게 회의를 마치고 점심 시간이 되었지만 회사의 규칙상 프로젝트가 끝날 때까지는 함께 식사하는 것조차 금지되어 있었다. 결국 내부 투자심의를 통과하고 최고 경영자회의를 거쳐 투자 승인을 얻게 되었는데 이름하여 K1 프로젝트의 성공이었다.

K1 프로젝트의 승인에 따라 국내 현지법인 설립과 생산공장 건립 등 새로운 과제가 기다리고 있었다. K1 프로젝트는 3개의 생산라인으로 되어 있는데, 신문 인쇄와 일반 상업인쇄에 사용되는 옵셋인쇄판과 반도체 및 평판 디스플레이생산에 사용되는 AZ 포토레지스트와 관련 화학제품, 그리고 인쇄회로기판 생산에 사용되는 드라이 필름 포토 레지스트를 생산하는 라인이다. 당시 우리나라에는 이 같은 정밀화학제품을 생산하는 회사는 없었기에 휙스트와 한독약품이 합자해 세운 휙스트산업주식회사가 최초의 국산 정밀화학제품의 생산회사였다.

# 뺄셈과 덧셈

원인은 숨겨지지만 결과는 잘 알려진다.
– 푸블리우스 오비디우스 나소

K1 프로젝트의 성공에는 비용의 뺄셈과, 수입의 덧셈이 작용했다. 기업활동에 있어 거대한 외국자본의 유치와 첨단기술을 이전하여 국내에 생산공장을 설립한다는 판단에는 조세감면과 같은 비용의 뺄셈과, 기술 특허료라는 수입 항목의 덧셈이 중요한 의사결정 요인으로 작용하고 있기 때문이다.

1980년대 초반은 정부가 첨단기술산업에 많은 투자혜택을 내걸고 외국인 투자유치에 힘을 쏟고 있을 시기이다. 때마침 반도체용 포토레지스트는 훽스트 생산 제품 중에서도 세계적으로 널리 알려져 있던 하이테크 중 하나였다. 합작회사를 설립하려면 재무부현 기획재정부에서 외국인 합작법인 승인을 얻어야 했고, 이에 대한 업무는 외투전문 변호사에게 위임한 상태였다. 그러나 한국에 생산시설 투자결정을 하게 하는 중요한 요인 중에는 하이테크에 대한 조세감면혜택이 크게 작용했고 이러한 혜택을 받기 위한 절차는 철저히 나의 몫이었다.

외국기업 투자진흥과에서는 여러 가지 인센티브를 내걸고 투자 유치를 적극 홍보하지만, 각 부서간의 업무협조가 이루어지지 않고 있어 많은 어려움이 있었다. 조세감면혜택의 조건은 하이테크 분야 중에서도 고유기술로서 국내에 기존 생산공장이 없어야만 한다는 단서가 있었는데 첨단기술분야 여부는 과학기술처에서 관장하고 있었다. K1 프로젝트 중에서도 처음부터 인쇄판과 드라이 필름 포토레지스트의 조세감면은 고려하고 있지 않았다. 그러나 국내에서 시작 단계이던 반도체 산업은 이미 세계 여러 나라에서는 '미래의 식량산업'이라며 집중투자하고 있었으며, 반도체용 집적회로 제조시 실리콘 웨이퍼 위에 패턴 형성에 쓰이는 감광성 수지물질인 AZ 포토레지스트는 우리나라의 삼성전자는 물론 미국과 일본의 반도체 회사에서도 사용하고 있는 첨단 기술제품으로 잘 알려져 있어 AZ 포토레지스트 제품만큼은 하이테크 제품으로 판정될 것으로 믿고 조세감면혜택의 장점을 내세워 휙스트를 설득해 공장설립을 추진했었다.

그러나 뜻밖에도 과학기술처에서는 첨단기술로는 인정되나 산하 화학연구소 고분자 연구실에서 국내 모회사와 국책사업으로 연구하고 있는데 파일럿 실험시설에서 시제품이 생산단계에 있으므로 유일한 기술이라고 볼 수 없기 때문에 조세감면혜택을 주어서는 안 된다고 판정했다. 나는 이 같은 결정에 승복할 수 없어 주무 관청과 여러 차례 토의를 했으나 답은 국책사업으로 선정되어 있어 고분자 연구실의 결정에 따라야 한다는 것이다. 만약 휍스트의 기술이 고유기술로 인정되면 국책사업을 접어야 하며 그에 따라 책임자가 문책을 당한다는 것이었다.

그러나 당시에는 전 세계적으로 포토레지스트를 생산하는 회사는 불과 서너 회사뿐이었다. 고분자 연구실장을 만나 현재 파일럿에서 시제품을 생산하는 회사와 실험 데이터를 요청하며 국내 실험시설의 입증을 요청했으나 거절당했다. 결과적으로 국가연구기관의 자기위치방어로 정부의 외자유치 장려정책을 정면으로 위배함은 물론 국가 위상에도 악영향을 미치게 된 것이다. 아마도 20여 년이 지난 현재까지 국책사업으로는 어떤 제품도 생산되지 않은 것으로 알고 있다.

아무튼 조세감면혜택이라는 허울 좋은 뺄셈은 부서간 명분 쌓기에 가로막혀 허상으로 사라지고 말았다. 한독약품과 신규합작 회사를 설립하고, 휍스트와 기술이전계약을 맺었다. 생산기술 노하우를 이전받기로 하고 지적재산권이 있는 특허기술 사용료로 런닝 로열티를 지불하는 내용이었다. 매출액의 일정 비율을 경상 기술료로 지불하는 로열티 지불 계약조건에 대해서는 상공부현 외교통상부에서 관장하고 있었는데, 기술료 지불허가를 인가받기 위해 규정에 따라 합작회사의 계약서와 기술이전내용을 제출했다. 그러나 상공부에서는 로열티가 너무 높다며 비율을 낮추도록 종용했는데 화학제품의 런닝 로열티를 5% 이상 허가한 적이 없다는 것이 이유였다.

하지만 전례만을 이유로 로열티 협상을 할 수는 없었다. 런닝 로열티의 요율은 시장의 크기와 특허권료의 지불능력과 계약당사자간의 상호 신뢰도 등에 따라 그 형태가 달라질 수 있는 당사자들만의 문제이지 획일적으로 정할 수는 없는 사항이기 때문에 결국 기술 제공자인 훽스트의 라이선싱 전략에 의해 합리적으로 결정해야 했다. 특허기술사용자인 신규 합작회사가 특허기술제품의 매출로 얻는 수입에 대해 특허권자인 훽스트가 높은 로열티를 책정하는 것이 시장활성화 차원에서 장기적으로 유리한 것만은 아니라는 점을 들어 수차례 협의했으나 첨단기술 개발에 따른 연구개발비 투자회수와 아직 매출이 활성화되지 않은 한정된 예상매출 규모 등을 이유로 런닝 로열티의 요율 조정이 쉽지 않았다. 계약업무를 총괄해야 하는 중간자적 입장에서 그야말로 난감한 노릇이었다.

팽팽한 신경전으로 계약이 이루어질 수 없게 되자 상공부 담당자는 "나도 화학을 전공했으니 훽스트 기술이 첨단이라는 것을 증명하면 요구한 기술료를 재검토하겠다"고 했다. 이것은 정말 더없는 기회였다. 기술력을 입증하는 모든 자료를 정리한 후, 보다 쉽게 설명할 수 있는 국내외 참고서적을 찾기 시작했다. 다행스럽게 아주 쉽게 설명할 수 있는 자료가 게재된 유기화학 참고서를 발견해 상공부 담당자를 만나 훽스트의 광화학 기술에 대해 이해시켰다. 담당자는 화학을 전공한 사람답게 전문 지식을 과시하며 수없이 많은 질문을 하더니 "당신 같은 사람은 처음 보았다"며 런닝 로열티의 타당성을 재검토하겠다고 약속했고, 결국 계약조건대로 허가해주었다.

이 일을 겪으며 외국과의 합작회사 설립 허가를 받는 과정에 반응하는 공직자의 자세를 알게 되었는데 참으로 놀랍고도 재미있는 특징이 있었다. 재무부와 과학기술처, 상공부는 저마다의 엘리트의식과, 정부정책이나 법리해석의 융통성부재가 부처간 확연한 문화 차이로 자리잡고 있는 듯했다. 각 부서업무에 따라 눈에 보이지 않는 서열과 우월감이 있었으며 혈연, 학연, 지연 등을 따지는 고질적 병폐가 사라지지 않고 있던 시절이었다. 그럼에도 불구하고 외국자본을 유치하고 첨단기술을 도입해서 공장을 설립하느라 뺄셈과 덧셈으로 밤을 지새우고 결국에는 성공으로 이끌어냈던 그날의 두근거림을 아직도 잊지 못한다.

# 일본업체 제소사건

모든 사람은 자기가 진리라고 생각하는 것을 말할 권리가 있으며,
또 그 진리를 위해 자신을 불태울 권리를 가지고 있다.
– 새뮤얼 존슨

문제는 덤핑공세였다. 공장은 완공되어 가동하고 있었
으나 3년 연속 적자를 벗어나지 못하고 있었다. 국내시장을 독점
하고 있던 일본산 수입인쇄판을 국내생산으로 대체하려 했으나
고전을 면치 못하고 있었던 것이다. 그동안 휙스트와 관계회사
제품만 판매하다가 1987년 합작회사를 설립하고 1989년 생산공
장을 준공하게 되었다. 국내생산을 주장하여 공장준공이 이루어
졌으므로 스스로 만든 프로젝트의 새로운 제품시장에 영업을 해
야 하는 도전의 시간이 온 것이다.

반도체, 인쇄 그리고 인쇄회로기판을 제조하는 업체들이다. 기
술과 자본을 도입해 생산, 판매하면 수입판매보다 성공적일 것이
라 믿었지만 결과는 예상 밖이었다. 인쇄판 시장은 신문 인쇄와
일반 상업 인쇄로 나뉜다. 물론 인쇄방법은 다르다. 예전 인쇄의
대부분은 지금도 일부 인쇄물에 사용되고 있는 활판인쇄를 했다.

옵셋인쇄에도 일반상업인쇄에는 포지티브판 그리고 신문인쇄에는 네거티브판을 사용했다. 따라서 제품도 두 종류를 생산해야 하며 인쇄판의 크기도 인쇄물의 종류에 따라 다르므로 제품 종류도 다양하다.

당시는 품질을 요구하지 않는 값싼 일회용 광고지 인쇄만 국내에서 제조하는 인쇄판을 사용하고 이를 제외한 신문인쇄, 고급인쇄는 물론 일반 상업인쇄까지 전량 일본 제품이 독점하고 있었다. 일본이 시장지배력을 배경으로 가격을 결정하고 있었으므로 국내생산은 기술력은 물론 가격경쟁력도 있었으나 휙스트산업이 생산을 시작하면서 일본 제조업체 및 수입업체에서는 고급 국산 인쇄판 제조산업을 방해하기 위해 '휙스트 죽이기'를 작정하고 파격적인 가격 인하를 시작했다.

충분히 경쟁력 있는 시장임에도 예상과는 달리 국산 인쇄판 생산을 시작해 영업을 해도 적자가 나는 것은 일본 제조업체들이 한국 시장을 자신들의 홈마켓으로 생각하고 시장을 장악하기 위해 덤핑했기 때문이라고 판단되어 즉시 일본시장에서의 판매가격을 조사하기 시작했다. 아나나 다를까 판매가격은 일본 현지와 절반에 가까운 가격차이가 있었다. 일본 제조업체들이 정상적인 사업 경쟁을 하지 않으면 우리 제조원가로는 도저히 적자에서 벗어날 수 없으므로 사업을 중단해야 한다고 판단했다. 휙스트 산업이 국내 공장에서 제품을 출하하기 전까지는 일본수입품이 국내소비량의 전량을 공급했으나 국산품이 시장에 진입한 이후 판매량과 시장점유율이 확대되는 추세에 있었는데 어렵게 공장을 설립하고도 국내시장을 내줄 수는 없었다.

한국생산업체의 생존을 위해서도 상공부의 무역거래위원회에 일본의 모든 인쇄판 제조회사를 대상으로 덤핑제소를 하기로 했다. 국내에서 덤핑제소에 경험이 많은 로펌과 계약을 하고 제소 준비를 시작했는데 준비하면서 갖추어야 하는 증명자료와 서류의 종류를 보고 놀라지 않을 수 없었다. 막대한 변호사 비용 또한 만만치 않았다. 과연 승산이 있는 싸움인가? 명분은 확실한 제소인가? 비용대비 효과가 나타날 수 있을까? 패소했을 때 시장 반응은? 휙스트와 합작회사 임원들의 반응도 엇갈렸기에 고통스러운 시간이었다. 해당 사업부문장으로서 감당해야 할 몫이었다.

그렇다고 사업을 중단할 수는 없는 노릇이었다. 승소판결의 보장도 없는 상태에서 기약 없는 재판과정을 거치려면 경영진의 전폭적인 지원이 필요했다. 당장 비용이 들어가고, 결과를 알 수 없는 재판이 될지언정 장기적인 사업측면에서 결정을 내려야 했다. 즉시 리포트를 작성하고 신념을 행동으로 옮겼다. 그나마 다행스럽게도 호니그만Mr. Honigmann 사장은 K1 프로젝트 추진 당시에 중앙기획실ZDA의 아시아태평양 총책임자로 재직하면서 보아왔던 나의 추진력을 믿고 'Fully Support'를 약속했다. 우선 무역위원회에서 일본제품의 덤핑에 의한 국내산업 피해 여부를 조사하라는 '조사개시결정'을 받아야 했다.

휙스트 산업이 '당해 수입물품과 동종 또는 동질 유사물품'의

'국내 생산자' 라는 제소 자격을 갖추고 있는지를 신청서와 상공부의 첨부자료를 근거로 '신청인의 제소자격'을 검토받게 되었다. 먼저 일본산 PS인쇄판Presensitized Printing Plate과 국산 PS인쇄판은 물리적 특성과 품질, 용도, 대체성, 소비자의 평판, 구성요소 면에서 동종 또는 유사성이 있으며, 양 제품은 국내 인쇄업체 등 실수요자에게 비슷한 가격으로 경쟁하고 있고, 상호 대체 사용되고 있을 뿐 아니라, 국산 시판 이후, 국내 수요의 30% 이상을 국산품이 공급했음에 비추어볼 때, 수입품과 국산품은 동종, 동질 또는 유사 물품에 해당한다고 심의, 의결했다.

다음은 신청인 훽스트 산업이 국내 생산자를 대표할 수 있는지를 검토했다. "훽스트 산업은 독일 훽스트로부터 자본과 기술을 도입하여 PS인쇄판 생산 공장을 준공하고 1989년부터 국내 최초로 상업적 생산을 개시한 후 유일하게 PS인쇄판을 생산, 인쇄업체에 공급하고 있기 때문에 훽스트의 생산량이 '국내 생산량 전량'에 해당된다. 따라서 훽스트 산업은 국내 PS인쇄판 산업을 대표하는 생산업체라는 제소자격이 인정되고, 신청서에서 덤핑수입 및 산업피해사실에 관한 충분한 자료를 포함하고 있으며 덤핑률, 수입실적, 산업피해사실 등이 경미한 수준 이상이고 기타 제소를 기각할 만한 다른 사유가 없으므로 조사개시의 필요성이 있다"고 결정했다.

덤핑 조사대상 품목을 '일본산 PS인쇄판'으로, 산업피해조사는 최근 3년간, 덤핑률 조사는 최근 6개월간으로 하라는 결정이었다. 이후 산업피해 예비판정에 이어 최종 판정까지 담당 변호사와 수없이 많은 협의를 거쳐 모든 자료를 제출하고 심의위원회가 열리기를 기다려 무역거래위원회 회의실로 갔다. 처음 경험하는 일이었다. 잔뜩 긴장하고 변호사와 함께 자리에 앉았다. 심의위원들이 입장하고 심의는 시작되었다. 먼저 덤핑을 하게 된 배경을 설명하라고 했다. 그동안 시장에서 일본 제조회사들의 판매행위에 대하여 자세하게 설명하자 일본회사의 팽팽한 반격도 있었다. 또한 증인들의 증언도 이어졌다. 드디어 결과가 통보되어왔다. 5년간 일본에서 제조된 제품의 덤핑방지 관세부과 결정이 내려졌다. 우리 회사의 승리로 끝났다. 그 후 회사는 덤핑제소의 승리로 판매량도 증가하고 그동안의 적자를 만회할 만큼 흑자로 돌아섰음은 물론이다.

사업을 하거나 주식투자를 할 때 자신의 회사를 판매자 중심의 바이어스마켓으로 끌고 가고 싶은 유혹이 없을 수는 없겠지만 독점 수입업체에 의해 시장이 유린되는 셀러스마켓의 단면을 보게 되니 지나친 욕심은 버리고 기업윤리와 정도 영업을 해야 함을 깨닫게 한 경험이었다. 인간관계에서도 마찬가지겠지만 할 수 있을 때 잘하지 못하면 나중에는 하고 싶어도 못하게 되는 이치가 드러난 셈이다.

# 신뢰는 자본이다

스스로를 신뢰하는 사람만이
다른 사람들에게 성실할 수 있다.
– 에리히 **프롬**


휙스트가 인쇄관련 사업부문을 구조조정하면서 휙스트 산업의 인쇄관련 사업도 반월공장과 함께 벨기에에 본사를 둔 '아그파Agfa'에 매각키로 결정했다. 반도체와 평판 디스플레이용 정밀화학제품 사업은 다른 지역에 새로운 공장을 건설하여 이전하기로 했는데 여러 공업단지의 여건을 검토한 결과 경기도 안성에 위치한 지방공단으로 정했다. 신축 공장을 건설하고 이전할 때까지는 매각한 반월공장에서 계속 생산할 수 있도록 아그파와 임대계약을 체결했는데 내 집 팔고 세 들어 사는 격이 되어 빠른 시간 내에 공장을 짓고 이전하는 조치가 필요했다.

설계와 건축은 반월공단 공장을 시공했던 회사에 발주하고, 합작회사 투자자의 건축사업 승인과 공장설계를 마친 후 1996년 3월, 봄비 내리던 날 휙스트 관계자들과 착공식을 했다. 아그파에 매달 임대료를 지불해야 하는 부담도 있어 시공 회사측에 빠른 시간 내에 준공을 마치도록 요청했다. 독일식으로 처리하자면 상상조차 할 수 없는 짧은 공사기간이었다. 그러나 여기는 한국이니까, 독일식으로 꼼꼼하게 하되 한국식으로 빨리빨리 최선을 다해줄 것을 공사기간 내내 당부했다.

반월공단에서 안성공단으로 이전을 결정하면서 제일 먼저 한 일은 직원들이 안성으로 함께 갈 것인지의 여부를 파악하는 일이다. 제품 생산에는 지장을 주지 않고 직원들의 동요를 방지하기 위해 전 직원에게 회사의 이전계획을 상세히 설명하고, 개인별로 이전과 퇴사를 자유로이 선택해 미리 통보해달라고 했다. 공장 이전 계획을 미리 발표하고 의사 결정 시간을 준 것은 제품의 생산과정이 주로 클린룸에서 이루어지는 특성상 일반 화학제품 생산과정과는 많은 차이점이 있기에 제품 생산에 대한 지식과 숙련도가 관건이기도 하고, 퇴사를 계획하는 직원들에게 새로운 직장을 찾을 수 있는 여유를 주기 위해서였다. 한편으로는 퇴사하는 직원의 직종과 규모를 파악해 직원채용 시기를 정하고 충분한 시간을 두고 교육훈련을 시켜 퇴사하는 사람과의 인수인계가 자연스럽게 이루어져 생산에 차질이 없도록 하기 위해서였다.

안성으로 함께 이전할 수 있는 독신 직원들에게는 2년 동안 안성 시내에 있는 아파트를 기숙사로 사용할 수 있도록 하겠다고 약속했다. 물론 가족이 있는 직원들도 함께 주말부부 생활을 할 수 있도록 배려했다. 또한 이사비용과 전세보증금, 또는 주택구입자

금을 자기 능력에 맞게 회사가 미리 대여해주기도 했는데, 회사의 배려 덕분이었는지 단 한 사람도 퇴사하지 않고 전원이 함께 일할 수 있게 되었다. 회사와 직원 간의 '신뢰'가 얼마나 중요한 자산인지 모두에게 일깨워주는 좋은 기회이자 가슴 뿌듯하고 든든한 새 출발이었다.

평소 흔히 쓰이는 '신뢰'를 '사회적 자본'이라 명명하며, "국가의 거래 비용을 줄이고, 지속적인 경제성장을 달성하게 하는 요인"이라고 정의한 미국의 미래 정치학자 프랜시스 후쿠야마는 "사회적 차원의 신뢰가 형성된 독일, 미국, 일본과 같은 고高신뢰문화의 국가에서는 연고주의가 약하고 공적인 신뢰가 높은 반면, 이탈리아, 인도, 중국, 한국과 같은 저低신뢰문화권에서는 가족이나 지인과는 잘 지내지만 공적인 신뢰도는 낮다"고 언급했다.

분명 21세기 선진사회의 조건인 신뢰는 눈에 보이지 않지만 사회적 자본Social Capital의 근간이 되는 것으로 '사회적 신뢰'에 '사회적 자본'의 핵심을 두고 있다. 이런 사회적 자본이 발달한 사회일수록 사람들 사이의 믿음은 견고해져 결과적으로 사회적 신뢰는 거래비용을 낮추는 역할을 한다. 어떤 프로젝트에 대해 '예스'라고 하거나 '노'라고 하는 것에 대한 해당 근거를 일일이 조사하고 제출해야 할 비용을 신뢰가 대신하는 것이다. 신뢰의 부재는 기업이 부담해야 할 오버헤드 코스트Over head cost이다. 신뢰는 기업을 받쳐주는 가장 커다란 자본인 것이다.

# 신뢰가 재산이다

자신에 대한 신뢰가
타인을 신뢰하는 중요한 요소가 된다.
– 프랑수아 드 라로슈푸코

반월공장을 신축할 때는 회사 대표와 기술부가 책임을
지고 공장건설을 실행했다. 이후 공장이 준공되고 제품이 생산될
무렵 휙스트도 세계적인 다국적기업들이 운용하던 BUBusiness Unit
제도로 개편했는데, 이때의 조직 개편으로 나도 한국의 BU Head
로 임명되었다. 국내 기업에 조금 늦게 도입된 소사장제도는 사
업단위부문장 제도로서 BU헤드가 생산, 판매 등 조직 전부를 책
임지고 운용하는 제도이다. 이익창출 단위의 사업 본부화와 조직
역량 강화를 위한 책임경영제가 핵심이기에 안성에 새롭게 신축
되는 공장은 모든 것이 나의 책임하에 있게 된 것이다.

이제까지는 국내생산제품을 비롯한 수입제품 판매와 이미 가동
되고 있는 반월공장의 관리만 해오던 나에게 새로 이전할 안성공
장 신축은 커다란 도전이었다. 설계는 독일 휙스트의 엔지니어링
부서에서 맡게 되었다. 다행스러웠던 것은 엔지니어링 설계를 맡

은 부서 책임자도 4년간의 한국 파견 근무를 마치고 독일로 돌아간 사람이었다. 마침 우리 회사 엔지니어 부서 책임자도 프로젝트를 맡은 독일의 책임자 밑에서 같은 사무실에서 근무하며 업무를 배웠기에 '신뢰'가 바탕이 되어 효율적인 협조가 가능했다.

작업이 설계대로 이루어지기는 하지만 실제 작업 과정에서 새로 보완할 것을 검토하기 위해 일주일에 한 번씩 프로젝트 팀 미팅을 하면서, 예비비를 덜 쓰고, 품질 좋은 공장을 건설하도록 독려하는 것도 중요한 업무가 되었다. 화학 공장 건설이란 그야말로 모든 분야의 기술들이 종합적으로 조화를 이뤄야만 하기에 그 과정에서 서로 다른 의견충돌이 일어날 수 있다. 원래 기술자나 공학도들은 각자 나름대로의 고집이 있기 때문에 공장 현장에서는 프로젝트 매니저를 중심으로 팀워크를 이루는 것이 가장 중요한데 설계회사, 건축회사, 엔지니어링회사와 장비업체까지 모두 하나의 팀이 되어 성공적으로 완공할 수 있었던 것은 '신뢰'가 엮어준 팀워크의 승리이다.

건축공사가 끝나갈 무렵 생산시설을 설치하는 과정에서 대부분의 생산장비와 실험실 기자재들은 독일에서 수입해 사용했다. 시운전을 하며 시제품을 생산해야 되는 가장 중요한 일만 남게 되었고 노력 끝에 생산공장은 순조롭게 가동되었다. 반도체나 평판 디스플레이 생산공정에서 사용되는 화학제품은 똑같은 원료와 똑같은 공정을 거쳐 생산하더라도 생산라인이 달라지면 전혀 다른 제품으로 분류하고 있었기 때문에 새롭게 품질검증을 받아야 했다.

생산제품이 반도체와 평판 디스플레이 제조과정에 필요한 감광성 수지 제품light sensitive materials과 프로세스 케미컬process chemicals 제품이라 생산과정에 필요한 장비들도 특수재질로 만들어지고 일반 제품과는 달리 고순도의 품질이 요구되었다. 품질관리도 클린룸에서 이루어진다. 제품을 판매하려면 각 공정의 심사평가를 거쳐 거래선에서 먼저 품질검사를 받아야 하는데 제품인증을 받기까지 3개월에서 6개월씩 소요되므로 새로운 생산라인에서 얼마나 빨리 인증을 받느냐 하는 것은 회사의 비용절감에 중대한 영향을 미친다.

공적 신뢰에 따라 절감된 비용은 큰 재산이었다. 삼성전자가 반도체 및 LCD산업의 리더였기 때문에 삼성전자의 인증을 먼저 받기로 했다. 제품의 종류는 10여 종류, 이 모든 제품들을 검증받으려면 얼마나 많은 시간이 걸릴지 상상이 되지 않았다. 절대적인 신뢰가 필요했다. 안성 생산라인에서도 반월 생산라인과 똑같은 품질의 제품이 생산될 수 있음을 입증해내야 했다. 거래선의 품질검증 팀에게 안성공장 시설의 생산 과정과 원료공급을 비롯한 품질관리시스템까지 아주 사소한 부분까지 상세히 설명해주었다.

생산라인 시설을 할 때는 처음부터 주 거래선인 삼성전자로부터 시설설비와 실험장비에 대해 많은 자문을 받았다. 품질관리실에서 사용하는 실험기구도 가능하면 동일한 장비를 사용해 데이터를 공유하기로 했다. 이렇듯 거래선과의 진지한 사전 협의를 거쳐 품질관리 시스템을 갖추었기에 새로운 생산시설과 품질검사를 일괄 인증받게 되었다. '신뢰'의 소중함이 다시 한 번 빛을 발하는 순간이었다. 안성 신축공장에서 만들어진 시제품이 거래선 생산공정의 품질검증을 받아야 비로소 안성 공장건설의 준공식을 할 수 있는 것이다.

건설 과정에서 회사이름과 주인이 바뀜에 따라 준공식은 '클라리언트'의 이름으로 치러졌다. 믿지 못할 만큼 빠르고 정확하게 모든 과정이 마무리되고 정상 가동되는 공장의 준공식에 참석한 클라리언트 임원들은 무한한 '신뢰'를 보내며 '분더바Wunderbar'를 연호했다. 분더바! 멋지고 아름다운 믿음이었다.

# 중매 서기 어려워

10분 뒤와 10년 후를
동시에 생각하라.
- 피터 드러커

좋은 사업파트너 구하기와 기업의 인수합병 모두가 중
매 서기이다. 서로에게 힘이 될 수 있는 짝은 구하기도 힘들거니
와 만나기도 쉽지 않다. 물론 맺어진 후 잘살기도 쉽지 않은 일이
다. 국내 생산공장을 세우다보니, 국산원료를 쓸 수는 없을까 욕
심내어 찾아보았으나 뜻대로 되지 않았다. 옵셋인쇄판사업은 일
본제품의 덤핑방지관세 부과 조치로 판매도 증가하고 흑자로 전
환되었다. 생산기술 이전에 따라 옵셋인쇄판 생산의 국산화에도
성공했으니, 지속적 성장을 위해 원료의 국산화 방안을 비롯한
원가절감 대책을 세우게 되었다.

그러나 사업부에서는 원가의 대부분을 차지하는 주원료인 리소
알루미늄Litho. Aluminum을 독일에서 사용하고 있는 것과 동일 제품
인 독일의 A사와 V사의 알루미늄만을 수입해 사용하도록 지시했
다. 독일 공장에서 온 오스트리아인 공장장도 독일 원료를 사용

해야만 한다고 주장했으나 한국의 사업부를 책임지고 있는 나에게는 설득력이 없었다. 기업이익을 창출해야 하는 사업부의 책임자로서 생산원가에 중대한 영향을 미치는 원료 구입에 제한을 둔다는 것은 받아들일 수 없었기 때문이다.

협의 끝에 한국에 한해 일임하기로 합의가 되어 전 세계 메이저 알루미늄 생산회사에 샘플시험과 공급가격을 의뢰했다. 조사 결과, 일본 최대의 인쇄판 제조회사인 F사에서 사용하는 K사 제품이 품질과 가격 면에서 가장 경쟁력이 있었다. 할 수 없이 K사를 알루미늄 원료 주공급원으로 선정했다. 서글픈 현실이었다. 일본제품의 수입을 저지하고 국산화에는 성공했으나 원재료를 생산하는 기술력이 없어 또다시 일본제품을 찾아야 하는 현실이 아이러니했다.

그래도 원료의 국산화를 위해 국내 알루미늄 생산회사인 C사와 H사도 방문했다. 두 회사의 기술력은 초보 수준이었는데 인쇄판 제조에 사용하는 리소 그레이드Litho Grade는 생각도 못하고 있었다. 인내를 가지고 두 회사와 기술 협의를 하며 품질향상을 위하여 전력을 다했다. 그러나 국내 알루미늄 생산기술 개발을 위한 새로운 시설투자가 따라주지 못해 결국 성과를 거두지 못했다. 국내 공장은 있는데 국산 원료가 없었기에 너무나 안타까웠다. 좋은 짝으로 맺어주려는 중매는 결코 쉽지 않은 법이다.

국산원료 개발은 안 되었지만 원가절감과 생산성 향상을 통해 국산 옵셋인쇄판 생산은 정상가동되었다. 그러나 세계적으로 기업과 제품의 전문화와 계열화가 진행되고 있었다. 초우량기업이 되기 위해서 비주력사업은 매각하고, 핵심주력사업에 집중하기 위한 기업인수합병이 진행되고 있었다. 1995년 휅스트는 옵셋인쇄판 사업이 핵심 주력사업이 아니라는 이유로 벨기에의 아그파 Agfa에 인쇄사업부문을 매각했다. 아그파는 옵셋인쇄판을 제외한 인쇄용 필름 등 모든 인쇄산업제품을 생산했던 반면 휅스트는 옵셋인쇄판 생산은 세계 2, 3위 수준이었지만 그 외 다른 인쇄관련 제품은 생산하지 않았던 만큼 두 회사의 결정은 합리적이었다. 사랑하지만 헤어질 수밖에 없고 새로 만난 인연은 찰떡궁합이었다. 정열을 다해 가꾸어온 공장이었다. 다행히 국내에 도입된 기술과 시설은 남아 있겠지만 주인이 바뀌는 순간이었다.

공장건설에서 덤핑제소까지 모든 고난과 기쁨을 함께 했던 직원들과도 작별을 해야 했다. 내 손으로 키워 넘겨준 '아그파'와의 인연은 계속되어 그 후로도 두 번에 걸쳐 덤핑방지관세부과 연장을 받았다는 소식을 듣게 되었다. 잘 어울리는 인연이었다. 인쇄회로기판PCB 제조에 사용되는 드라이 필름 포토레지스트 시장도 일본제품이 국내 시장을 거의 장악하고 있었다. 미국제품은 겨우 10% 미만의 시장을 점유하고 있었으며 유럽제품은 국내에 판매되지 않았다. 우리의 드라이 필름 포토레지스트제품은 다른 경쟁사보다 늦게 소개되어 잘 알려져 있지도 않았다. 고객들은 새로운 경쟁제품이 출시되어 가격독점도 견제해주기를 기대하고 있었다. 국내에서 생산 공급하는 우리에게는 더없이 좋은 기회였다. 공장가동 생산 즉시, 대부분의 인쇄회로기판 제조회사에서 샘플 테스트를 원했다.

하지만 거래선의 기술자들은 일본제품에 익숙해 있어서인지 특별한 이유 없이 기존에 사용하던 원료를 바꾸려 하지 않는 공통점이 있었다. 그럼에도 불구하고 국내에서 생산된다는 이점을 살려 적극적인 제품 소개를 했으나 수입제품에 비해 품질 면에서도 뒤떨어졌고, 일본회사들의 일반적인 영업정책인 대폭적인 가격 인하로 우리 제품은 시장경쟁력이 없음을 스스로 인정할 수밖에 없었다. 가격 면에서 경쟁력이 떨어지면 제조원가와 판매비용을 줄인다든지 당장 출혈을 감수하면서라도 장기적인 차원의 가격정책 대안을 추구해볼 수는 있었겠지만 '품질'이 시장을 못 따라간다면 다시 생각해볼 심각한 문제였다. 책임자로서 결단을 내려야 했다. 새로운 생산시설 투자를 하고 시운전하며, 샘플 테스트를 하는 과정에서 본격적으로 시작도 못해본 비즈니스의 포기란 정말 어려운 결단이었다.

휙스트의 연구개발직원들과도 많은 협의를 했다. 드라이 필름 포토레지스트 제조사업에 주력하지 않고 있었던 만큼 짧은 시간 내에 경쟁력 있는 신제품 개발능력이 없다고 판단했고 휙스트 사업부에서는 사업매각을 반대했지만 내 판단은 달랐다. 임자를 찾아주어야만 했다. 쥐고 있어서 될 사업이 아니었다. 이제껏 투자한 시간과 정열이 아까웠지만 "포기할 줄 아는 것도 사업이다"라는 생각이 들었다. '사랑해서 헤어진다'는 진심처럼 좋은 임자를 만나게 하고 싶었다. 말 그대로 결단의 순간이 왔다. 신념과 순리에 따라 모든 것을 내걸고 생산을 중단했다.

사업을 매각하기 위하여 중국의 '우시無錫'에 있는 전자회사도 방문하고 여러 방면으로 매각 대상자를 물색하던 중 마침 새로운 사업을 준비중이던 코오롱을 만났고 시설 전체를 인계하기로 했다. 고생해 다 키운 자식에게 효도 한번 못 받아보고 보내는 것 같아 속도 상하고, 못난 자식 등 떠미는 것 같아 가슴 아프기도 했지만 좋은 집에서 잘 지낸다는 소식을 들으니 떠나보내길 잘했다는 생각이 들었다. 소문으로는 국내 최초로 DFR을 공급한 코오롱이 드라이필름레지스트를 비롯한 관련상품 개발에 집중하고 있으며 일본 히타치, 대만 이터널, 미국 듀폰 등과 함께 세계적인 DFR 생산업체로 우뚝 서 있다니 감사할 일이다.

일 년 후, 나의 비즈니스 포기를 그렇게 반대하던 휙스트에서도 드라이필름레지스트사업을 전면 포기하고 미국 경쟁사인 M사에 매각했다. 외로웠던 결단의 순간이, 소리 없는 박수갈채가 되어 위로해주고 있었다. 어머니께서 생전에 "누울 자리를 보고 다리를 펴라"고 말씀하셨는데 누울 자리가 안 되는 곳에는 함부로 다리를 펼 일이 아니다. 굳이 다리를 뻗으려면 누울 자리가 되는지를 먼저 가늠해볼 일이다. 누울 자리가 안 된다면 바닥을 잘 다듬어서 다리 들어설 자리를 만든 후에 편히 드러눕거나, 아예 다른 곳으로 자리를 옮겨서 다리 펴고 누울 일이다. 중매를 잘 서면 술이 석 잔이라 했는데 그 어려운 중매를 핑계로 술도 여러 잔씩 마신 것 같다.

# 클라리언트를 아시나요?

과정이 목표이다Der Weg ist das Ziel.
– 독일 격언

횔스트Hoechst는 클라리언트의 전신이라고도 할 수 있다.

우리나라 사람 대다수는 횔스트라는 이름을 소화제 훼스탈로 잘 알려진 한독약품과 기술제휴를 맺은 독일 제약회사로 기억한다. 그나마 이제는 제약부문도 인수합병을 통해 횔스트에서 아벤티스로, 다시 프랑스계 사노피–아벤티스로 바뀌어 그 명성이 무대 전면에서 사라지고 말았다. 그러나 불과 10여 년 전까지도 제약부문만이 아닌 종합화학산업에서 세계 초일류기업이었던 횔스트는 1863년에 염료 생산업체로 설립되었다.

1925년부터 바이엘Bayer, 바스프BASF, 카셀라Cassela 등과 함께 세계 최대의 화학회사인 이게파르벤I. G. Farben Industries AG으로 합병했으나 1945년 연합국에 의해 해체되고, 1951년 '횔스트 염료회사'로 재설립하여 1969년 횔스트Hoechst AG로 사명을 개명했다. 바이엘, 바스프와 함께 독일의 3대 화학회사로 의약품 생산으로는 독일 제1위였으며 이후 120여 국가에 17만여 명의 직원들이 첨단화학제품의 연구개발, 생산과 마케팅분야에 종사하고 있었다. 휙스트 사업은 무기, 유기 기초화학약품부터 의약품, 염료, 안료, 농약, 합성섬유, 합성수지, 필름, 엔지니어링 플라스틱, 정보기술, 플랜트 건설에 이르기까지 모든 화학영역을 망라하는 종합화학제조산업의 강자로 전 세계에 명성을 떨치고 있었다.

휙스트와의 인연은 40년을 거슬러 올라간다. 1970년 한독약품공업주식회사의 세일즈맨으로 입사해서 화학산업의 불모지였던 우리나라에 휙스트의 특수화학제품을 소개하기 시작했다. 1976년 휙스트코리아의 전신인 아너가나 코리아 브랜치Anorgana GmbH를 거쳐 1980년 휙스트가 100% 출자한 현지법인으로 휙스트코리아(주)가 설립되어 휙스트의 모든 사업부문을 총괄했다. 1987년에는 합작회사인 휙스트산업을 설립, 1989년 반월공장을 준공하고 1998년에는 안성에 생산공장을 짓기도 하면서 1997년 클라리언트와 특수화학사업을 통합할 때까지 휙스트맨으로의 자부심을 가지고 28년을 함께한 것이다.

클라리언트는 1886년 설립된 스위스 바젤에 위치한 화학전문회사 산도즈Sandoz사에서 Specialty Chemicals 사업을 1995년에 분리독립하고, 1997년 휙스트와 특수화학사업을 통합하는 등 혁신적인 발전을 거듭하여, 전 세계적으로 특수화학약품사업부문의 선두역할을 하는 회사이다. 고객들과 밀접한 비즈니스 관계, 우수한 서비스 제공, 광범위한 응용기술을 갖고 있는 고객이 선택한

파트너이다. 클라리언트는 5개 대륙 100여 개의 그룹사에 약 2만 여 명의 직원들이 근무하고 있으며, 본사는 스위스 바젤 근교의 무텐즈Muttenz에 위치하고 있다. 2007년도에는 85억 스위스프랑 의 매출을 기록했으며, 섬유, 피혁 및 제지용 화학약품 안료 및 첨가제, 기능성 화학약품, 마스터배치 등을 생산, 판매하는 다국 적 기업이다.

클라리언트는 혁신에 의한 지속적인 성장에 전념하고 있으며, 혁신성은 고객 생성과 처리공정에서 중요한 역할을 하고 그들의 제품 완전성에 기여하고 있다. 클라리언트의 성공은 고객의 새로 운 요구를 알아내고 혁신적이며 효과적인 솔루션을 고객과 함께 개발할 수 있는 직원들의 노하우와 능력에 근거하고 있다.

클라리언트와의 인연은 휙스트에서 시작되었다. 1997년 클라리 언트와의 통합으로 1996년 3월 휙스트의 사업본부장Business Unit Head 자격으로 착공한 안성공장 준공식은 1998년 6월 클라리언트 명의로 하게 되었다. 업무는 그대로인데 회사 명칭이 바뀌게 되어 휙스트가 아닌 클라리언트의 명함으로 10년을 더 하게 된 것이다. 사업의 전문화, 계열화를 이루기 위한 전 세계적인 인수합병의 소 용돌이 속에서 송원칼라와 상호화성을 인수하게 되어 네 개의 독립 법인에서 생산과 판매를 했다.

클라리언트 코리아(주)는 클라리언트가 100% 투자한 회사로 클라리언트를 대표해서 한국 내의 모든 사업부활동을 총괄 운영 했다. 클라리언트 산업(주)은 클라리언트와 한독약품의 합작회사로, 반도체 및 평판 디스플레이 제조용 화학제품을 생산하는 전자재료업체로 AZ 포토레지스트 등을 생산 판매했다. 클라리언트 피그먼트(주)는 유기안료 및 첨가제를, 클라리언트 마스터배치 코리아(주)는 마스터배치 및 컴파운드를 각각 생산 판매하게 되었다.

우리나라에는 이렇게 네 개의 독립법인이 운영되었는데, 나는 2003년 4월 클라리언트의 글로벌 매니지먼트를 대신하여 한국 내의 모든 법인 및 사업부를 총괄하는 한국인 최초의 대표이사 컨추리 프레지던트로 취임했다.

# 제6장

# 얼음과 불

# 스와핑의 기술

모두가 행복해질 때까지는
아무도 완전히 행복해질 수는 없다.
– 허버트 스펜서

　무엇이든 팔 수 있다는 자신감으로 평생을 살아온 세일
즈맨이 마지막에는 자신의 목숨까지 팔게 되는 비참한 주인공으
로 나오는 아서 밀러의 희곡 「세일즈맨의 죽음」에서 주인공 윌리
로먼이 부유한 그의 형에게 묻는 말은 참으로 심각한 질문이 아닐
수 없다. "형님, 형님은 그것을 어떻게 해냈습니까? 비결이 무엇
입니까?"

　우리는 누구나, 패자이건 승자이건 주인공처럼 인생이라는 게
임 속에서 만병통치약으로 통하는 성공의 비결을 묻고 있다. 굳
이 비결을 따져본다면 현재 누리고 있는 가치를 성공에 좀 더 가
까운 가치와 교환할 줄 아는 거래와 협상의 기술을 터득하는 것도
성공하는 인생의 한 가지 비결이다. 또한 침체나 좌절에 빠질 때
그 고난이 우리의 시간과 노력, 재능을 쏟아부을 가치가 있는 것
인지? 아니면 결코 뚫고 나갈 수 없는 막다른 길인지를 파악할 줄

알고 때에 따라 포기함으로써 승리에 이르는 포기의 미학도 구사할 수 있다면 그 또한 성공에 다가서는 비결이 될 수 있을 것이다.

그러기 위해서는 인생이라는 게임 전체를 이해하도록 노력하되 근본적으로 현실주의자가 되어 모든 가치들을 편견 없이 그대로 평가하고 또 다른 필요한 가치로 적절히 교환하거나 포기할 줄도 알아야 한다. 요즈음에는 주식 스와핑이니 부동산 스와핑이니 해서 얼굴 붉히지 않아도 순수하게 교환이라는 의미로 스와핑이란 용어가 두루 사용되고 있지만 벤저민 프랭클린의 『덕의 기술』에서 예로 든 호루라기에 얽힌 스와핑의 일화는 많은 생각을 떠오르게 한다.

"일곱 살 때였습니다. 어느 휴일에 친구들이 내 주머니에 동전을 가득 넣어주었습니다. 나는 곧장 장난감 가게로 달려갔는데, 다른 아이가 쥐고 있던 호루라기 소리에 흠뻑 빠지고 말았습니다. 그래서 나는 가진 돈을 모두 주고 그것을 샀습니다. 그리고 집으로 돌아와 호루라기를 불며 돌아다녔습니다. 나는 호루라기 때문에 즐거웠지만, 가족들은 모두 귀찮아했지요. 호루라기를 얼마나 주고 샀는지 알고는 형과 누나, 사촌들은 내가 네 배나 비싸게 호루라기를 샀다고 말했습니다. 그리고 그 돈으로 살 수 있었던 다른 좋은 것들을 들먹이면서 내 어리석음을 비웃었습니다. 나는 분해서 엉엉 울고 말았지요. 호루라기가 준 즐거움보다 창피하고 분한 마음이 컸던 것입니다. 기억은 희미해졌지만 그 느낌은 계속 남아 있습니다. 필요 없는 것을 사려고 할 때마다 나는 스스로에게 말합니다. 호루라기에 너무 큰돈을 쓰지 말자. 그리고는 돈을 절약합니다."

일화에서처럼 행여나 나도 모르게 사서 불고 다니던 값비싼 호루라기는 어떤 것들이었을까? 어떤 것을 희생하고 사게 된 호루라기였을까? 그 호루라기를 사지 않았다면 무엇을 더 할 수 있었을까? 가족적인 관점에서 본다면 더 애틋한 사랑표현을 할 여유도 있는 남편이자 오랜 친구나 인생선배 같은 아빠의 역할을 더 잘할 수도 있었으리라. 업무 또는 우정, 모든 면에서 쓸데없이 너무 비싼 호루라기를 선택하는 어리석음을 줄이고자 애를 썼음에도 내가 선택했던 중요한 삶의 가치에 대한 평가에 대해서는 약간의 아쉬움이 남는 건 어쩔 수 없는 일이다.

우리는 갈림길에 서서 분마다, 시간마다, 날마다 선택을 한다. 자신이 생각하는 의견을, 자신이 느끼는 정욕을, 자신이 행하는 행위를 선택한다. 모든 선택은 우리가 자신의 삶을 지배하도록 만든 가치체계 안에서 이루어진다. 가치체계를 선택할 때 우리는 실제로 어느 때보다 중요한 선택을 하는 것이다. 젊은 날의 내게 있어 우선 가치는 무엇이었기에 일주일에 닷새는 가장 역할을 반납하는 대신 회사업무에 매진하기로 정했을까? 그 대신 주말에는 반드시 아내의 스케줄에 따르고, 정년 이후에는 세계일주 크루즈 여행을 함께 하겠다 했을까? 물론 이 약속을 어기지 않고 지키기는 했지만 과연 모두 올바른 것이었을까? 다시 한 번 생을 살게 된다면 어떻게 변화된 가치체계 안에서 선택을 하고 노동과 시간과 사랑을 교환하게 될까?

요즈음에는 나에게 주는 만큼 나도 주겠다는 공정성의 원리가 불문율이자 격언처럼 되었다. 더욱이 '무엇이든 남에게 대접받고자 하는 대로 너희도 남을 대접하라'는 황금률의 원리조차 공정성의 윤리로 치환되어 모든 것이 교환 형태로 환원되었다. 사랑의 특성도 마찬가지로 기브앤드테이크가 적용되어 무조건적인 사랑은 순애보나 어리석음으로 비하되고 조건이 난무하는 사랑은 이성적이고 합리적인 형태로 격상되어버리고 말았다.

그러나 가장 고단수의 스와핑 기술은 무조건적인 믿음과 사랑이 아닐까? 아마도 구식이어서 그런지는 모르겠으나 나를 둘러싼 아내와 가족, 친구, 동료들은 무조건적인 믿음과 사랑, 존중을 내게 쏟아부어주었으며 나 또한 그들이 믿었던 대로 운신할 수 있게 되었으니 말이다.

# 팔징구징 八徵九徵

무지야말로 무기력의 근원이다.
이해하지 못하는 것은 조종하지 못한다.
– 찰스 A. 라이히

　"큰일 났습니다, 사장님." 한 직장에 40년을 있다보니 내 스타일을 아는 직원들은 어떤 상황이 벌어지더라도 이렇게 호들갑을 떨지는 않는다. 문제에는 항상 답이 있음을 잊지 말고 창의적으로 답을 찾을 수 있도록 끊임없이 주문하며, 문제를 나열하지 말고 대안을 제시하되 그것도 몇 가지 해결방안을 강구하도록 채근한 탓이다. 나 자신도 업무처리에 완벽함을 추구하고자 했지만 직원들에게도 엄격하게 요구했다.

　모르면 동료들에게 질문하고, 이해될 때까지 반복해서 확실하게 알고 넘어가야 했으며, 남에게 조언을 구하거나 상사에게 어떤 사안에 대해 결정을 요청할 때에는 항상 자신의 의견을 먼저 제시하도록 했다. 어떤 질문이든 받게 되면 항상 두세 번 생각하고 답하도록 요구하기도 했다. 질문자의 의도를 파악하기란 쉬운 일이 아니기에 'Think twice before you answer' 라는 노래가사를 입버릇처럼 달고 살았다. 이 정도는 되어야 함께 일할 수 있는 기본을 갖추게 되어 잔소리가 줄어들게 된다. 그래도 똑같은 일을 두 번 틀리는 집중력 부족은 그냥 넘어가본 적이 없었으니 조직분위기가 화기애애함보다는 약간의 화기애매함으로 흐르고 있었는지도 모르겠다.

직선적인 성격과 철두철미함을 지키기 위해서는 철저한 반복 훈련과 교육, 스스로 신나서 움직일 수 있도록 하는 동기부여가 관건이기도 했지만 역시 직원들은 각각의 재능이 따로 있기 때문에 관리자가 된 후부터는 부하직원 각자의 재능이 발휘될 수 있도록, 적성에 맞는 직원 채용과 관리감독에 따른 공정한 평가와 보상 등의 업무가 늘어갔다. 열 길 물속은 알아도 한 길 사람 속은 모른다는데 인간 행동의 조짐을 읽고 대비하는 데 도움이 된다는 팔징구징八徵九徵을 핑계로 직원들과 스스럼없이 어울리던 일들이 주마등처럼 스쳐간다.

중국 고대 병서인 『육도六韜』의 선장選將편에 태공망太公望이 주周나라 무왕武王에게 인재 선발의 여덟 가지 기준에 대하여 설명한 대목을 팔징八徵이라 하는데 그 내용은 이렇다. "첫째, 질문하여 상세한 지식을 살피고, 둘째, 말로써 궁지에 몰아넣어 변화를 살핀다. 셋째, 주변 사람에게 물어 그 성실함을 살피고, 넷째, 명백하고 단순한 질문으로 덕성을 살핀다. 다섯째. 재물을 다루게 하여 청렴함을 살피고, 여섯째, 여색으로 시험하여 정조를 살핀다. 일곱째, 어려운 상황을 알려 용기를 살피고 여덟째, 술에 취하게 하여 태도를 살핀다." 이와 같이 여덟 가지 징조를 시험해보면 어진 사람인지 불초한 사람인지 구별할 수 있다고 했다.

또한 도교의 철학서인 『장자莊子』의 열어구列禦寇편에는 공자의 말을 빌어, "사람은 두툼한 외모 속에 감정을 깊이 간직하고 있으므로 외모만으로 판단하여서는 안 된다"고 하면서 됨됨이를 판별하는 아홉 가지 방법을 구징九徵으로 설명하고 있는데, 그 내용은 "멀리 두고 부리면서 충성됨을 살피고, 가까이 두고 부리면서 공경됨을 살핀다. 번거로운 일을 시켜 능력을 살피고, 갑작스레 질문하여 지혜를 살핀다. 급하게 약속을 하여 신용을 살피고, 재물을 맡겨 어짊을 살핀다. 위태로운 상황에 놓여 있다고 알려줌으로써 절개를 살피고, 술에 취하게 하여 법도를 살피며, 남녀가 섞인 곳에 있게 하여 호색함을 살핀다"고 했다.

팔징과 구징은 내용이 비슷한 점도 있고 오늘날에도 사람의 됨됨이를 판별하고 인재를 발굴하는 방법으로 여전히 유효하게 받아들여지고는 있지만 역시 사람을 선발하고 됨됨이를 판별해서 적재적소에 배치함에 있어서의 교훈은 끊임없는 관심과 배려를 위한 소통의 중요성이다. 어울리기 위해 신호를 보내는 'Feed forward'와 그에 따라 반응하는 'Feed back'의 신호들을 의미 있게 해석하고 역지사지해보면서 소통은 시작된다. 부하직원이나 동료의 스타일과 장단점을 알아가면서 이해하고, 눈빛만 봐도 서로 통하는 상호작용적인 관계로 발전하면서 서로는 영향을 받게 된다.

내가 늘 바라던 이상적인 조직도 자발적이고 즐겁게 공동의 목표를 향해 함께 나아가자는 것이었고 그러한 회사풍조에 동참해 준 직원들에게 즐거운 추억과 함께 항상 감사를 표한다. 그때에는 반드시 무엇을 목적으로 만들어진 술자리는 아니었지만 팔징구징의 여덟 번째 항목처럼 술에 취하게 하여 살펴보는 일이 참으로 많았던 것으로 기억한다. 워낙 맥주를 좋아해서이기도 하지만 퇴근 후에는 회사 앞 호프집에서 골뱅이와 함께 스트레스를 풀며 새로운 거래선에 관한 이야깃거리로 많은 세일즈맨들과 어울렸다.

또 직원들과의 저녁 겸 술자리에서 낚시광인 직원의 제안에 즉흥적으로 모두 중앙저수지로 향했다가 고기는 한 마리도 잡지 못하고 새벽에 집으로 돌아가던 일이며, 금요일 퇴근 후 부서 전원이 아산만으로 밤낚시를 떠났는데 함께 하고 싶지 않았던 직원들마저도 즐겁게 붕어 매운탕에 소주파티로 팀워크를 다지던 장면도 생생하게 떠오른다. 호프집에서 밤늦은 신입사원의 독일 연수 송별회로 가게도 문 닫고 맥주도 다 떨어졌을 때 새벽까지 영업하는 포장마차를 찾아내 양팔 가득 맥주를 들고 나타나 불가능은 없다는 것을 증명해보이던 신입사원들도 그립다. 석촌호수의 노천카페에서 회식하던 중 부인들을 초청하기로 해서 부인 전원이 참석, 즐거운 시간을 보내던 일이며, 딸기 철이면 일영의 가족 농장으로 직원 가족들을 초청해 서로를 이해하고 격무를 위로할 수 있는 만남의 기회를 만들었던 추억들이 마치 어제 일처럼 새롭다.

그때는 그렇게 매일 어울리면서 무언가 징조를 살피기 위해 어떤 기준점들을 살폈을까? 언제나 그랬을 것 같지는 않지만 끊임없이 신호를 보내고 서로를 알아가려는 노력을 했던 것만큼은 분명하다.

# 배움엔 끝이 없다

배움이 없는 자유는 언제나 위험하며
자유가 없는 배움은 언제나 헛된 일이다.
- 존 F. 케네디


"공부해라, 공부해라."

교육열이 높은 우리나라 학생이라면 누구라도 귀에 못이 박힐 정도로 들어본 소리이다. 지금도 사교육비 문제와 조기유학으로 인한 기러기아빠, 제도권 교육에 만족하지 못해 보내는 대안학교 등 가르치고 배우는 문제가 심각하기로는 예나 지금이나 마찬가지인 셈이다. 중학교 입시지옥을 통과하기 위해 그 어린 초등학생들이 3시간만 자고 공부하면 합격하고 4시간을 자면 떨어진다는 '3당 4락三當四落'을 벽에 붙여놓고 밤새워 공부했으니 말이다. 이렇게 성적 올리는 시험기계가 되어 대학입시까지는 억지로라도 공부해야만 하는 환경에 놓여지게 되니 미국이나 유럽의 대학생들과는 정반대로 대학 문이 열리는 순간 공부와는 담을 쌓게 되는가보다.

이렇게 전공에 대한 전문교육에 소홀한 것은 회사에 입사해서도 마찬가지이다. 우리 기업들은 입사하게 되면 회사가 부모 같은 입장이 되어 하나부터 열까지 직급별, 직능별로 커리큘럼에 의해 교육훈련을 시키고 있다. 그러나 철저한 계약관계로 맺어지는 외국계 글로벌 기업들은 업무를 처리하거나 평가하는 시스템이 아주 디테일한 매뉴얼로 잘 짜여 있어 누구라도 공정하게 근무하고 평가받을 수 있도록 되어 있지만 개개인의 내면에 잠재된 인성이나 재주 등을 일깨워줄 수 있는 '자기계발' 프로그램이라든가 새로운 능력을 더하거나 향상시키기 위한 '자기개발' 과정의 이수는 어디까지나 자기 스스로 선택하고 시간과 비용을 투자해야 하는 개인의 몫이다.

세미나 참석, 어학연수, 커뮤니케이션 스킬, 리더십의 원리 등자신의 기능과 실력을 쌓아올려 업그레이드하기 위해서는 끊임없이 배워야 한다. "사람은 태어나서 죽을 때까지 배운다"는 말이 있듯이 모르는 것을 알아가는 과정은 끝이 없다. 모르기 때문에 배우니까 사람을 겸손하게도 만들고, 하나하나 알아가는 과정의 설레임도 배움의 즐거움이다. 가장 잘 배우는 방법은 직접 가르쳐보는 것이다. 가르치다보면 자신에게 부족한 면을 깨닫고 노력할 수 있기 때문이다. 히브리어에서는 가르친다와 배운다를 하나의 동사 '라마드'로 쓴다고 하니 과연 그럴듯하다.

배우는 것은 다 "공부해라"라는 획일적인 용어로 불리어왔지만 공부와 학습을 군이 구분한다면 엄연한 차이가 있다. 학습이란 논어의 학이편 첫 구절에 "학이시습지 불역열호學而時習之 不亦說乎,

배우고 때때로 익히면 또한 즐겁지 아니한가"라는 말에서 나온 용어이다. '학學'은 배운다는 뜻이고 '습쭼'은 새새끼가 날갯짓하듯 익힌다는 의미로 쓰였다. 그에 비해 공부는 학습이 된 상태에서 그것을 더욱 갈고 닦아 쓸모 있게 만드는 것을 말한다. 학습이든 공부든 어떤 것을 배우고 익히는 과정이다. 배우지 않고 무작정 덤벼들어 무엇을 하려면 익숙해질 때까지 많은 실수와 실패를 경험해야만 하는데 배움은 그런 실패와 실수를 최소화하기 위한 보험장치인 것이다.

스펙 쌓기로서의 배움이 아닌 "알고자 하는 마음이 생기면 밥 먹는 것도 잊어버리고, 더 나아가 근심도 잊게 되어 즐겁다"는 발분망식發憤忘食 낙이망우樂以忘憂의 경지에 오를 수만 있다면 기쁘게 세상을 배우고도, 아는 만큼 보인다는 말처럼 이제껏 보지 못했던 세상과도 넉넉하게 만날 수 있을 것이다.

재미있게 사는 후배 부부를 생각해봐도 죽을 때까지 배운다는 말은 참 즐거운 말이다. 그 부부는 매년 해외여행을 계획하고는 일 년 내내 목적한 여행지에 관한 자료를 모아 열심히 공부한다는 얘기를 들었다. 그 나라에 관한 역사를 공부하면서 소설을 읽은 후 독후감을 쓰고, 장소별, 주제별로 영화도 빌려보고 전통음악과 유행가에 이르기까지 일 년을 푹 빠져 살다가 여행을 가보면 일반 관광 상품을 따라나선 여행자와는 비교가 안 될 깊은 교감으로 감동받고 온다니 배우고 또 배울 일이다. 하기야 아무 생각 없이 무량수전 배흘림기둥에 기대서거나, 피카소의 게르니카를 마주한들, 목조건축의 미학이나 에스파냐 내전을 모르고서야 무슨 감탄이 나오겠는가?

배우면 알게 되고 알면 다시 배우는 즐거움을 누리게 되니 언제나 배우는 자세와 습관을 가질 일이다. 업무나 전공과 관련해서도, 한 가지만을 고집할 것이 아니라 요즘 추세가 여러 기술이나 성능을 하나로 합치거나 융합되도록 하는 컨버전스convergence의 시대를 열고 있으니 새로운 배움과의 접목을 통해 자기만의 장르를 개척해볼 일이다. 화학과 경영, 화학과 법률 등은 차라리 고전적인 융합이다. 컨버전스를 키워드로 하는 이 시대에 죽을 때까지 배운다는 자세로, 전혀 생소한 분야와의 융합을 선택한다면 경쟁 치열한 레드오션을 벗어나 아무도 함부로 따라나서지 못하는 블루오션으로 헤엄쳐나갈 수 있을 것이다.

# 망원경과 현미경

만약에 내가 또다시 이 인생을 되풀이해야 한다면
내가 지내왔던 생활을 다시 하고 싶다.
과거를 후회하지 않고, 미래를 두려워하지도 않기 때문이다.
— 미셸 몽테뉴

언제나 경쟁구도의 긴장과 짜릿한 성취의 환희 사이에
서 보낸 40년은 세일즈의 연속이었다. 신입사원 시절에는 동대문
과 청계천을 누비고 다니며 거래선 확보를 위해 뛰었다. 대기업
을 대상으로 하는 영업관리와 마케팅은 물론이거니와 나라별로
경쟁과 협력을 다짐하며 각 나라에서 돌아가며 개최되던 아시아
컨퍼런스도 세일즈의 연장이었다. 최고 경영자의 자리인 계열사
대표이사를 거쳐 컨추리 프레지던트에 올라서도 세일즈맨의 기
질은 유감없이 발휘할 수 있었다. 졸업 전 입사했던 동아제약 시
절, 한국마케팅협회에서 연수받으며 가슴에 새겨둔 보물들이 빛
을 발했던 것이다.

넓은 시야를 확보하게 해준 망원경이 그 첫 번째 보물이다. 시야
가 넓다는 것은 물리적으로 눈이 밝다는 이야기가 아니다. 세일즈
맨은 거래선을 통해 판매 영역을 넓혀나가야 하기 때문에 거래선

이 메이커에게 협력해줄 수 있는 분위기를 조성해야 하는데 그러려면 거래선에게 '우리와 거래하면 장사가 잘돼서 목표대로 돈을 벌 것이다'라는 확신을 갖게 해야 한다. 이 확신이나 신념이 없으면 거래선은 대리점이든 총판이든 잘 움직여주지 않기 때문에 세일즈맨은 회사 상품이나 사업의 장래에 대해 비전을 가져야 한다.

그런데 이 비전을 막연하게 잘됐으면 좋겠다는 희망사항으로 갖고 있어서는 안 된다. 무엇 때문에 잘된다. 이렇게 하면 어떤 부분이 잘된다는 점을 마켓인덱스와 사회변화 추세로, 실명과 실수로 설명할 수 있어야 한다. 즉, 업계 전체를 훤히 내다보는 지식을 쌓아야 하는 것이다. 다른 말로 하면 망원경적 사고인 것이다. 내가 이해하고 믿지 않으면 거래선을 움직일 수도 없는 것이다. 그렇다고 세일즈맨이 업계 관련지식을 충분히 갖추고 있다는 망원경적 사고만으로 거래선을 잘 지도할 수는 없다. '현장 확인의 눈'이라 할 수 있는 현미경적 지식도 함께 갖추어야 한다.

내가 가지게 된 두 번째 보물이 그것이다. 즉 멀리도 보고 가까이도 보라는 것인데 현장 확인이란 우리 상품이 팔리고 있는 상황을 제대로 보라는 의미이다. 가령 마케팅 매니저는 멀리 보는 것에는 장기가 있으나 현장을 모르는 수가 많고, 세일즈맨은 현장은 잘 알지만 멀리 내다보지 못하는 수가 많다. 가령 멀리 보는 눈만 밝고 현장을 모르는 것은 작품을 구경조차 해보지도 못한 말 많은 평론가처럼 될 수 있다. 이와 반대로 세일즈맨이 현장은 잘 알지만 멀리 보는 눈이 없으면 논리적으로 설득하기 어려우므로 망원경과 현미경 모두를 번갈아 들여다볼 수 있어야만 한다.

또한 세일즈맨이 움직이는 곳에는 상품과 돈이 있다. 이것은 모두 숫자가 되는데 세일즈맨은 숫자에 밝아야 한다. 그런데도 기술 영업 세일즈맨의 대부분은 인문계 혹은 나처럼 이공계를 나온 탓인지 오히려 계수에 어두운 면이 없지 않다. 계수는 상품 대금 계산서만을 이야기하는 것이 아니다. 거래선에 가서 영업이 잘되는지, 부실화되고 있는지 등을 일일이 묻지 않아도 슬쩍 보면 알아차리는 계수 감각도 포함하는 말이다.

또한 영업과 함께 납품활동을 하는 세일즈맨의 경우 거래선의 대차대조표, 손익계산서 등 재무제표를 보는 기본적인 재무지식은 필수적이다. 재무제표를 볼 수 있는 눈은 특별과외를 통해 터득하게 된 나의 세 번째 보물이다. 이러한 지식이 갖추어져 있으면 채권관리상 큰 플러스가 될 뿐더러 고급관리자가 되기 위한 필수 코스이기도 하다. 거래선의 손익분기점을 보아주거나, 총 자본회전율을 검토해서 효과적으로 경영을 지도할 수 있다. 이러한 지식이 없으면 경영지도의 소중한 역할은 포기한 채 상품을 배송하고 수금하는 심부름꾼 역할로 전락하는 것이다.

세일즈맨은 소수의 거래선을 비교적 장기간 담당하며 일주일에 적어도 한두 번은 방문하게 된다. 따라서 거래선으로부터 환영받는 인품을 지니는 것이 필수조건이다. 언제 찾아가도 상대로부터 환영받는 인품과 소양을 지니는 것은 영업 활동의 기본이 된다. 따라서 어떻게 하면 환영받는 세일즈맨이 될 수 있느냐 하는 것이

기업과 당사자의 과제가 된다. 여기 한 가지 특기해야 할 것은 세일즈라는 것은 매일매일 방문할 때마다 물건을 많이 팔아달라고 조르거나 밀어넣는 것이 아니라는 사실이다. 잦은 방문을 통해 "이 사람에게 협조해주고 싶구나." 하는 분위기를 조성해나가는 것이 곧 영업활동이다.

세일즈맨이 거래선으로부터 호감을 사서 언제 찾아도 반겨주는 상황을 만들기 위해서는 서비스 마인드를 가져야 한다. 물건을 많이 팔아서 내 목표를 달성하기 이전에 고객에게 돈을 벌게 해주어야겠다는 생각을 가져야만 가능하다. 여기에 에티켓을 갖추고 경영지식으로 무장해야 함은 물론 풍부한 화제를 지니는 것도 요구되며, 밝은 표정에 자신감이 충만해야 한다. 이것이 오랜 시간 단련된 나의 네 번째 보물이다.

또한 세일즈맨은 강력한 리더십을 발휘해야 한다. 왜냐하면 메이커의 입장과 거래선의 입장은 일치하기도 하지만 때로는 상충되기도 한다. 만약 상반되는 입장에 섰을 때 머뭇거리는 거래선을 "사장님, 이렇게 하십시오"라고 회사가 의도하는 쪽으로 이끌어가야 하는 것이다. 세일즈맨이 리더십이 약해 거래선이 하자는 대로 끌려간다면 그 세일즈맨은 존재가치를 잃고 실적도 오르지 않는다. 이러한 의미에서 세일즈맨은 리더십이 있어야 한다. 이 다섯 번째 보물인 리더십까지 지닐 수 있었고, 때로는 모든 재능을 자유로이 행사할 수 있는 시장에 있었던 나는 행복한 세일즈맨임에 틀림없다.

# Ice & Fire

용기 있는 사람이란
양심이 명령하는 바에 따라 행동하는 사람이다.
- 루이제 린저

나만큼 뜨거운 사람도 흔치 않은데 나를 잘 안다고 하는
사람들조차도 날 냉정한 사람으로 치부해버리곤 한다. 오죽하면
독일병정이라는 별칭으로 불리기까지 했을까? 사실 난 좀 억울하
다. 태생이 서늘업게 태어난 고장 함흥을 닮아서인가? '서늘업
다'라는 함경도 방언은 말 그대로 서늘하고 시원한 상태를 의미한
다. 물론 무섭다거나 까탈스럽다는 의미도 포함되어 있기는 하지
만 언제나 공과 사를 구분하려는 쿨한 성격이 그렇게 차갑게 느껴
졌던 것인가?

차갑다는 것은 냉정하다, 단호하다, 빈틈이 없다, 말 붙이기 어
렵다, 쉽사리 곁을 내주지 않는다라는 의미가 모두 포함되어 있
을 텐데…… 물론 그것은 그대로 인정할 수밖에 없는 나의 모습들
이기도 하다. 그런데도 나는 늘 내가 너무 뜨거운 사람이라는 걸
수긍할 수밖에 없는 면을 지니고 있으니, 나를 바라보는 시각 차

이를 어떻게 좁힐 수 있을까? 난 때로는 너무 격하게, 무모하다고 할 정도로 열정적으로 매달리기도 하고, 항상 가까이에서 체온을 함께 느끼며 어울리려 애썼다고 자부했음에도 정반대의 평가에 힘이 실려 있으니 이 냉정과 열정 사이에서 그 중심을 다시 생각해본다.

우리는 삶의 순간순간 냉철한 이성과 열정적 신념이 양끝에 놓인 시소의 중간 지점에 서서 어떤 때는 합리적 이성 쪽으로, 어떤 때는 본능적 신념으로 기울어진다. 그러면서 항상 고민한다. "이성에 따라 행동할 것인가? 신념에 따라 행동할 것인가? 본능에 따를 것인가? 합리적인 계산에 따를 것인가?" 좋은 삶이라고 불릴 만한 삶에 있어서 냉정과 열정 또는 이성과 신념은 각각 어떻게 기능하고 있는 것일까? 이성적인 판단력은 우리가 어떤 일을 가장 합리적이고 효율적으로 해결할 수 있도록 도와준다.

여기서 합리적이라는 말은 보통 사람들이 수긍할 수 있다는 의미로, 어떤 사람이 합리적으로 일을 수행한다면 이는 그 사람의 행동이 누구에게나 충분히 받아들여질 수 있음을 의미하는 것이다. 또한 효율적이라는 말도 경제적인 개념으로, 이성적인 판단력으로 어떤 일을 대하면 우리는 '최소의 비용으로 최대의 이익을' 내는 방향으로 일을 처리해나갈 수 있다. 그러나 이성적인 판단력은 인간의 본성이 아니기 때문에 우리는 학습을 통해, 인간관계를 통해 이성적인 판단력을 기르기 위해 노력하는 것이다.

이 사회가 점차 개인의 객관적인 능력을 중요한 가치로 여기는 방향으로 변화하는 가운데 합리와 효율을 강조하는 이성의 중요성은 더욱 커져가고 있으며 이성은 자연히 바람직한 삶의 한 요건이 되고 있다. 반면에 이성적으로는 설명할 수 없지만, 그래서 비현실적이고 바보 같아 보이는 열정적 신념 역시 이성만큼이나 '좋은 삶'을 결정하는 주요한 요건이 된다. 사람들이 가지고 있는 비현실적인 희망이나 무조건적인 기대 따위의 것들은 일견 불가능하게 보이기는 하지만 만에 하나라도 이루어질 틈이 존재하기 때문에 신념은 충분히 그 존재 가치가 있는 것이다. 어쩌면 '신념'의 존재가 이 사회를 더 나은 단계로 도약시키는 데 중요한 역할을 해왔는지도 모르겠다.

누구나 할 수 있는 인간의 영역에 머물기를 거부하고 새로운 시도와 도전으로 역사의 문을 여는 사람들은 언제나 있어왔다. 이성적인 눈으로 보았을 때는 전혀 불가능하거나 해볼 가치가 없는 일에 희망을 가지고 매달려 결국에는 위대한 성과를 거두어낸 수많은 사람들의 일화를 우리는 들어왔다. 이성에 입각한 삶은 합리적이고 예측 가능하며, 안정되어 있고 그래서 안전하다. 하지만 이러한 삶은 예측 가능하기 때문에 지루하며, 안정되어 있기 때문에 정체되어 있고, 안전하기 때문에 만족하고 곧 나태해지기 쉽다. 반면 신념에 입각한 삶은 역동적이며 진취적이고 뚜렷한 목표의식을 가지고 있다는 장점을 가지고 있지만 극단적이고 감정적이며 몽상적이고 그래서 불안하다는 단점을 가지고 있다.

'Boys, be ambitious!' 소년들에게 야망을 가지라는 이 경구는 표면적으로는 분명히 불가능에 도전하는 신념을 가지는 것의 중요성을 이야기하고 있지만 이 말의 이면에는 오르지 못할 것만 같은 야망을 갖되 그 야망을 이루는 과정에 이성적인 계획과 냉철한 문제해결능력이 반드시 필요하다는 의미가 내포되어 있는 것이다. '좋은 삶'에는 어느 한편에 일방적으로 무게 중심이 치우치지 않고 이성과 신념 모두가 조화롭게 어우러지도록 해주는 냉정과 열정은 떼려야 뗄 수 없는 불가분의 관계이다.

냉정과 열정은 어쩌면 자동차의 브레이크와 액셀러레이터의 관계와도 같다. 운전을 잘한다는 것은 마구 밟아 달려나갈 수 있는 것만을 의미하지 않는다. 필요할 때는 방향을 바꾸거나 정지할 수 있어야 함을 말한다. 언제든 제어할 수 있을 때에만 속도를 내고 어디든 달려갈 수 있는 것이다. 하고 싶은 일을 하는 것은 신의 영역이고, 할 수 있는 일을 하는 것이 인간의 영역이라면 할 수 있는 것과 하고 싶은 것 사이에서의 조화와 갈등 관리에도 열정과 냉정을 적용하여 때로는 뛰어들어 뜨겁게 불타오르고, 때로는 비켜서서 차갑게 지켜보아야 한다. 내가 지닌 열정은 용광로 속의 전극봉만큼이나 뜨겁고, 다른 한켠에 지닌 냉정은 냉장고, 에어컨의 냉매를 닮아 차디차다.

# 차례차례 피는 꽃

나는 천천히 가는 사람입니다.
그러나 뒤로는 가지 않습니다.
– 에이브러햄 링컨

　미국경제전문지「포춘」이 선정하는 '포천 500대 기업'
CEO들의 이력서를 들춰보면 그들이 그 자리에 앉기까지 평균
25년 동안 절망과 시련을 견뎌왔다는 사실을 알게 된다. 그 긴
시간을 그들은 인내하고 희생하며 자신의 존재가치를 증명해야
했고 목표를 달성해야 했다. CEO 노릇도 결코 쉬운 일은 아니지
만 정작 어려운 것은 그 자리에까지 오르는 일이다. 절망과 시련
은 때때로 절대적인 무게로 짓누르기도 하겠지만 희망과 성취의
승승장구에 대한 욕망을 사이에 두고 상대적인 박탈감으로 다가
올 때가 더 많은 법이다.

　활화산처럼 열정이 끓어넘칠 때는 내가 가기로 한 길을 가기만
하면 되는 것이었다. 지나온 길에 대해 느껴왔던 좌절도 환희도
스스로 감당할 몫이었다. 그러나 돌이켜보면 모든 것은 준비된
만큼 순리에 따라 나타나고 사라지는 것이었다. 언제나 무엇이든

할 수 있다는 신조로 평생을 살아온 만큼 "주어진 환경에 순응하고 기다릴 줄 알아야 한다"고 말하는 것이 어울리지 않아 보일지는 모르겠으나 그 또한 자기 노력의 산물이 아니겠는가 하는 생각에 도종환 시인의 시를 두고두고 음미하고자 한다.

어느 날 갑자기 피는 꽃은 없습니다.
어떤 꽃이든 오랫동안 끊임없이 준비하면서 핍니다.
우리가 어느 날 갑자기 그 꽃을 발견한 것뿐입니다.
봄 들판에 여린 꽃다지 한 송이도
겨우내 준비한 뒤에 꽃송이를 내밉니다.
오랜 날을 추위와 목마름과 싸워 오면서도
때가 되어야 꽃송이를 내밉니다.
잿빛으로 죽어 있는 겨울 들판을 쉬지 않고 달려와
봄이 온 것을 제일 먼저 알리고 난 뒤
산수유 꽃이 많은 사람들에게 사랑 받고 있는 걸 보면서
비슷한 크기, 똑같은 빛깔의 생강나무 꽃이
덩달아 꽃을 피우지 않습니다.
산수유 꽃이 충분히 제 역할을 다 했다고 생각할 만큼
시간이 지난 뒤에 비로소 꽃을 피웁니다.
산수유보다 더 진하고 강한 향기를 지닌
줄기와 꽃을 키워 갑니다.
진달래가 피었다고 해서 철쭉도 같이 꽃을 피우지 않습니다.

제 차례가 되었을 때 꽃을 피웁니다.

연분홍 진달래가 먼저 피고 난 뒤에

좀 더 진한 빛깔의 분홍 꽃을 피웁니다.

진달래보다 늦게 꽃이 피었다고

진달래를 시기하거나 미워하지 않습니다.

꽃을 피워도 되겠다고 생각할 때 꽃을 피우는 것뿐입니다.

조팝나무꽃이 피었다고

싸리나무가 몸살을 앓거나 안달하지 않습니다.

조팝나무는 봄이 절정에 이르는 4월 곡우 무렵에

짙은 향을 내뿜으며 피지만, 싸리나무는 여름이 지나고

가을이 시작될 무렵에야 꽃을 피웁니다.

그렇다고 싸리나무가 보랏빛 꽃을 피우고 서서 스스로 부끄러워하거나

자신을 게으르고 못난 꽃이라고 생각하지 않습니다.

다 제가 꽃을 피워야 할 때가 있다고 생각할 뿐입니다.

제가 꽃을 피워야 할 때 꽃을 피우는 꽃들이 모여

이 나라 산천을 꽃으로 가득하게 합니다.

이 나라 들판이 사철 꽃 향기로 가득하게 합니다.

먼저 핀 꽃을 시기하거나 미워하지 않습니다.

늦게 꽃이 핀다고 조바심 내거나 안달하지 않습니다.

같은 땅에서 난 것을 먹고, 같은 바람을 쏘이면서 자란

동갑 친구 중에도 먼저 되는 친구와 늦게 되는 친구가 있습니다.

일찍 성공하고 자리 잡는 친구가 있는가 하면

늦게까지 고생하는 친구가 있습니다.

그런가 하면 일찍 출세하고 이름을 얻었는데

실패와 시련도 남보다 먼저 겪는 삶이 있습니다.

먼저 핀 꽃이 먼저 지는 것처럼

남들보다 늦게까지 자리를 잡지 못하고,

꽃 한 번 피우지 못하며 살고 있다고 생각하는 분들이 있다면

천천히 들길을 걸으며 생각해 보세요.

찔레꽃은 언제 피고 국화꽃은 언제 피는지,

그리고 그것은 무슨 차이가 있는지.

이름 모를 꽃들도 자연의 순서와 섭리를 따르는 것을 보면 경탄하지 않을 수 없다. 꽃들뿐만 아니라 나무며 풀도 나름대로의 질서에 따라 싹을 틔우고 씨앗을 날리며 그들만의 때를 누리고 있는 것이리라. 봄 여름 가을 겨울도, 어두운 밤을 건너온 새벽의 여명도, 저녁노을도 그렇게 이미 계획해놓은 순서에 따라 차례차례 오는 것이다. 나는 무엇을 계획하고 긴 기다림 끝에 피어난, 어떤 꽃송이였을까? 사철 번갈아 피어나는 꽃 봉우리 속에서 모든 것에는 때가 있다는 말을 다시 한 번 음미하게 되지만, 과연 꽃을 피우지 못하고 열매 맺지 못하는 꽃들을 어떤 시선으로 바라보았을지도 궁금하다.

뿌리째 뽑아버리고 그 자리를 꽃 피울 나무들에게 비워주어야 할지, 곁가지를 솎아주고 유기질 비료와 농약으로 정성을 다해

찬란한 꽃을 피울 수 있도록 힘을 더함이 옳은 것인지, 아니면 스스로 그러하듯 자생력에 의해 혹은 자기 동기부여에 의해 자연스레 꽃피우고 열매 맺을 때를 기다려 순리에 따라 하나 됨을 즐겨야 하는 것인지 아직도 그 답을 모르겠다. 자연을 관조하듯 한 발 떨어져 순리와 차례를 다시금 되새기게 하는 꽃들의 향연이다.

# 팀 스피리트

이해가 부족한 사람이 오해가 많은 사람보다 낫다.
– 아나톨 프랑수아

대동단결로 하나 된 동아리의 정신을 뜻할 법한 '팀 스피리트'라는 용어가 한미 양국간의 합동군사훈련을 뜻하는 고유명사처럼 사용되는 것이 못내 아쉽다. 한반도에 비상상태가 발발할 경우 공동 대처한다는 한미상호방위조약을 근거로, 미국 본토와 해외기지에 배치되어 있는 미국의 육·해·공군을 신속히 한국에 투입시키고 한국군과 유기적인 협동체제하에 기동성 있게 연합작전을 수행할 수 있도록 하기 위한 훈련이니 한국과 미국은 한 팀이다

여기서 팀의 개념은 중요한 의미를 지닌다. 회사에서도 각 부서들은 전체로 보아서는 공동의 목표를 향해 나아가는 한 팀이지만 언제나 부서간에는 경쟁과 협력으로 풀어가야만 하는 갈등 관계가 상존하고 있다. 평소에도 부서간은 물론 각 부서 내에서 부서장을 중심으로 한 단결력을 가장 중요하게 생각하는 나는 여러

직원들과의 대화 중에 부서직원간 소통의 기회가 필요함을 느끼게 되어 매달 두 번째 토요일 함께 등산을 하기로 했다. 물론 주말이므로 강제사항은 아니었다.

그런데 한번은 전날 저녁부터 눈이 내려 산이 하얗게 변해 있었다. 눈이 산에 내리게 되면 제일 먼저 준비해야 하는 것은 아이젠이다. 그러나 몇몇 여직원은 아이젠은 고사하고 등산화도 준비되어 있지 않았다. 청계산 옛골 입구 거리에서 새로운 등산화를 구입해서 갈아신게 하고 등반을 시작했다. 등산화도 없이 등산하러 온 직원 그리고 평상시에 등산을 하지 않았던 여직원과 남자직원 몇 명이 있었기에 사고 없이 안전하게 등반을 마칠 수 있을까 하는 걱정이 앞섰지만 등산코스와 주의사항을 간단히 설명하고 가장 쉬운 코스인 매봉을 향해 출발했다.

물론 대부분의 사람들이 아이젠을 준비하여 한 족씩 나누어 신을 수 있어 다행스럽기는 했지만 초보자들이 섞여 있어 쉽지만은 않은 등반이었다. 평상시면 한 번도 쉬지 않고 헬리콥터장까지 올라가는데 눈과 초보자로 인해 서너 번을 쉬어가며 도착했다. 여직원 한 사람은 헬리콥터장까지 약 100미터를 남겨놓고 못 올라가겠다고 포기의사를 밝혔지만 남자직원이 다시 내려가 얼마 남지 않았다며 용기를 주고 부축해서 함께 올라오도록 했다. 결국 우리 모두는 함께 한자리에 오를 수 있었던 것이다. 어려운 조건이지만 오히려 그러했기에 더욱 서로를 도와주고 격려하며 목적지까지 함께 할 수 있어 팀워크를 다지는 데는 기대 이상으로 좋은 기회였다.

팀워크 또는 팀플레이에 관한 중요성이 절실해서인지 그와 관련한 연구자료는 방대하지만 그날의 일화는 리더를 중심으로 V자 대형을 그리며 머나먼 여행을 떠나는 기러기 이야기를 생각나게 한다. 가장 앞에 날아가는 리더의 날갯짓은 기류에 양력揚力을 만들어주어 뒤에 따라오는 동료 기러기가 혼자 날 때보다 71% 정도 쉽게 날 수 있도록 도와주고, 뒤에서는 먼 길을 날아가는 동안 끊임없이 울음소리를 내어 앞에서 거센 바람을 가르며 힘들게 날아가는 리더에게 응원을 보낸다고 한다. 기러기는 4만km의 머나먼 길을 옆에서 함께 날갯짓을 하는 동료를 의지하며 날아가다가 만약 어느 기러기가 총에 맞거나 아프거나 지쳐서 대열에서 이탈하게 되면 다른 동료 기러기 두 마리도 함께 대열에서 빠져나와 지친 동료가 원기를 회복해 다시 날 수 있을 때까지 또는 죽음으로 생을 마감할 때까지 동료의 마지막을 지키다 무리로 다시 돌아온다고 하니 혼자서는 날아갈 엄두도 나지 않을 먼 길을 팀의 정신에 의지해서 함께 한다는 것이 놀라웠다.

한 사람보다는 두 사람, 두 사람보다는 세 사람. 즉 팀을 이루었을 때 각 개인의 창의성이 더욱 발휘되고 다양하고 좋은 아이디어를 창조할 수 있다. 나는 R&D에 근무하는 연구원들에게 항상 모든 정보를 공유하면서, 팀을 이루어 목표를 설정하고 개발하도록 했다. 과거에는 많은 연구원들과 기술자들이 어떤 새로운 기술에 대한 정보를 입수하면 보물단지처럼 서랍 속에 숨겨두고 혼자 소유했다. 나 자신이 연구실에서 이런 점을 많이 보아왔기에 연구실은 물론 다른 부서와 함께 태스크포스 팀을 만들어 중요한 과제를 함께 만들도록 했다. 정기적으로 마케팅부서 세일즈맨들과 R&D 연구원들의 토론 자리를 만들어 신제품 개발 과정을 함께 하도록 했고 개발에 대한 팀 포상제도를 만들기도 했다. 이렇게 팀을 이루어 목표를 정하고 제품을 개발함으로써 신속하게 고객이 원하는 제품을 공급할 수 있었다. 또한 고객의 요구사항이나 기술적인 문제 해결을 해야 할 경우에도 항상 팀을 이루어 고객을 방문하도록 했다.

『개미』의 저자 베르나르 베르베르는 지하세계를 지배하고 있는 개미의 세계를 다음과 같이 쓰고 있다. 장애물이 앞에 나타났을 때, 사람들이 보이는 반응은 왜 이런 문제가 생겼는지, 이것은 누구의 잘못인지를 생각하는 것이다. 그는 잘못을 범한 사람을 찾고 다시는 그런 일이 생기지 않도록 그에게 어떤 벌을 내릴 것인가를 찾는다. 똑같은 상황에서 개미는 '어떻게, 누구의 도움을 받아서 이 문제를 해결할 수 있을까'라고 생각한다. 개미세계에는 '유죄'라는 개념이 전혀 없다.

'왜 일이 제대로 되지 않을까?'라고 자문하는 사람들과 '어떻게 하면 일이 제대로 되게 할 수 있을까?'라고 자문하는 사람들 사이에 커다란 차이가 생기는 것은 자명하다. 현재 인간세계는 '왜'라고 묻는 사람들이 지배하고 있다. 그러나 머지않아 '어떻게, 누구와 함께?'라고 묻는 사람들이 다스리는 날이 오게 될 것이다. 서로 가치관과 성장배경, 학습환경이 다를지라도 함께 하는 힘의 위대함을 믿는다면 함께 일하든 함께 즐기든 동상이몽에서 이심전심으로 마음이 통하는 팀의 정신을 이어가게 될 것이다. 최근 들어 소통의 중요성을 강조하고 있음이 바로 그 증거이다.

제7장

# 디에스 리 스타일

# 고래와 젖소

행복의 비밀은
자신이 좋아하는 일을 하는 것이 아니라
자신이 하는 일을 좋아하는 것이다.
– 앤드류 매튜스

어떠한 천재라도 노력하는 자를 못 이기고, 아무리 노력해도 즐기는 자는 이기지 못한다는 말이 있는데, 이는 즐거운 마음으로 일할 때 무한한 발전과 성공이 보장된다는 뜻이다. 우선 제대로 일을 즐기려면 하고 싶은 일을 하는 것이 기본인데 요즘 세태를 들여다보면 대부분 본인이 진정으로 무엇을 원하는지 모르는 경우도 많고, 알고 있다 해도 여러 가지 이유로 다른 일을 하게 되면서 만족하지 못하는 경우도 많다.

그럴 때마다 항상 처음으로 돌아가 본인이 무엇을 원하고 있는지를 스스로에게 자문자답하도록 방법을 알려주고는 했다. 과연 평생 안정된 직업을 원하는지, 큰 부자가 되기를 바라는지 아니면 권력이나 명예를 원하는지를 먼저 생각해서 샐러리맨을 계속하거나, 약간의 위험을 무릅쓰고라도 사업에 뛰어들거나 아니면 머리를 싸매고 공부해 교수나 판검사, 정치가로 삶을 살아가고 싶은지 결정이 되어야 그에 따른 행동을 할 수 있기 때문이다. 물론 살아가면서 본인 스스로가 즐거워할 수 있는 가치에 따라 삶의 방식과 목표의 조정은 필수적이다. 설혹 본인이 원하는 일을 선택했더라도 삶에 영향을 미치는 많은 요인에 따라 그 과정은 다양하게 전개될 수 있기 때문이다.

우리나라 직장인을 대상으로 한 조사에 따르면 직장인의 82.5%가 매주 월요일마다 '월요병'을 앓고 있다고 한다. 원인으로는 주말에 휴식을 취해서 생기는 생체리듬 파괴를 7%로 생각하는 데 비해 월요일 출근 후 다가올 업무 스트레스가 56.7%로 여덟 배가 높다. 이 조사가 시사해주는 현대사회의 문제점은 직장인들이 회사를 스트레스 받는 '일터'로만 생각하고 있다는 점이다.

이렇게 일터가 단순히 상품과 서비스를 생산하며 부가가치를 창출하고 경제적 문제를 해결하는 곳이 아니라 끊임없는 학습과 교육으로 개인과 조직의 성장과 발전을 이루어가는 곳, 그리고 놀이터와 같은 즐거움이 있는 곳으로 변해야만 한다. 그래서 직원들에게 활력을 주고, 즐겁게 일할 수 있도록 하기 위해 경영자의 리더십과 시스템을 통해 사소한 재미들을 삶의 에너지로 바꿔 직원들의 자발적인 참여와 헌신, 창의력을 이끌어낼 수 있다는 펀경영Fun Management이 시대의 흐름을 타고 있다. 이를 통해 직원들은 고정된 일상 관념을 타파하여 친근감과 사회성, 창의력 발달을 이룰 수가 있고, 긴장을 해소하여 노사분규를 방지하고 집중력 및 생산성을 높일 수 있다는 장점도 있을 것이다. 이런 일터로 바뀌면 구성원들의 몰입과 헌신은 물론 구성원들간의 협력도 촉진시킬 수 있으니 일터에 생기를 불어넣고 구성원들의 충성심을 높일 수도 있을 것이다. 더불어 생산성 향상이라는 기업의 궁극적인 목표에까지 도달할 수 있다는 것이다.

일터에서 다양한 즐거움을 찾는 펀경영은 국내에도 소개되어 좋은 일터 만들기, 신바람 일터 만들기, 행복경영, 직원만족경영, 유머경영 등 다양한 이름으로 진행되고 있었지만 막상 긍정적이고 열정적으로 신바람나게 일하자며, 즐거운 자가 이긴다고 말하던 내가 막상 우리 회사에는 딱히 도입해서 실행해본 것이 없었다. 쑥스러움을 많이 타서인지 특별히 기발한 이벤트는 없었지만 그저 근무시간이 끝나도 늘 함께 뭉쳐서 '으쌰으쌰' 하는 분위기를 조성하는가 하면 회식시간 외에도 직원들과 대화하기 위해 점심시간과 저녁시간을 나누어쓰려 애쓴 게 고작이었다.

거래선 방문을 위해 늘 외근을 해야 하는 세일즈맨들이나 멀리 떨어져 공장에 근무하는 직원들과는 더욱 각별했던 것 같은데 그들이 과연 펀Fun한 즐거움을 가졌는지에 대해서는 자신이 없다. 가끔씩 밤낚시를 가거나 아내들을 불러내는 등 자그마한 일탈의 즐거움에 고마워하며 우리가 함께 모여 도전하고 성취해간다는 일체감만은 공유하고자 했는데 과연 즐거운 마음으로 일한다는 것은 어떠한 상태를 두고 하는 말이며, 어떻게 하면 구성원 하나하나가 모두 즐거워질 수 있을까?

'젖소의 사회학'이란 말이 있다. 기업의 직원 배려 정책을 농장주가 소의 젖을 많이 짜내기 위해서 소를 잘 대해주는 것에 빗댄 것이다. 인본주의적 경영에 대한 야유이다. 표면적인 배려와 존중 뒤에 결국 이윤을 극대화하기 위한 냉정한 계산이 숨어 있다는 것이다. 여기서 편경영으로 유명해진 사우스웨스트 항공 사례는 어떤 함의를 갖는 것일까 생각해볼 만한 이슈를 제공하고 있다.

사우스웨스트 항공은 가족주의적 기업문화와 유머경영으로 유명하다. 그런데 동시에 이 회사는 최고의 가동률과 최고의 근무 강도를 자랑한다. 이 회사의 모토는 '비행기는 가능한 한 하늘에 있어야 한다'는 것이다. 착륙, 이륙 사이의 시간을 최소화하기 위해서는 착륙 비행기의 청소를 일반 승무원뿐 아니라 조종사까지 달려들어 15분 안에 해치운다. 조종사와 승무원 간의 장벽이 높은 타 항공사는 준비 시간이 35분 이하로 줄어들지 않는다. 이것이 사우스웨스트의 가족주의 문화이다. 조종사와 승무원 간에 벽이 없고, 아무 거리낌 없이 서로의 업무를 도와주는 문화, 그러나 그 결과는 보다 타이트한 근무 강도와 원가절감이다. 이것이 바로 젖소의 사회학이 아닌가 한다.

그래도 이 회사의 대다수 직원들은 "우리가 처리하는 업무량은 다른 항공사들보다 많지만 동료들과 이곳에서 함께 일하는 것이 즐겁다. 그래서 나는 아무리 힘들고 어려운 일이라도 웃으면서 할 수 있다"라고 이야기한다. 이는 직원들이 행복감을 느끼며 회사를 다닐 수 있다는 것이 개인과 회사에 얼마나 중요한 요소인지를 말해주는 것이다.

세계 최고의 자동차 판매왕으로 이름을 날린 '조 지라드Joe Girard' 는 "웃음의 위력을 알지 못하는 세일즈맨은 결코 성공할 수 없다" 고 단언하며 인간에게 얼굴이 있는 것은 "먹기 위해서나 세수하기 위해서도 아니며 면도하기 위해서도 아닌 오직 웃기 위해서" 라고 말하는 탁월한 웃음예찬론자이다. 그는 웃음만이 모든 문을 여는 만능열쇠라고 말한다. 행복해서 웃는 것이 아니라 웃기 때문에 행복하다는 이론이 뒷받침되어 있을 듯한 소위 펀경영 시스템으로 인한 즐거움이나, 누군가의 칭찬에 따라 춤이라도 추게 되는 고래의 즐거움도 있을 테지만, 하루하루를 치열하게 살되 크게 오버하지 않고 매일매일을 일기 쓰듯이, 기도하듯이 조심스럽게 채워나가는 일상의 자기만족이야말로 입가에 미소가 떠나지 않는 진정한 즐거움이다. 펀경영이라는 용어조차도 없었을 시대에 스스로 동기를 부여하는 방법으로 자신에 대한 펀경영을 실행에 옮긴 '조 지라드'야말로 젖 짜는 암소도, 춤추는 고래도 넘어선 진정한 승자이다.

# 독일병정, 독일장군

나에 대한 사람들의 평가는
내가 스스로를 어떻게 평가하느냐에 좌우된다.
- 에르네스트 헤밍웨이

    우리 선조들의 정신세계를 나타내는 말 중에 어질고 학식
있는 사람을 뜻하는 '선비'라는 말이 특히 조선시대에 들어와서는
유교적 이념을 사회에 구현하고자 하는 인격이 높은 사람을 지칭
하는 단어로 널리 쓰였다. 신분사회였던 조선시대에도 선비란 명
칭은 인격체의 개념이지 사회적 지위나 신분의 개념이 아니어서
벼슬에 나간 사대부 집안사람이라 해도 학식과 덕망이 없다면 선
비라 불리지 못했다고 하니 그 말의 준엄함이 느껴지기도 한다.

    선비 정신은 의리를 지키고, 절개를 중히 여기는 도덕적 인간
의 정신을 뜻하는데 조금은 깐깐한 내 성격과도 맞는 것 같아 나
는 그렇게 불렸으면 하는 바람도 있었다. 점잖은 한국사람이라면
응당 선비나 양반쯤으로 주변 사람들에게 자신의 기품을 인정받
고 싶어 한다. 같은 동양인 캐릭터라도 일본 사무라이나 비단장
사 왕서방보다는 학식 있어 보이고 진중한 느낌이 드니, 보다 그

럴듯하지 않은가 말이다. 그에 미치지 못한다면 우리의 선비정신과 비슷한 개념으로 사회지도층으로서의 책임과 의무를 솔선수범하여 노블레스 오블리주를 실천함을 명예롭게 여기는 '신사'라는 별명도 좋았을 것이다.

'젠틀맨'이라 불리는 영국 신사의 기원은 천여 년 전 노르망디 왕 윌리엄의 영국 정복으로 거슬러 올라가는데 초기 영국 귀족들은 아주 거칠고 사나웠다고 한다. 영국인들은 이처럼 거친 천성을 순화하기 위해 예절을 중시하게 됐고, 최고의 예의범절 국가인 프랑스의 에티켓을 배워와 점차 우아한 귀족의 모습으로 변모했지만 영국의 귀족 작위는 세습제로 큰아들에게만 이어지게 되어 있어 자연 남은 자녀들은 귀족 아래 신분인 향사가 될 수밖에 없었다. 어린 시절부터 귀족의 기품을 익힌 이 향사들은 새로운 계급인 젠트리Gentry를 형성했고 이 계급이 오늘날의 젠틀맨 즉 신사의 기원이라고 하는데 그 사연이야 어쨌든 신사는 덕성과 정직성을 바탕으로 신의와 결백성, 공명정대함, 세련된 태도를 갖고 예의범절과 공중도덕을 지켜야 하며 자제력이 있어야 한다니, 이것은 살아오면서 내가 가급적 지켜오고자 했던 덕목들이다.

그런데 어떻게 해서 중학생 때부터 영국신사처럼 교복바지에 구김 하나 없이 주름을 세워 다니길 좋아하던 내 별명이 하필이면 독일 병정이 되었는지 이해되지 않는다. 어쩌면 독일회사와 평생 인연을 맺을 것을 미리 알고 붙여준 별명이었을까? 처음부터 마음에 드는 별명은 아니었지만 과연 독일병정이란 어떤 사람을 두고 이야기하는지 사전을 찾아보기로 했다. '꼼꼼하고 원칙주의를 지키는 아주 강직하고 올곧은 성품의 소유자를 독일병정에 비유하여 이르는 말'이라는 정의가 내려져 있었다. 아주 틀린 이야기는 아니지만 그 외에 다른 어떤 공통적인 이미지가 있었을지가 궁금해졌다. 독일 사람들은 무엇이든 분명하고 정확하기를 요구한다. 주변의 이야기를 종합해보면 내게도 그렇게 지나치다 싶을 정도로 정확성을 요구하는 면이 있다고 한다.

예를 들어 지리를 잘 모르는 이방인이나 여행객이 길을 물어보아 길을 알려줄 때도 지나친 정확성은 가끔씩 상대를 당황하게 한다. "직진 몇 미터 가서 좌회전하고, 무슨 건물이 나오면 우회전해서 오른쪽 몇 미터 전방에 있다"고 길을 알려주고는 그대로 다시 한 번 되뇌어보라니 지나치게 정확한 설명일 수도 있다. 다행히 이러한 면은 목표를 공유하거나 업무지시를 할 때 그대로 응용되어 긍정적으로 활용되고는 했다. 또한 표현 방식에 있어 장단점이 있을 수 있겠지만 가령 들어가서는 안 되는 잔디밭에 '잔디를 보호합시다' 라든가 '아기 잔디가 아파해요'라는 감성적 표현보다는 '페르보텐verboten'이라는 팻말을 붙여 들어가지 말라는 뜻을 분명히 밝히는 독일인들의 사고방식을 존중한다.

직설적인 표현은 가끔은 부정적으로 작용하는 것 같지만 어물쩍 넘어가서 엉망진창이 되어 서로 얼굴 붉히는 낭패를 보는 것보다는 낫지 않겠나 싶어 노파심에서 이중삼중 확인하다보니 나도 모르는 사이 버릇이 되어 이미지로 굳어지고 있었다. 독일 사람들은 또한 질서를 중시한다. 질서 파괴를 싫어하는 독일인들은 교통신호 위반을 보거나, 길거리 청소가 되어 있지 않으면 참지 못하고 신고하므로 시민 신고나 민원 접수가 가히 세계 최고 수준이다. 이렇게 알아서 질서를 지키는 독일인이기에 고속도로가 무제한의 속도를 허락하는 '아우토반'임에도 불구하고 교통사고 발생률이 그리 높지 않다고 한다.

미국사람들이 모든 것이 아무 문제 없다고 할 때 '다 괜찮다 Everything is OK'라는 표현을 쓴다면 같은 의미를 나타낼 때 독일인들은 '모든 것이 질서 속에 있다Alles in Ordnung'고 표현할 만큼 질서를 중시한다. 이 질서 속에는 청결, 정확성, 완벽성, 효율성, 치밀한 조직과 계산, 준비성이 포함되어 있다. 독일인들은 먼저 철저한 완벽주의, 원리 원칙주의를 추구하며, 얼렁뚱땅 넘어가는 적당주의를 싫어한다. 실제로 독일어에는 묵음이 거의 없을 정도로 알파벳 하나하나를 정직하게 다 발음한다. 원칙에 대한 독일인의 엄격함은 융통성을 중시하는 프랑스인들의 기질과 크게 차이가 난다고 볼 수 있다. 이런 특성은 그들이 만드는 제품과도 연결이 되는데, 독일인들이 만드는 기계제품이 세계 제일의 품질을 자랑하는 것도 이러한 국민성과 밀접한 관계가 있다.

무엇보다 독일인들과 상대할 때는 아주 철저하게 준비된 모습을 보여주어야 한다. 그들은 현장에서 실무 경험을 철저히 익힌 후에야 단계적으로 승진할 수 있기 때문에 전문 분야에 대한 자부심을 가지고 그 분야의 장인이 되기 위해 열심히 노력한다. 또한,

모든 것이 제자리에 있어 예측 가능한 것을 중시하는 독일인들은 미국사람들과는 달리 아무리 유능한 인재라 해도 직장을 자주 옮기는 것을 좋아하지 않는다. 자신이 있어야 할 자리에 진득하게 있어 질서를 파괴하지 않아야 한다고 믿기 때문이다. 그러므로 업무상의 일로 독일인들을 대할 때는 이곳저곳에 옮겨다닌 화려한 경력을 읊어대지 않는 것이 유리하다.

내가 40년 가까이 같은 일을 했던 것도 어찌 생각하면 자신도 모르는 사이에 이러한 독일식 사고방식이 잠재의식에 자리잡고 있었던 때문이 아닐까 싶다. 이러한 가치관과 풍토는 주거문화에서도 나타나고 있는데 독일에서 오래된 건물은 '뎅크말슈츠 Denkmalschutz'로 지정해서 법적으로 허용되는 선에서만 허가를 받아 개보수를 하도록 되어 있다. 아무리 자기 소유의 집이라도 마음대로 뜯어고칠 수 없도록 법적인 장치가 되어 있는 것이다. 그 대상 또한 커다란 규모의 성이나 교회 등 가치 있는 집들만 해당되는 것이 아니라, 보잘것없는 일반인들이 사는 개인주택도 '뎅크말슈츠'로 지정된 곳을 많이 보았다. 간혹 우리나라를 다녀온 독일사람에게서 "한국은 온통 새것밖에 없는 것 같았다"라는 말을 몇 번 들었는데, 우리나라와 독일과의 차이를 가장 정확하게 나타낸 표현인 것 같다.

독일에는 새 건물이 많지 않다. 아무리 오래된 집도 수리해서 다시 사용하며 완전히 철거하고 새로 짓는 경우는 흔치 않다. 독일에는 자기가 태어난 집에서 자라고 공부하고 결혼해서 부모에게 그 집을 물려받아 자식을 키우면서 계속 살고 있는 사람이 많으며, 역사가 담긴 오래된 집에서 산다는 것을 매우 자랑스러워한다. 우리나라도 종로구의 가회동, 재동 일대의 전통 주거지역을 북촌 한옥마을이라 지정하며 문화유산으로 보존하려는 노력을 하고 있지만 이러한 정부주도적이거나 정책적인 지원에 앞서 모든 개개인이 검소하게 절약하며 사는 것에 대한 가치를 존중하고, 나만의 개성과 우리의 것에 자부심을 가지는 풍토를 몸에 익혀야 한다.

게르만 민족 특유의 자부심에 비해 독일사람들은 유머를 별로 즐기기 않는 것 같다. 특히 직장에서는 농담을 자제하는 풍토가 유난히 강하다. 이런 현상은 지위가 높을수록 뚜렷해서 기업이나 사회의 고위층들은 주요한 직책에 있을수록 딱딱하다 싶을 만큼 굳어 있는 모습을 보이는 경향이 있다. 그런 남다른 진지함 때문에 외국인이 자기들에게 유머를 구사하는 것에도 불쾌감을 느끼는 경우도 있다. 프랑스의 발랄하고 산뜻한 유머에 비해 독일 유머는 대체로 지루하고 단조로운 편이다. 독일에서 한 달간 쓰이는 위트와 유머의 양보다 파리에서 하루 저녁에 오가는 양이 훨씬 더 많다고 할 정도로 유럽 선진국들 중에서 유독 독일인들이 유머에 소질이 없다는 것은 예전부터 정평이나 있었던 것 같다.

원칙, 엄숙, 질서, 역사, 유머 등의 면에서 독일사람과 나의 유사점을 늘어놓다보니 내게는 한국선비나 영국신사, 이태리 멋쟁이보다는 독일병정이 어울릴 듯도 싶다. 그래도 다국적기업의 컨추리 프레지던트라는 최고 지위의 별을 달고 나왔으니 독일병정보다는 독일장군이라 표현해주면 더 기분 좋을 텐데 싶어 아쉽다.

# 미치면 미치리라

인류의 역사는 도전과 응전의 역사다.
– 아놀드 토인비

열정이 없는 세상이 존재는 할까?

만약에 남녀가 결혼하여 함께 살면서 서로가 사랑에 대한 열정이 없다면 어떻게 될까? 아마도 만남의 의미가 없어져 헤어지거나 무의미하고 미래가 없는 고통의 나날일 것이다. 우리가 조직생활에서 주어진 업무를 열정 없이 그냥 먹고살기 위하여 어쩔 수없이 하며 하루하루를 보낸다면 어떻게 될까? 그런 사람들의 미래는 물론 조직의 미래도 보장할 수 없을 것이다.

나는 실험실에서 무언가 새로운 분석방법을 찾기 위해 연구에 집중해 잠도 설치고 끼니조차 거를 때 일에 미쳐버렸다라는 말을 자주 들었다. 무언가를 얻고 성취하려면 하는 일에 열정적으로 미쳐버려야 목표에 도달할 수 있다. 오케스트라에서 지휘자가 열정을 갖고 지휘하고 연주자들이 함께 열정적으로 연주를 할 때, 성악가나 가수들이 무대 위에서 열창을 하고 운동선수가 운동장에서 열정을 갖고 최선을 다할 때 관중들은 즐거움을 넘어 감동을 받으며 열광하게 된다. 열정은 사람에게 에너지를 창출하게 하며 이 에너지는 정신적 또한 육체적인 건강을 제공한다.

냉정하기만 한 보스라는 인상을 가진 동료들도 있었겠지만 내 가슴속은 언제나 활화산이었다. 나는 선천적인 영향도 있었겠지만 후천적으로도 삶에 대한 호기심과 사랑으로 열정의 불씨를 피워올리고 그 불길이 지속되도록 보살피고 가꾸는 노력을 많이 했다. 삼십대에 자주 찾았던 볼링장도 열정을 키우는 훈련장이었다.

1970년대 초반 우리나라에 볼링 붐이 시작되는 시기에 볼링을 좋아하는 독일매니저가 한국에 새로 부임하게 된 것을 계기로 직원들의 팀워크 조성을 위해 일주일에 한 번씩 볼링을 함께 하기로 했다. 장소는 회사에서 가까운 한강 볼링장이었다. 남들이 하는 것을 보면 쉬워 보였지만 그리 쉬운 운동은 아니었기에 도전의식과 함께 잘 쳐보려는 열정이 불타오르기 시작했다. 숨겨진 열정을 깨우는 가장 좋은 방법은 분명한 목표의식을 갖는 것이다. 분명한 목표가 있을 때 자신이 하고 있는 일에 대한 의미를 발견하고 목표를 달성하기 위해 자신의 열정을 발휘하게 된다. 목표도 없고 의미도 없는 행위의 반복에 열정이 불타오를 수는 없기 때문이다. 반대로 말하자면 무엇에나 기본적인 열정의 불씨가 있어야만 목표도 세우고 달성하기 위한 불길도 타오른다는 말이다.

시작하는 날 모두가 처음 하는 운동이기에 구체적인 목표를 세우기로 했다. 점수로는 애버리지 200점을 달성하고, 우리 회사에서 제일 잘 치는 볼러가 되는 것이었다. 열정을 일깨우고 지속시키는 다른 방법 중 하나는 교육훈련을 통해 지식과 습관을 쌓아가는 것이었다. 잘 알지 못하는 업무나 분야에 대해서는 열정을 갖기가 매우 힘들다. 그런 측면에서 열정은 감정의 한 형태이지만 관련지식이 바탕이 되지 않으면 제대로 발현될 수 없었다. 볼링에 대해 잘 알아야만 했다. 볼링공의 무게와 구조, 볼링슈즈와 슬라이딩의 일체감, 대다수의 사람들이 어떤 것에 대해 열정을 갖지 못하는 이유 중 하나는 그것을 잘 모르기 때문이다. 어떠한 것에 대해 열정을 갖고 있을 때 그것에 대해 잘 알 수 있기도 하지만 반대로 잘 알기 때문에 그것에 대한 열정을 갖게 되는 경우도 있는 것이다.

여러 차례 볼링장의 하우스볼을 사용하면서 무게가 각기 다른 볼로 연습하며 나에게 맞는 볼의 무게를 고르게 되었다. 컨디션에 따라 달리 사용할 수 있도록 15와 16파운드 두 개의 볼을 구입했고 내 손에 맞는 스판에 따라 지공을 하고 리프팅과 푸시가 자유자재로 되도록 볼을 손가락에 끼우고 살다시피 했다. 스텝과 스윙의 패턴을 근육에 새겨두기 위해 어디에서건 스텝을 밟고 팔을 휘둘러댔다. 머릿속의 스트라이크 순간의 이미지와 팔다리의 움직임이 일치하도록 끊임없는 교신의 습관화를 위해 반복 또 반복했다. 레인의 상태와 스핀의 회전속도 등 볼링에 대해 알며 알아갈수록 열정적으로 빠져들게 되면서 또한 그 열정으로 인해 더 많은 볼링지식을 습득할 수 있다는 시너지의 상승원리를 깨닫는 경험을 할 수 있었다.

또한 열정에 대한 인정과 보상이 함께 주어지니 상승효과는 훨씬 증폭되었다. 세 번 경기에서 한 번은 200점 이상 치는 하이볼러가 되었고 정해놓은 목표를 달성하기 위해 열정을 쏟다보니 어느새 영업실적은 물론 볼링점수로도 회사에서 일등이 되었다. 당시는 볼링 초창기여서 볼링장에서는 볼링 붐을 일으키기 위해 200점을 치는 사람에게는 각 클럽에서 제작한 기념배지를 선물했다. 서울에 있는 모든 볼링장의 배지를 수집하겠다는 또 다른 목표를 정하고 매일 이곳저곳 볼링장을 찾아다니며 내가 이뤄낸 실력의 인정과 보상을 배지로 수집하기도 했었다.

무엇이든 제대로 하려면 한번쯤 미쳐봐야 한다. 테니스도 처음 배울 때는 미친 듯이 매달려 마스터해야만 직성이 풀렸다. 버스로 다섯 정거장 거리에 있는 123테니스클럽에 멤버로 등록해서 매일 새벽 5시에 일어나 레슨을 받고 출근하고, 주말이면 회사나 학교 친구들과 아침부터 저녁 늦게까지 기량을 연마했다. 비가 내리던 어느 주말에는 기상대에 문의를 해서 비가 내리지 않는다는 수원으로 찾아가 즐길 정도로 극성스럽게 열정을 바치곤 했었다. 선비는 자신을 알아주는 사람을 위해 목숨을 바치고, 여인은 자신을 사랑해주는 이를 위해 화장을 한다고 했는데, 이는 사람들은 자신을 인정해주는 무엇인가를 위해 열정을 다한다는 뜻이 아니겠는가.

그러나 구성원의 열정이 지속적인 성과로 이어지기 위해서는 그 열정을 회사에 대한 충성심으로 승화시킬 필요가 있다. 일에 대한 열정이 회사에 대한 충성심과 반드시 일치하는 것은 아니기 때문이다. 자신이 회사로부터 인정받고 있는 중요한 사람이라고 생각될 때 자신의 가치를 느끼면서 최선을 다할 수 있을 것이다. '평생 직업은 있어도 평생 직장은 없다' 는 말이 이를 잘 대변해주고 있다.

나는 열정과 충성심을 한 방향만을 향해 정렬시켜 평생직업이 평생직장이 되어버린 경우지만 열정은 무엇이든 이루어낼 수 있는 강력한 힘의 원천이다. 그 힘이 워낙 강력하기 때문에 어떤 이들은 열정은 관리할 수 없다고 말한다. 그러나 열정을 격렬하게 흐르는 강물에 비유한 '리처드 창' 은 목적 지향적인 열정 관리가 필요하다는 점을 강조한다. 강물을 그냥 흐르도록 내버려두면 그로부터 얻을 수 있는 게 별로 없지만 댐과 수로를 만들어 강력한 물살을 조절할 수 있다면 얘기는 달라진다. 우리가 원하는 시기와 장소에서 강력한 에너지를 활용할 수 있게 되는 것이다. 이는 볼링에서나 테니스에서 또는 세일즈 현장에서나 경영관리에서도 똑같이 적용된다.

# 풍림화산風林火山

변화 이외에 영구적인 것은 없다
- 헤라클리투스

영화는 그저 영화일 뿐이어서 대충 시간을 보내거나 기분전환용으로 가볍게 보면 되는 것이었는데 이제 한 편의 영화가 많은 것들을 생각나게 하는 걸 보니 역시 나이가 들어 행동력보다는 사고력이 활발해진 것 같다. 극장 가기와 영화 보기를 별로 좋아하지 않는 내가 우연한 기회에 구로사와 아키라 감독의 영화 「가게무샤影武者」를 DVD로 빌려 보게 되었다. 영화의 줄거리는 난세의 일본 전국시대 중엽에 전국의 영주들이 두려워하던 천하무적의 다케다 신겐武田信玄과 비슷한 용모의 가게무샤가 신겐의 사후에도 측근들에 의해 영주행세를 하게 되는 이야기였다.

가게무샤란 영주들이 전장에 나갈 때 위장전술로 데리고 나가는 자신과 비슷한 외모의 가짜 무사를 일컫는 그림자무사를 뜻하는데 이 '그림자'라는 단어가 계속 신경을 건드렸다. 그림자라는 허상은 실체가 있을 때만 존재할 수 있는 것이다. 실체가 사라진

후에도 남겨진 그림자라면 그야말로 눈앞에 잔상으로 잠시 머물다 사라지는 허상에 불과하다. 실재와 허상, 진실과 거짓, 현실과 꿈의 경계적 관계를 함축적으로 경험하면서 사색할 수 있었다. 점점 형이상학적으로 빠지다보니 문득 요즘 3D로 제작되어 많은 관객을 모았다는 영화 「아바타」까지 궁금해졌다.

젊은 날의 나에게는 흥밋거리도 되지 않던 것들이 사색의 꼬리를 물게 하면서 어릴 때 학교에서 배웠는지 집안 어른에게 들었는지 가물거리는 장자의 호접몽까지 넘나들게 되었다. 이 영화는 줄거리를 떠나서도 영화 전편에 걸쳐 화면 가득히 휘날리던 풍림화산의 깃발과 그 색감이 또 다른 상상력을 불러일으킨다. 전쟁에서 승리를 취하는 방법에 대하여 논하고 있는 『손자孫子』의 군쟁軍爭편에 나오는 전술을 전투에서 적극적으로 응용한 사람이 다케다 신겐이었다.

일본 최강으로 일컬어지던 그의 기마부대는 '풍', '림', '화', '산' 네 글자를 한 자씩 장식한 군기軍旗를 앞세운 4개의 부대로 편성해서 여러 전투에서 연전연승하며 그 위세를 떨쳤다. 보고 또 보아도 영화의 한 장면 한 장면이 기업활동과 마케팅을 북돋아주는 전형적인 CICorporate Identity 수법으로만 보였으니 현업에 있을 때 경험했던 일들이 오버랩되어 영화내용에 몰두할 수가 없었다. 우선 적의 공격에도 산처럼 버티고 앉아 죽어도 죽지 않고 병사들의 마음가짐을 잡아주니 조직의 'Mind Identity'를 만들고 사기를 진작시키는 것이었다. 또한 깃발에 크게 쓰인 풍, 림, 화,

산 네 글자는 각기 어떠한 상황에서 어떻게 행동할 것인가에 대해 분명한 지침을 가지고 있었으니 이 또한 구성원들의 'Behavior Identity' 구축을 위한 매뉴얼의 공유라고 할 수 있을 것이다. 우회하여 공격할 것인지 곧바로 공격할 것인지를 먼저 아는 자가 승리할 것이니, 이것이 군사를 가지고 싸우는 방법이며 상황에 따라 군사를 적절하게 운용하므로 승리를 거둘 수 있다는 일사불란한 행동강령을 갖춘 것이다.

其疾如風(기질여풍) 달릴 때에는 바람(風)처럼 빠르게

其徐如林(기서여림) 잠잠할 때는 숲(林)처럼 고요하게

侵掠如火(침략여화) 공격하는 것은 불(火)처럼 맹렬하게

不動如山(부동여산) 움직이지 않는 것은 산(山)처럼 굳건히

難知如陰(난지여음) 알지 못하게 하는 것은 그림자 같고

動如雷霆(동여뢰정) 움직일 때는 천둥과 같이하라

이러한 손자병법의 행동지침에 더해 소속부대를 명확히 하는 풍림화산의 서체를 응용해서 만든 캘리그라피와 단순화된 심벌이 새겨진 형형색색의 깃발로 Visual Identity까지 제대로 구색을 갖추어 Corporate Identity Program을 실현하고 있었으니 그 조직의 사명과 역할, 비전의 공유를 통한 소속감과 충성도 향상으로 연전연승의 위세를 떨칠 만한 업적을 이루었다고 보인다. 그러나 패배를 모르던 다케다 신겐의 풍림화산 기마대는 그의 아들 대에서 오나 노부

나가와 도쿠가와 이에야스의 연합군에게 나가시마전투에서 철저하게 패하고 말았다. 아버지의 그늘에서 벗어나 아버지보다 더 큰 인물이 되고 싶어 한 아들이 3년간 자신의 죽음을 숨기고 절대로 적과 대항하지 말고 수성하면서 버티라고 명령한 아버지의 유언을 멀리하고 전투를 벌이다가 대패하여 멸문지가의 길을 걷게 된 것이다.

나아갈 때와 들어갈 때를 알지 못하고, 기마대보다 신무기인 조총부대가 대세가 된 시대의 흐름을 읽지 못했기 때문이다. 봉건적인 주종관계의 조직효율과 리더십을 오늘날 그대로 적용하는 것은 분명 무리가 따르겠지만, 두견새가 울지 않으면 울게 하라던 도요토미 히데요시나 울지 않는 새는 죽여버리라던 오다 노부나가와 두견새가 울 때까지 기다리라던 도쿠가와 이에야스의 이야기는 옳고 그름이라거나 효율과 비효율에 관한 비교선택의 비유는 아니라고 생각한다.

천하를 제패하기 위해 자신의 모든 것을 걸었던 이러한 영웅들이 할거하던 일본 최고의 혼란기에 남들이 견디지 못할 일을 참고 인내하며, 고난과 위기 속에서 키워낸 지혜를 이용해 전국시대를 종식시키고 250년이 넘는 오랜 세월 동안 일본을 통치할 수 있는 기틀을 세운 도쿠가와 이에야스의 기다림에 대한 인생철학이 실천되고 완성되어 '에도 막부'가 세워지는 과정에 나타났다 사라진 영웅 다케다 신겐과 그의 가게무샤 이야기는 약간의 픽션과 영화적 연출의 힘을 빌렸겠지만 여러 관점으로 볼 수 있는 여지가 남아 있는 인상적인 영화이다.

# 스키를 타지 않는다

실패한 일을 후회하는 것보다
해보지도 못하고 후회하는 것이
훨씬 더 바보스럽다.
– 탈무드


## '언제나 미끄러지는 인생'

얼핏 읽었을 때 상당히 도발적인 헤드라인은 아마도 대학입시 재수학원의 캠페인성 광고였던 것으로 기억한다. 일본의 세계적인 광고대행사 덴쯔電通가 해마다 발간하는 '덴쯔상' 수상작품집에 수록된 신문 광고에는 대학입학시험 불합격을 비웃고 약올리듯 반어법으로 쓰인 광고카피와 함께 스키슬로프에서 속도감 있게 스키를 타고 멋지게 미끄러져 내려오는 젊은이의 모습이 실려 있었다. 그것을 보자 만감이 교차했다. 올라갈 때에는 내려올 것을 알아야 하고, 내려올 때는 그마저도 즐길 줄 알아야 한다고 말하는 듯 보였다. 언제나 미끄러지는 인생이니, 미끄러지고 다시 오르는 과정 자체를 즐기며 배우자고 조용히 속삭이고 있는 듯했다.

나는 스스로 스포츠맨이라고 생각하고 실제로도 운동을 즐기는데다 야구와 핸드볼은 그저 취미로 선수 생활을 할 정도였지만 막상 재미있을 것 같은 스키와 수영은 제대로 접해볼 기회조차 가져보지 못했다. 횏스트에서의 기술영업이 한창 실력을 발휘하고 거래선을 점점 늘려나가던 80년대 초로 기억하는데 직원 중의 한 사람이 주말에 용평스키장에 갔다가 다리 인대가 늘어나 석고붕대를 하고 사무실에 출근했는데 3개월 동안 목발을 짚고 다녀야 한다고 했다. 만약 부서장을 맡고 있으면서 스키를 타다 다쳐 깁스를 하고 목발을 짚고 다녀야 한다는 것은 상상도 할 수 없는 일이다. 애초에 위험 소지가 있는 행동은 삼가해야 했다. 미끄러져서도 안 되고 미끄러질 위험이 있는 슬로프 꼭대기는 올라가지 말아야 했다.

어쩌면 닥치지 않을 가상의 위험이었을지도 모르지만 거래선을 가슴에 품은 나는 소심해질 수밖에 없었다. 전자재료 사업부 직원들과 비즈니스 목표를 달성하면 스키장으로 단합대회를 가자고 약속했는데 모든 직원들의 노력으로 목표를 달성하게 되어 강원도 용평스키장으로 다 함께 가게 되었다. 직원들이 스키를 타는 동안 커피숍에 앉아 약간의 아쉬움과 확실한 안전함을 즐기고 있었으나 직원들이 가만 놔두지 않고 스키와 스키부츠를 앞에 갖다놓았다. 나는 스키를 탈 수도 없었지만 분위기를 망칠 수도 없어 스키부츠를 신고 눈 위로 나가 초보자 슬로프에서 여러 사람의 가르침을 받으며 걸음마를 함께 했던 것도 잊지 못할 아쉬운 추억이다.

물론 지금도 나는 스키를 타지 않는다. 어떤 이는 비 오는 날에 너무 신중한 나머지 오늘의 햇빛을 즐기지 못한다고 하던데 내가 마치 그 모양이었다. 즐기지 못하기는 수영도 매한가지였다. 5남매 중 장남에 대한 어머니의 근심은 기우에 가까운 수준이었다. 걱정스런 충고와 과잉보호는 무엇을 특별히 하지 않았던 어린 시절부터 시작되었다. 함흥 집 앞마당에 있던 커다란 거목에 오르기만 하면 바로 "나무에서 당장 내려와." 하는 어머니의 근심이 뒤따랐으며, 마을 친구들과 어울려 강가에 갈 때도 예외 없이 "물에 들어가지 마라"는 음성이 강둑까지 따라나섰다. 애지중지하는 마음을 넘어, 장남이 위험한 상태에 놓일 것에 대비한 근심어린 모정이었다. 근심에 관해 조사한 것을 살펴본 적이 있다. 우리가 근심하는 내용 중에 40퍼센트는 아예 일어날 수 없는 일이며 30퍼센트는 이미 발생해버려 손을 쓸 수가 없는 것이고 12퍼센트는 다른 사람에 관한 걱정으로 자신과 무관하고 10퍼센트는 현재 또는 상상으로 그려본 질병에 관련된 것이며, 남은 8퍼센트만이 근심할 가치가 있는 것이라 한다.

어머니와 달리 근심과 두려움에 눌려 모험을 피하게 된 것이 아니라 위험을 무릅쓸 만한 가치가 있는가를 기준잣대로 의사결정을 하다보니 암벽등반, 스쿠버다이빙, 패러글라이딩 같은 익스트림 스포츠는 말할 것도 없이 그 흔한 번지점프도 경험해보지 못하고 수영과 스키조차 즐기지 못하게 된 것이다. 아마도 짜릿한 순간을 즐기는 것이 최고의 가치인 모험의 순간에도 잠재문제 발생 시 흔쾌히 바꿀 수 있는 쓸모 있는 가치인가를 따지는 게 버릇이 되어 경험의 폭이 좁아질 수밖에 없었다.

그러한 성정의 부작용은 직원단합대회에도 나타났다. 한번은 부서원들로부터 바다낚시를 가자고 제의받았는데 더 이상 들어볼 것도 없이 한마디로 "노"했다. 전 직원이 같은 비행기나 버스, 배를 타고 함께 이동하는 것은 너무 위험부담이 크기 때문이었다. 특히 바다낚시의 경우 사고가 나면 회사에 끼치게 될 위험은 얼마나 큰 것인가를 걱정하다보니 부서의 단합대회는 우리 수준에 맞는 설악산 등반 코스 중 흔들바위코스로 결정했다. 노는 것도 잘 놀아야 일도 잘한다고 하지만 일하는 것과 노는 것이 서로 다른 가치를 지닌 것인데 놀기에 목숨 바칠 것까지야 없지 않나 싶기도 했었다.

부서의 책임자로서 무언가를 결정하거나 시장을 공략할 때는 모든 희생을 각오하고라도 도전하고 쟁취하겠지만 그 외에는 항상 안전이 최우선이었다. 헌신적인 위험 부담을 통한 모험정신이야말로 진정한 기업가 정신이라는 데 동의하고, 이를 실천하느라고 노는 데는 등한시하다보니 물속에서도 눈밭에서도 살아남기 힘든 체질이 되었다. 스키 리조트에서 찍은 기념사진 속에서는 스키복을 입고 즐겁게 웃고 있지만 나는 아직도 스키를 타지 않는다. 이젠 업무에서는 손을 놓았으니 스노보드나 웨이크보드를 배워도 괜찮지 않을까 싶다. 지금이야말로 오히려 모든 것을 자유로이 즐길 수 있는 나이가 된 것 같다.

# Motto & Motto

어둠을 원망하기보다는
한 자루의 촛불을 켜라.
- 중국 고대 속담

$\mathrm{삶을}$ $\mathrm{돌아보면}$ 생각할수록 지독하게 살아왔지 싶다.

그동안은 다른 사람들의 삶과 비교해보지도 않았지만, 다른 사람들도 이렇게 스스로에게 지독하리만큼 엄격하고 가족과 친구, 동료들에게조차 원칙을 앞세우고 책임을 다하도록 엄격한 잣대를 이리저리 들이댔을지. 새삼스레 후회할 일은 아니지만 융통성 없이 보낸 시간임에는 틀림없다.

나와 함께 일한 사람들은 "나의 모토는 ○○이라거나, 우리의 모토는 ○○"이라고 '모토'를 내세우며 시작되는 이야기를 가끔 듣게 되었을 터이다. 여기서 말하는 모토는 물론 비즈니스 모토를 의미하는 잔소리 내용들이었다. 나 자신을 이끌어주며 인생을 살아가는 데 있어서 지표로 삼을 수 있는 좌우명이라기보다는, 회사 구성원으로 지켜주었으면 하는 행동규범을 제시하고 함께 공유하고자 했던 것이다. 그 중 다섯 가지 모토는 외향적인 것으로,

다른 사람들에게나 주어진 상황을 향해 드러내 나타내고 증명해 보여야 할 것들이다.


희생하라!

시간적으로, 경제적으로, 육체적으로 희생하지 않고 책임을 완수하거나 남다르게 성장할 수는 없다. 예를 들어 누구에게나 가족과 함께 하는 개인 시간도 소중하고 단체 회식비로 개인 비용을 지출하면 아깝겠지만 저녁에는 어학학원, 세미나 참석, 전문서적 읽기에 바쁘면서도 퇴근 후 직원들과의 대화 또는 팀워크를 위해 저녁식사나 맥주 한잔이라도 사비를 털어 함께 할 수 있다면 잠깐의 희생은 더 큰 가치를 가져올 수 있다.

도전하라!

그대에게 신념에 찬 비전이 있는가. 즉 구체적인 목표가 있는가. 목표는 가슴이나 머릿속에만 있어서는 안 된다. 분명하게 종이에 적어 잘 보이는 곳에 두고 진도를 확인해야 한다. 큰 목표를 달성하기 위한 징검다리 목표들을 좌표 삼아 하나씩 건너가며 다음 목표를 향해 도전하라.

결단하라!

인생은 언제나 선택의 결과이다. 네가 선택한 것만이 너의 것이 되는 것이다. 외롭거나 두려울지라도 신념에 따라 결단하고 자신의 인생을 만들어나가야 한다.

공정하라!

혈연, 학연, 지연에 따라 편가르지 말고 공평하게 하라. 나눌 것이 있다면 공정하게 나누라. 전쟁에 실패한 병사는 용서받을 수 있어도 배식에 실패한 병사는 용서받지 못한다. 절대 우스갯소리로 흘려넘기면 훌륭한 리더가 되지 못한다.

신뢰하라!

믿어라, 믿지 못하면 쓰지를 말고 쓰게 되었으면 믿고 맡겨라. 스스로에게도 불신은 금물이다. 자신에 대한 신뢰가 있는가? 믿어라! 자신의 조직과 회사의 미래에 대한 믿음이 있는가? 믿어라! 성공하는 리더는 신뢰를 구축하고 유지하는 능력을 갖춘 사람이다. 그대의 신뢰는 타인의 신뢰를 불러온다.

다음 다섯 가지 모토는 내재적이어야 할 것으로 남에게 나타내 보이지 않아도 스스로 갈고 닦아 근본적으로 갖추어야 할 내용이다.

긍정적으로 생각하자!

긍정적인 생각을 가진 사람은 긍정적인 결과를 만들어내고, 부정적인 생각을 가진 사람은 부정적인 결과를 불러올 수밖에 없다. 긍정의 힘을 가슴에 품자.

열정적으로 행동하자!

저온에서 구운 도자기에 비해 고온에서 구운 도자기는 비교할 수 없을 정도로 강해지는 이치처럼 주변사람들과 세상을 녹일 정도의 열정으로 끓어넘치기 위해 자기 자신을 뜨겁게 하는 것이 무엇인지를 찾아내 스스로 불타오르자.

창의력을 발휘하자!

나 또한 다른 이들의 발자국을 따라 흔들림 없이 걸어왔지만, 내가 내딛는 발걸음 또한 뒤에 오는 이의 이정표가 될 것이니 올바른 길을 가도록 애쓰되 답습을 넘어서야 한다. 끊임없이 변화하는 주변상황의 정보를 조합하는 창의력을 발휘해서 나만의 새로운 길을 개척해야만 한다.

진취적으로 나아가자!

배워야 한다. 앞을 향해 나아가고 위를 향해 올라가며 이끌어주자. 머무르지 말고 쉴 틈 없이 자기혁신을 위해 공부하자. 패기만으로 나아갈 수는 없다. 주변과의 친화력이 뒷받침되어야만 앞으로 나아갈 수 있다.

순리적으로 기다리자!

세상만사를 이루게 하는 데는 근본 이치가 있고, 그 이치대로 되는 것이 '순리順理'이다. 도리道理는 존재의 목적을 이루는 원리로 '마땅히 해야 하는 방법이요 이치'이다. 그러므로 순리와 도리대로 행하면 순풍에 돛 단 듯이 어려움이 없을 것이다. 이런 의미에서 지혜로운 삶은 순리와 도리를 따르는 삶이다. 그냥 참고 기다리면 시간이 해결해주는 것이 아니라 열정적으로 도전하고 긍정적으로 희생하면 언제든 분명한 반응이 나타난다. 이것이 순리인 것이다.

외향적일 것과 내재적일 것 다섯 가지씩을 우리의 모토라고 정해놓고 틈날 때마다 입버릇으로 말하곤 했으니 경영이념을 구체화해서 표어처럼 만들어둔 사훈은 아니었지만 이것을 구성원과 함께 나누고자 했던 정신이나 행동의 지침이자 서 있는 곳을 밝혀줄 촛불로 삼고자 했다. 이러한 기본들이 행동규범으로 확립되고 나면 스스로 충만해지면서 주위가 환하게 밝아옴을 느끼게 될 것이라고 믿었다. 그러고보니 나의 모토는 "모토에 충실하자"가 아니었을까? 그러나 우선 모토에 충실하려면 모토를 먼저 정했어야 했을 터이니 이 같은 규범을 정해놓고 지키자면 아마도 "똑바로 살자"쯤이 되지 않았을까 한다. 이제는 "모토에 충실하자"라거나 "똑바로 살자"와 같은 비즈니스 모토가 아니라 묘비명에 한 줄 정도 남길 수 있는 나의 좌우명을 가슴 깊이 새겨볼 때이다.

'그러려니~' 하고 넘어갈 수 있는 사소한 것까지도 무엇에든 지기 싫은 마음 하나로 너무나 지독하게 살아온 것은 아닌지, 그것 때문에 맘 상한 일들은 없었는지 둘러보며, 아마도 치열한 비즈니스 현장에서 미처 못다해본 "넉넉하게 살자"로 한동안 지내야 내 생애 전후반의 밸런스가 맞추어질 것 같다.

# 디에스 리 스타일

어려운 것은 사랑하는 기술이 아니라
사랑을 받는 기술이다.
– 알퐁스 도데

    회사 내에서는 허물없이 'D. S. Lee'나 직함으로 불리었지만 오케스트라 지휘자나 군함의 함장에 비유되는 CEO 자리까지 올라 큰 허물없이 마감할 수 있게 된 것에 대해 아내에게 고마움을 전한다. 아내는 나의 모든 성과가 사적인 욕심 없이 일에 몰두한 것과 좋은 사람들을 만날 수 있었던 덕분이 아니겠느냐며 함께 고마워했다.

    내가 리더 역할을 할 수 있었던 것은 영향력을 지닌 Follower들의 역량 덕분이라는 아내의 평가에 전적으로 동의한다. 단순히 리더를 무조건적으로 따르는 추종자로서의 부하직원 개념이 아니라, 조직공동의 목표달성이라는 관점에서 상대적인 개념의 팔로워십Followership인 것이다. 오랜 시간을 함께 보낸 동료들에게 과연 나는 어떤 관리자 혹은 어떤 스타일의 리더였을까? 그 먼 길을 함께 달려온 동료들에게 리더로서의 역할은 제대로 했는지 자문하게 된다.

　언제나 중요한 것은 창조적인 목표설정이었다. 오래전에 본 듯한 코믹한 광고처럼 더운 여름에 병사들을 이끌고 높은 고지에 올라 "이 산이 아닌가보네." 하는 것처럼 갈 길을 잃은 황당한 지휘관이 시사하는 바는 매우 크다. 개개인의 욕구를 파악해서 우리에게 소중한 것은 무엇인지, 개인의 비전과 조직의 목표를 함께 이루기 위해서는 어디를 향해, 어떻게 가야 하는지 목적과 목표를 명확히 설정해서 늘 공유할 수 있도록 하는 것이 기본적인 역할이었다.

　글로벌기업이다보니 근본적이고도 창조적인 목표설정의 역할보다는 분명한 목표와 방향을 향해 갈 수 있는 방향정렬이 더 큰 일이었다. 실내 골프연습장에서 훌륭했던 샷이 코스에만 나가면 전혀 맞지 않는 것은 아마도 샷의 목표지점을 향해 서는 방향정렬Alignment 훈련을 게을리했기 때문일 것이다. 골프에서 거리와 방향 이 두 가지만 제대로 하면 싱글이라는 우스갯소리도 있는데, 그것도 말처럼 그리 쉽지 않듯이 리더의 역할도 방향정렬의 옳은 조건 마련이 그리 만만한 것은 아니었다. 비전과 전략목표를 성취하기 위해 조직의 체제, 업무절차, 구조, 보상체계를 원하는 결과에 맞추어 한 방향으로 정렬시켜 기술적으로 정교한 업무시스템을 만드는 것이 관건이었다.

　또 이에 따른 당근과 채찍도 마련해야 했다. 인센티브 시스템에서도 각자의 목표를 설정하고, 연말 평가에 동의하도록 했는데 각 산업군별 세일즈 파트는 물론 여직원과 운전기사에 이르기까지 단 한 명의 예외도 없었다. 예를 들면 운전기사도 운행실적은 물론 신호준수, 안전운전 사고율, 직원과의 친화력, 사전 정비점검 등 아주 사소한 것까지 목표수준이 있어야 했다. 세일즈맨들도 연간 매출계획은 물론 거래선 확장과 취급품목 확대에 근무평점을 더하고 개인의 성적뿐이 아니라 팀의 성적이 반영된 인센티브제도를 시행했다. 핵심인재에 대한 동기부여가 약하고, Free rider가 발생할 수 있다는 문제도 있었지만 상대적으로 평가가 용이하고, 팀워크 및 시너지를 높일 수 있다는 장점 때문에 채택한 집단 성과 연동 보상제도의 실행도 방향정렬의 일환이었다.

그렇다면 어떻게 주인의식을 가지고 최선을 다할 수 있도록 할 것인가? 구성원들이 맡고 있는 업무의 성격은 무엇이고 왜 일하는가? 누가 어느 정도의 자원에 대한 책임과 권한을 가져야 하는가?

진정한 권한위임은 풍부한 의사소통과 대화를 통해 구성원이 재능과 정열을 쏟아내려는 마음이 나타나도록 하는 것이다. 이러한 조직에서는 개인간, 각 부서간 높은 신뢰를 통해 각자의 자질을 최대한 발휘할 수 있게 된다. 하버드 비즈니스 스쿨에서는 학장이 졸업생들에게 "경영이란 다른 사람을 부려서 당신의 목표를 달성하는 것이니, 일을 할 때 내가 해야지 하는 생각을 버리고 사람을 잘 활용하는 방법을 연구하시오"라고 당부한다 하는데, 이는 리더의 역할에서 권한위임의 중요성을 강조한 것이다.

효과적인 리더십의 핵심은 다른 사람과의 관계에서 신뢰를 쌓는 것이다. 스스로가 원칙을 이해하고 원칙에 따라 살아갈 때 다른 모든 사람들이 신뢰하게 될 것이다. 스스로 책임을 지고 언행일치의 삶을 살아야 하며, 성품과 역량의 균형에 따라 신뢰성을 갖춘 솔선수범이야말로 변화를 주도하고 결과를 창출하면서 미래를 이끌어가는 리더의 역할이다. 물론 자기희생 없이는 임무완수가 어렵다. 리더는 선천적으로 타고나기도 하지만, 아무리 우수한 자질이 있다 할지라도 개인의 희생을 감수하지 못하는 직원보다는 육체적으로나, 금전적으로나, 시간적으로 자기희생을 담보로 역량을 키워나가는 직원에게 리더가 될 기회를 부여하게 된다.

현업을 떠났지만 서재의 책장에는 아직도 좋은 리더가 되기 위한 리더십이론 서적들이 빼곡히 들어차 있다. 피터 드러커, 잭 웰치, 스티븐 코비의 책들, 『손자병법』 등. 지금은 시대에 따라 가치관도 크게 변화되고 있어 리더의 역할과 자질 또한 새로운 개념으로 바뀌고 있으나 그래도 가장 기본적인 사항들은 동서고금을 통해 유효하게 사용되고 있다. 국내 인사컨설팅 전문업체에서 실시한 조직 풍토 조사에서는 '높은 성과 풍토'와 '사기 저하 풍토'를 만드는 리더십 스타일의 차이점을 규명해보았는데 높은 성과를 낸 리더들은 조직의 상황이나 부하 직원의 상태에 따라 다양한 유형의 리더십을 선보였다.

예를 들어 성과가 높은 리더는 해당 업무 처리가 급박한지 아닌지에 따라, 부하 직원의 상태와 역량 수준 등에 따라 서로 다른 유형의 리더십을 발휘했다. 반면 성과가 부진한 리더들은 자신들이 편리하게 생각하는 한두 가지 스타일에만 의존하다가 조직원들의 반발을 샀다. 그렇다고 성공적인 리더들이 여러 유형의 리더십 스타일을 같은 빈도로 골고루 사용한 것은 아니다. 성공한 리더들은 비전형, 친화형, 민주형, 육성형 리더십을 주로 사용했다. 그러나 조직원들의 사기를 저하시킨 리더들은 주로 지시형과 솔선형 스타일에 의존했는데 흥미로운 사실은 자신이 직접 나서서 문제를 해결하는 솔선형 리더십이 조직 풍토에 부정적 영향을 미친다는 점이었다. 부하 직원의 능력이 현저히 떨어지거나 문제를 신속히 해결해야 할 때만 솔선형 리더가 좋은 성과를 낼 수 있었다. 하지만 솔선형도 너무 자주 발휘하면 부하 직원의 상사 의존도가 높아지고 책임감과 업무 몰입도가 떨어지므로 솔선형 리더십은 단기적으로 꼭 필요한 상황에서만 가끔 활용해야 한다.

그렇다면 나는 어떤 스타일의 리더였을까? 굳이 이러한 조사 결과를 대입하지 않아도 편리하다고 생각한 한두 가지 리더십에 굳어버린 '고정식 스타일'로 나를 따르라고 고집하지는 않았다고 생각한다. 언제나 조직과 동료들 상황에 따라 효과적인 리더십으로 대처하며 움직이는 '이동식 스타일'의 리더십을 구사하느라 애써보았으니 함께 팔로워십을 보여준 동료들에게 이 자리를 빌려 다시 한 번 고마움을 표한다.

제8장

# 이제 다시 시작이다

# 화려한 외출

빛을 퍼뜨릴 수 있는 두 가지 방법이 있다.
촛불이 되거나 또는 그것을 비추는 거울이 되는 것이다.
– 이디스 워튼

"D. S. Lee가 1970년 입사할 때 저는 일곱 살이었습니다." 홍콩에서 날아온 클라리언트그룹 아시아태평양지역 총책임자 게리 필딩Mr. Fielding이 내 퇴임식 기념사에서 전해준 인상적인 첫마디이다. 한독약품 입사로 시작된 훽스트와의 인연이 호니그만Mr. Honigmann 전임사장의 추천에 의해 한국인 처음으로 다국적기업의 컨추리 프레지던트가 되었던 내가 이제 퇴임식을 맞이한 것이다.

한국이 저개발국의 바닥에서 경제력이나 국력의 어려움을 겪던 60년대 말, 주변이나 사회의 곱지 않은 시선들을 무시한 채 세일즈맨으로 입문한 이래 오로지 열정과 도전정신 하나만으로 발로 뛰는 현장을 개척해가며 말단에서 중간관리자로, 대표이사를 거쳐 그 자리에 서게 된 것이다. 몸 담았던 긴 시간 동안 훽스트는 내게 단순한 삶의 일부가 아니라 전부였다.

되돌아보면 신입사원으로 입사해서 세일즈맨으로서의 초심을 잃지 않고 대장정을 마무리짓는 이 순간까지 수많은 고객을 찾아 버스나 기차에 몸을 싣고 고객을 찾아 안 가본 곳이 없었다. 휴대폰도 이메일도 없던 시절 출장길에 빌려 탄 승용차가 고장나 깜깜한 시골밤길에서 황당했던 일이며, 노조와의 밤샘토론을 통해 합의를 이끌어냈던 일이 생각난다. 외국인 CEO와 델리게이트 Delegates 중 일부는 기업가정신 없이 임기만 채우려는 무사안일한 자세로 불필요한 갈등을 초래해서 결과적으로 회사에 해를 끼쳐 이를 수습하는 데 무척 힘들었던 기억도 있었으며, 문화나 사고 차이로 인해 생긴 조직내부의 갈등이나 한국인 직원에 대한 부당한 편견 등은 참기 어려운 것들이었다.

바쁘고 즐겁고 힘들고 아쉬웠던 38년의 시간들이 주마등처럼 머릿속에 펼쳐지고 있었다. 삶의 모든 것을 쏟아부었던 회사 훽스트와 동료직원들의 정이 담긴 감사패 증정 순서도 마련되었다. 시간의 길고 짧음으로는 가늠할 수 없는 많은 일들에 대한 감회가 작은 감사패에 모두 담겨 있었다. '재임하는 동안 탁월한 업무 지식과 경험을 살려 회사와 그룹에 지대한 공헌을 했기에, 임직원들의 정성과 석별의 정을 담아드리고, 새롭게 시작되는 앞날의 무궁한 발전과 건강을 기원한다'는 내용들이다. 감사패가 마치 잠깐의 외출을 용인해주는 허가증 같다는 느낌이 들었다. 오랫동안 집안을 잘 지켜왔으니 잠시 바깥바람을 쏘여도 좋다는 의미로 다가왔다.

훽스트의 전자, 인쇄, 화학사업부문의 동료들을 대표해서

Hoechst E&P, Chem. 일동 명의로 만들어준 감사패에도 그동안 함께 이뤄왔던 많은 추억들이 새겨져 있었다. 특히 휙스트코리아 시절부터 클라리언트코리아까지의 오랜 세월을 함께 한 임직원은 물론 클라리언트산업과 클라리언트 피그먼트, 클라리언트 마스터배치 임직원 모두가 오늘의 나를 있게 한 사람들이며, 그들의 도움을 뺀 지난 시간은 상상할 수도 없다. 특히 엔지니어링 부서와 함께 한 안성공장설립은 재임시 추진한 일 중 가장 가슴 뿌듯한 일이었다. 또한 휙스트산업과 생산부, R&D, 품질관리실 직원들, 그리고 함께 기적을 이뤄낸 백창우 공장장 등은 모두 반월에서 안성으로 공장을 옮겨 짓고 함께 기적을 이뤄낸 동지들이기에 그들에 대한 감사함을 잊을 수 없다.

또한 많은 인연 중 25년이란 긴 세월을 함께 하며 맡겨진 여러 분야를 함께 해온 유민진 사장과의 추억이 떠오른다. 1995년 휙스트가 아그파에 인쇄사업부를 매각할 때에 마케팅 책임자로 아그파에 가게 되면 장래가 보장될 수 있었는데도 나의 권유로 휙스트에 남아주었다. 함께 할 수 있어 든든했으나 그의 장래에 대한 부담 또한 떨칠 수 없었다. 하지만 2003년 대표이사 컨추리 프레지던트로 승진하면서 즉시 후임자로 결정, 전자재료 사업부의 책임을 맡기고 독일 사업본부의 승인을 받는 순간 마치 빚을 갚는 것과 같이 마음이 가벼워졌다.

2004년 클라리언트의 사업구조조정으로 회사명이 바뀐 AZ EM Korea의 대표이사가 된 이후 이제 나는 감사패 속의 추억으로 남게 되었다. 이렇게 감사패와 함께 화려한 퇴임을 할 수 있게 되니 가까이에서 일일이 챙겨주던 비서 김애화에 대한 고마움을 빼놓을 수 없다. 명문대를 나와 MBA를 마치고 독일회사 근무경력이 있던 그녀는 11년간을 변함없이, 그리고 빈틈없이 나를 뒷받침해 주었다. 급하고 실수를 용납하지 않으며 확실하게 매듭짓기만을 바라는 까칠한 상사를 어떻게 견뎌낼 수 있었을까? 각종 회의자료 준비와 국제전화 컨퍼런스 등 긴장의 연속은 또 어떻게 털어낼 수 있었을까? 예민한 상황에서도 놀라운 집중력을 보여준 고도의 세련됨에 마음속으로나마 감사패를 전한다.

한 직장을 오래 다닌 대신으로 정말 어지간히도 전 세계를 날아다녔다. 어머니가 늘 얘기하던 대로 팔통사주를 타고나서인지도 모르겠다. 세일즈맨 시절에는 업무 협의차 독일 횔스트 및 독일 전역에 위치한 방계회사들을 매년 한두 번씩 3~4주 동안 기차를 타고 북쪽의 함부르크에서 남쪽 뮌휀을 포함하여 바바리아 지방까지 휩쓸고 다녔는데 사업본부장이 되어서도 업무협의는 물론 월간 매니지먼트 미팅, 글로벌 매니지먼트 컨퍼런스, 분기별 아시안 매니저 미팅 등 사업부별로 국내외 회의에 참석하는 것이 주요업무가 되었다.

컨추리 프레지던트 시절에도 각 사별 주주총회 및 이사회, 국내의 각 법인별로 매달 열리는 MC Meeting등을 주재해야 했으며 분기별로 개최되는 아시아태평양지역 MC Meeting, 클라리언트 그룹에서 매년 열리는 Corporate M.C 등에 비행기를 타고 유럽,

미국, 아시아—태평양지역을 수없이 날아다니며 하늘에서 먹고 자는 것에도 질릴 정도였다. 그러나 지금 와 생각해보면 그때도 즐겁고 보람된 나날들이었다. 지금도 여러 추억거리 중 기억에 남는 것은 호텔도 비행기도 아닌 크루즈에서까지 숙박을 하며 선상회의와 파티를 하던 에피소드들이다.

2006년 11월 유람선 위에서의 회의도 환상적이었다. 캄캄한 밤의 선상파티 테이블에는 그룹 CEO, 그룹해외담당, 아시아—태평양 지역책임자 등과 함께 자리하고 있었다. 마침 옆에 있던 태국의 컨추리 프레지던트와 진 쪽에서 샴페인을 한 박스 내기로 하고 태국과 한국의 2007년도 영업실적을 걸고 내기를 하게 되었다. 즉석에서 종이에 적어 주변 사람들을 증인삼아 사인을 하고는 아시아 CFO가 보관하다가 판정을 하도록 했다. 2007년 말 한국이 이겼다는 소식이 날아왔다. 당시 태국 책임자는 스위스 본사로 돌아가 있었으나 나의 정년퇴임 송별회 날짜인 2008년 1월 21일에 맞추어 그가 보낸 샴페인으로 송별파티에서 직원들과 축배를 함께 하던 추억을 잊을 수가 없다. 물론 송별회에는 그날 저녁 유람선에서 증인으로 사인한 아시아 태평양지역 책임자도 함께 하게 되었다.

화려한 외출의 보너스는 언어의 자유였다. 회사 내의 공용어는 영어였으나 문밖의 세상에서는 우리말을 사용했다. 반평생을 영어로 소통하며 살아왔지만 골라 써야만 하는 정확한 용어에 관한 조바심은 끝내 떨쳐낼 수 없는 부담이었다. 회사 문을 나서게 되면서 가장 감격스러운 점은 영어를 안 써도 된다는 사실이었다.

매일 아침 이메일을 체크하며 각종 리포트를 검토하던 컴퓨터와도 작별이었다. 그간 관리해오던 자료들은 백업하고 남아 있는 기록을 삭제하기 위해 'delete' 자판을 누르는 순간, 업무에서도 언어에서도 자유로워질 수 있었다. 준비된 탈출이었으며 가끔씩 꿈꿔오던 화려한 외출의 시작이었다.

"열심히 일한 당신, 떠나라"라는 광고 카피처럼 떠나면 되는 일이었다. 그러나 분명 퇴임식을 마쳤음에도 실감나지 않았다. 잠시 잠깐의 외출 같은 착각이 들었다. 하기야 재임시에도 일중독에 빠져 있던 사회 분위기로 휴가 한 차례 갖지 못했다. 수백 년에 걸친 유럽의 산업화 과정을 불과 3~40년 만에 압축 성장을 한 탓에 쉬는 문화에 생소해 오래 일손을 놓으면 불안해지는 일종의 집단 불안감이 있었기 때문이다. 일곱 살 소년이 지역 총책임자가 될 때까지 오로지 일에만 매달려왔으니, 컨추리 프레지던트가 된 지금, 일 이외의 다른 면에서는 일곱 살 소년이 되어버리고 만 것이다. 일중독 증후군에서 벗어나지 못하고 있었다. 무교동 작은 오퍼상에서의 짧은 경험도 커다란 영향을 미치고 있었다. 혼자 힘으로 사업을 꾸려 무언가를 성취하는 것도 의미가 있겠지만 세계적인 기업의 최고 책임자가 되어보는 것도 가치 있는 일이라고 여겼다. 그 목표를 이루기 위해 기꺼이 워커홀릭work-a-holic과 워크러버work lover가 되었으며 평생 일을 즐겨왔다. 이제 일중독 증후군에서 벗어나 제2의 인생을 준비해야 할 때가 온 것이다. 또한 번의 화려한 외출이 기다리고 있는 것이다.

# 通했느냐?

커뮤니케이션을 개선하기 위해서는
말을 하려 하지 말고 잘 들어라.
– 피터 드러커

가장 바람직한 글쓰기는 영감이 가득 찬 놀이라고 하지
만 존 스타인벡의 표현대로 글쓰기는 세상에서 가장 외로운 노동
임에 틀림없다. 그렇다고 무슨 창조적인 소설을 쓰려는 것도 아
니다. 40년 가까이를 한 직장에서만 일한 것도 노하우라고 현업
에서 물러나는 것을 기념해 그간의 아쉽고 고마웠던 일들을 간단
한 기록으로 남긴다는 생각으로 가벼운 마음으로 펜을 들었다.
하지만 세월의 탓인지 기억은 자꾸 엇갈리고 글은 자꾸 꼬이다보
니 일이 점점 커지고야 말았다.

글 쓰는 재주가 없는 사람인지라 순전히 기억력에만 의존해서
한 줄 한 줄 써내려가는 수밖에 없었다. 그간 쌓아두었던 자료를
다 뒤지고, 틈틈이 읽으며 공감했던 책의 좋은 내용들을 떠올려
가며 부지런히 써내려갔다. 정리된 생각들이 글을 만드는 게 아
니라 글을 쓰면서 생각이 정리되고 새로운 생각들이 만들어졌다.

글쓰기가 단순히 생각이나 지식과 같은 정보를 전달하는 매체로서만 기능하는 것이 아니라 오히려 생각을 만들어내고 지식을 구성하는 데 커다란 역할을 하고 있었다.

고통스러운 작업이지만 뛰어난 사고의 형성기능과 소통능력을 키우는 데는 더없이 좋은 놀이라는 생각이 새삼 들었다. 현업에서도 늘 아쉬워했지만 글 쓰는 법을 따로 배워본 적도, 다른 이들의 글을 접할 기회도 많지 않았던 이공계 출신에게는 더없이 절실한 기능이었다. 어쩌면 글쓰기라고 하면 낯설고 두려운 것은 개인적인 소양이 부족하기도 하지만 재학시절 효과적인 의사전달을 목적으로 하는 실용적인 글쓰기를 배우지 않았기 때문인 듯도 하다.

글을 쓴다는 것이 소통을 전제로 하는 것이라면 전달매체의 변화에 따라 달라져야만 될 것 같은 요즈음이다. 장문의 편지나 책으로 의사표현을 하기에도 어려움을 느끼지만 전달매체와 멀티미디어의 발달은 소통의 단절을 경험하게 한다. 모바일폰의 단문서비스를 뜻하는 SMS까지는 크게 필요성을 못 느끼면서도 어찌어찌 잘 따라해서, 그런대로 필요한 대상들과 문자를 주고받으며 커뮤니케이션이 된다고 생각했는데 스마트폰의 출현으로 활성화되기 시작한 소셜 네트워크 서비스(Social Network Service : SNS)에 이르러서는 아찔하고 새로운 군집사회에서 소외되는 듯한 느낌을 지울 수 없다.

누가 TGIF를 아느냐고 물었다. TGI Friday라는 패밀리 레스토랑도 아니고, 주말이 되었으니 맥주 한잔 하며 신나게 놀자는 말로 쓰던 Thank God It's Friday의 의미도 아니란다. 모바일 소셜 네트워크 서비스의 대표주자들인 트위터Twitter와 구글Google 아이폰iPhone과 페이스북Facebook을 한 글자씩 따서 결합한 Mobile SNS의 상징적 표현이라고 한다. 정보통신 발달이 극도의 개인화 경향을 가져와 진정한 소통의 부재라는 부작용을 불러오는가 싶더니 이를 보완하기 위한 수단으로 진화되고 있는 것이다.

개인의 생각과 의견, 경험들이 개방화된 온라인 툴과 미디어 플랫폼의 양방향성을 활용해서 참여하고 정보를 공유하고 있는 시대이다. 사용자들이 그들만의 사회를 구성해서 하나의 소셜Social을 함께 만들어간다는 취지는 좋지만 개인정보 노출과 사생활 침해 등의 걱정이 앞서기도 한다. 그보다는 기기조작에 대한 부담과, 모든 게 개방되어 있다는 노출에 대한 부담이 훨씬 크기도 하지만 말이다. 페이스북이나 트위터 계정을 만들어 세태에 따라가보려 하긴 해봐야겠지만 무언가 진정한 소통에는 2% 부족한 듯한 느낌을 지울 수 없다. 웹으로 얽힌 네트워크라는데 생각이 미치면 왠지 거미줄에 매달린 이슬방울과 같은 아슬아슬함과 함께, 해 뜨면 사라질 것 같은 걱정이 앞서는 건 노파심일까? 나이 탓인지 차라리 1000cc짜리 생맥주 잔을 앞에 두고 원샷하며 끈끈한 동지애를 나누는 것이, 작지만 진정한 '소셜'이 아닐까 하는 생각은 지울 수 없다.

인생은 생각보다 길고, 함께 나누어야 할 것은 아주 많다는 것을 깨닫는 순간 함께 하고 있는 사람들과의 관계가 소중해지기 시작했다. 모든 것이 공유되어 함께 하는 삶은 풍요로울 것이다. 외딴 섬에 홀로 버려진 듯 외롭지 않고, 무엇인가를 함께 하고 있다는 소속감도 얻을 수 있을 것이다. 그러나 진정으로 소통한다는 것은 단순한 정보의 공유만은 아닌 것이다. 굳이 표현하지 않아도 함께 즐거워하고 가슴 아파하는 것, 서로 모른 척하고 있어도 손잡고 위로해줄 수 있어야 한다. 속내로서의 감정의 교류가 빠져버린 커뮤니티는 커뮤니케이션 본질이 사라진 빈껍데기의 한 울타리인 것이다.

껍질끼리의 아는 척이야말로 오히려 외로움은 더욱 커지고 넘지 못할 커다란 벽을 쌓게 되는 일일지도 모를 일이다. 너 나 없이 바쁘고 복잡하게 얽혀 있는 인간관계 속에서 각자가 속한 커뮤니티에서도 진정으로 소통한다는 것이 점점 어려워지고 있는 현실이다. 합리와 효율을 기준으로만 평가하지 않고 신념과 열정을 높이 사주기, 내가 정한 신호대로 움직여주길 바라지 말고 상대방의 몸짓 하나에도 반응하기, 온라인에서 자주 접속하고 오프라인에서 진하게 접촉하기 등 진정한 소통을 하기 위한 방법은 여러 가지일 것이다. 글쓰기를 통해 세상과 소통하려다 생각에 잠겨 여러 상념이 꼬리를 문다. 반성해야 할 것도 꽤 되는 것 같다. '장 루슬로'의 '또 다른 충고'는 어떻게 모른 척하며 배려해야 진정 통하게 되는지 역설적인 충고로 다가왔다.


다친 달팽이를 보게 되거든 도우려들지 말라.

그 스스로 궁지에서 벗어날 것이다.

당신의 도움은 그를 화나게 만들거나 상심하게 만들 것이다.

하늘의 여러 시렁 가운데서 제자리를 떠난 별을 보게 되거든

별에게 충고하고 싶더라도

그만한 이유가 있을 것이라고 생각하라.

더 빨리 흐르라고 강물의 등을 떠밀지 말라.

강물은 나름대로 최선을 다하고 있는 것이다.

# Simple Life

좋은 스윙폼의 정수는 단순함이다.
– 로버트 타이어 존스 주니어

느긋한 저녁시간이었다. 친구, 후배와 함께 약주 한잔을 곁들인 식사를 마치고 커피숍으로 자리를 옮겼다. 애연가인 친구를 위해 야외테라스에 자리를 잡고 앉자, 담배에 불을 붙이다 말고 갑자기 친구가 물끄러미 바라보며 물었다.

"자네는 지금까지의 삶이 평이한 삶이라고 생각해? 아니면 유별난 삶이라고 생각해?"

느닷없는 질문에 짧은 순간 지나온 인생의 순간들이 주마등처럼 스쳐 지나갔다. 나는 대답했다.

"그저 유복한 가정에서 태어나 어려움 없이 공부했고, 좋은 직장 들어가서 정년 퇴직할 때까지 순탄하게 지내왔으니 평이했다고 봐야지."

후배가 한마디 거들었다.

"40년 가까이 다국적 기업에서 일하고 CEO까지 올랐다는 것은 특별한 케이스 아닌가요? 쉬운 일도 아니고, 누구나 가능한 일도 아니니까 특별한 삶이었던 것 같은데요?"

나는 다시 생각했다. 정말 특별하게 살아온 것일까? 아니면 평이한 삶을 지키기 위해 특별한 자제와 특별한 인내와 특별한 분발을 스스로에게 요구했던 것일까? 그렇다면 '아주 유별난 삶'을 살았다고 해도 틀린 말은 아니겠지. 다시 친구에게 답했다.

"어느 쪽을 보느냐에 따라 대답이 달라지겠지?"

이번에는 후배가 친구에게 물었다.

"선배님께서는 어느 쪽이세요? 제가 볼 때는 좋은 학교 나와 평생을 공직에 몸담으시고 고위 공직자로 퇴임하셨으니 평이한 삶이라 할 수 있나요? 아니면 특별한 직책을 수행하며 서너 권의 책까지 펴내셨으니 특별한 삶이었다고 생각하시나요?"

후배의 질문에 친구 역시 선뜻 대답을 못하고 담배에 불을 붙였다. 이야기의 주제는 평이하다라는 낱말의 정의로 옮겨졌다. '평이平易하다'는 '까다롭지 않고 수월하다는 뜻으로 easy 또는 simple 정도가 아니겠는가'로 의견이 좁혀지고 그 관점에서 각자의 삶을 돌아보았다. 정확히 40년이 주는 무게감이 일순간에 몰려왔다. 스페인 출신 바이올린 연주자인 사라사테에게 유명한 비평가가 천재라고 추켜세우자 고개를 저으며 화를 냈다는 일화가 생각났다.

"천재? 지난 34년 동안 하루도 거르지 않고 열네 시간씩 연습을 했는데 나를 보고 지금 천재라고?"

과연 그럴 것이다. 평이해? 지난 40년 동안 운운하면서 말을 섞어도 그럴듯해질 것이다. 이것은 공직자나 사업가에게도 공통되는 일화인 것이다.

떼를 지어 날아가는 기러기들도 낙오되지 않고 대열을 지킬 수 있도록 하기 위해, 한 마리 한 마리가 서로의 날개가 부딪치지 않도록 조심하면서 수없이 많은 날갯짓을 하고, 호수에 우아한 모습으로 떠 있는 백조 역시 가라앉지 않기 위해 물 밑에서 쉴 새 없이 물갈퀴를 끊임없이 움직이고 있는 것처럼, 보이는 것이 전부가 아니며, 관점에 따라 아름다울 수도 치열할 수도 있기에 '평이하다', '특별하다'라는 이분법적인 분류는 적합하지 않을지 모른다.

대다수의 사람들은 앞만 보고 살아가며 나 역시 예외는 아니었다. 돌이킬 수 없는 지난 일들이나, 어찌 해볼 수도 없는 먼 미래의 일보다 지금 이 순간 내 앞에 있는 일들에만 최선을 다했다. 어쩌면 더 나은 선택이 있었을지도 모른다. 곳간에 재물을 더 채울 수도 있었을 것이고, 이름 석자를 좀 더 널리 알릴 수 있었을지도 모른다. 아니, 그런 일이 아니라도 지금과는 다른 사람이 되어 다른 생활을 할 기회가 있었을지도 모르겠다. 하지만 최소한 다른 사람의 마음 아프게 하지 않으려 노력했고, 스스로에게 부끄럽지 않게 살아왔다고 자부하기에 후회는 없다.

물론 산다는 것 자체가 순간순간 선택의 연속이었기에 수없이 갈등하며, 수없는 유혹 속에서 살았지만 정말 열심히 살아왔다. 열심히 살았다는 말은 어찌 보면 주변머리 없이 고지식하게 살았다는 말과도 통하는 것 같다. 나의 '열심' 때문에 때로는 가족들이 외로웠고, 스스로를 혹사하고 홀대했으며 더 많은 친구를 사귈 기회를 잃어 외로웠음도 사실이다.

그래서 이제는 열심히 직장 다니며 한눈팔지 않고 살아온 것에 대한 대가를 보상받으려 한다. 나도, 나로 인해 외로웠을 가족과 친구들에게도. 이제는 모든 것으로부터 자유로이 말 그대로 심플하게 살아도 될 자격이 있으니 말이다. 그래 단순하게 살아보자!

눈동자를 들여다보자. 과연 흔들리지 않는 눈빛으로 진정성과 열성을 다해 오늘 하루를 보내고 있는가?

양손바닥을 펴서 가만히 들여다보자. 두 손에 무얼 쥐고 있는지, 혹여 너무 많은 것을 쥐고 있는 건 아닌지?

발끝도 가만히 내려다보자. 앉아 있는지 서 있는지? 좋은 신발이 좋은 곳으로 데려다준다는데 어떤 신발을 신고 있는지? 어디를 향해 발끝이 놓여 있는지?

세상 물정 모르는 아이처럼 맑은 눈동자로 마음 가는 대로 두 손 벌려 세상을 껴안고 발길 가는 대로 때로는 계획도 없이 편하고 느슨하게 그리고 단순하게 뚜벅뚜벅 걸어갈 일이다.

# 우리 집에 술 익거든

친구를 갖는다는 것은
또 하나의 인생을 갖는 것이다.
– 발타사르 그라시안

현업을 떠나 술자리가 줄어드니 취미를 즐길 수 있게 되었
다. 쿵따 쿵쿵따 울려대는 소리에 몰입해 흠뻑 땀을 흘리며 드럼
을 연주하는 모습은 상상만 해도 즐거웠다. 평소 엄격해보이는
내 이미지를 두드려 날려보내면서 리듬에 빠지는 드러머를 꿈꾸
고 있었다. 자로 잰 듯한 일상도 두드리고, 드러내지 못했던 응어
리들도 두드려대면 커다란 울림 속으로 사라질 것만 같았다.

그런데 연습 장소가 문제였다. 나이 들어 두 내외 살기에는 아
파트가 편할 듯한데 드럼소리가 이웃에게는 소음공해가 될 것이
불 보듯 뻔했다. 피아노나 색소폰은 소음기가 있어 집안에서도 연
주할 수 있다는 데 생각이 미치자 전자드럼이 떠올랐다. 전자드럼
은 패드에 치는 것이어서 느낌 자체는 다르겠지만 헤드폰을 연결
해서라도 드럼의 비트를 즐기고 싶었다. 그러나 드럼은 역시 크고
작은 북과 더불어 심벌, 스네어, 스몰탐 등 각기 다른 소리를 내는

전체 드럼 세트를 마음껏 내리치는 것 자체가 매력인데 도저히 그럴 수는 없는 형편이니 드러머의 꿈은 잠시 보류하기로 했다.

나중에 전원생활을 할 때까지 드럼세트 대신 관악기를 배워보기로 했다. 누구나 어릴 때부터 악기 하나씩은 배워, 주말이면 이웃끼리 각자 음식과 술을 준비해 담소하면서 작은 음악회를 열기도 하고 인생의 여유를 즐기는 유럽 사람들이 좋아보였다. 가볍고 높은 음색이면서도 작고 아름다운 소리를 내는 플루트에 끌렸으나 배우기 어렵기도 하고 클라리넷을 불면 색소폰도 불 수 있다 해서 개인교습을 받기로 했다. 하지만 연주자가 될 것도 아닌데 음정 박자에 너무 신경 쓰면서 배우고 싶지는 않았다. 그저 편안하게 즐기고 싶었다.

부드럽고 낮은 클라리넷의 서정적인 음색은 사람의 목소리를 닮아서 듣기가 편안했다. 리처드 스톨츠먼처럼 연주하는 게 어렵지, 그냥 즐겨 듣는 음악을 폐활량에 따라서 소리 내보는 것이라면 그리 어렵지는 않았다. 그나마 쉬엄쉬엄 배웠는데 '그리운 금강산' 정도는 듣는 이가 알아차릴 수 있을 만큼 연주할 수 있게 되었다. 풍악을 울릴 준비가 되니 술상 차릴 일만 남았는데, 조선시대 학자인 김육金堉의 시조가 아련하게 떠오른다. '자네 집의 술 익거든 부디 날 부르시게 / 내 집의 꽃 피거든 나도 자네 청하옴세 / 백년덧 시름 잊을 일을 의논코자 하노라.'

그러나 정작 술은 내 집에서 익어가고 있었다. 지난해 늦여름 골프장 그늘 집에서 막걸리를 한 순배씩 마시다 함께 운동하던 한양이엔지의 김형육 회장이 "화학과를 나왔으니 막걸리 한번 제대로 담가보라"고 농반 진반으로 권하게 된 것이 그만 기초반, 중급반을 거쳐 고급반에서 누룩을 띄울 정도로 심취하게 된 것이다. 이제는 막걸리와 약주는 물론 여러 종류의 전통술 담그기를 배우고 있다. 시판되는 막걸리에 비해 전통방식에 충실한 방법으로 순수한 우리 술 담그기를 익혀보고 싶었다.

독일인들이 자국 맥주에 대해 자부심을 가지고 있는 이유는 순수규정Reinheitsgebot 때문인데 1516년 바이에른주에서 처음 시작된 이 규정에 따르면 "맥주는 호프, 맥아, 물, 효모로만 양조해야 하며, 다른 첨가물들이 가미되어서는 안 된다"는 것이다. 게다가 독일인들은 "맥주는 맥주 공장 굴뚝의 그림자가 비치는 범위 내에서 먹어야만 하는 것"이라 하니, 마치 옛날 우리나라도 각 고을마다 향토주가 있고 각 가정에는 가양주가 있어 가문을 내세웠던 것과 유사해 흥미로웠다.

아직은 담근 술의 맛과 도수가 일정치 않지만 한 번씩 선보인 결과 낙제는 면할 정도가 되었다 하니 철 따라 술 익거든 벗들을 청해야겠다. 그간 공사를 구분한답시고 소홀할 수밖에 없었던 민망함과 함께, 40년 동안의 직장생활 중 회사로 방문해 만난 친구가 서넛도 되지 못하는 융통성에 대해서도 서운함을 풀고 시름 잊을 일을 의논할 수 있으면 하는 바람이다. 말이 좋아 외길 40년이지 어쩜 그리도 주변머리 없이 앞만 보고 달려왔을까? 어쩌면 이 한 몸 곧추세워 바로 오기도 버거웠는지 모르겠다.

황진이黃眞伊를 일찍 만나 권주가를 들었다면 달라졌을까?

청산리 벽계수야 수이 감을 자랑 마라
일도 창해하면 다시 오기 어려워라
명월이 만공산하니 쉬어간들 어떠리

임제林悌를 따라 길 떠나 방랑을 했더라면 달라졌을까.

청초 우거진 골에 자난다 누엇난다
홍안은 어디 두고 백골만 묻혔나니
잔 삽아 권할 이 없으니 그를 슬퍼하노라

술을 권하지 않을 사람에게 술을 권해서 잃어버린 술은 얼마나
될 것이며, 술을 권할 사람에게 술을 권하지 않아 잃어버린 사람
은 얼마나 될지, 그것이 돌이키고 싶은 유일한 아쉬움이다. 술을
권함에 있어서는 먼저 그 사람됨을 살피라는 얘기가 회자되고는
했어도 이렇게 심오하게 술 한 잔 한 잔에 포커스를 맞춰보지는
못했음을 고백한다.

우리 집의 술 익거든 부디 자넬 청하겠네
자네 집의 꽃 피거든 자네도 날 부르시게
어울려 내일 맞이할 일 의논코자 하노라

# 꿈★은 이루어진다

삶을 사는 방식에는 오직 두 가지가 있다.
하나는 모든 것을 기적이라고 믿는 것이고,
다른 하나는 기적은 없다고 믿는 것이다.
– 알베르트 아인슈타인

세상에서 가장 신기한 것은 모든 일은 생각하는 대로 이루어진다는 것이다. 그렇다면 오늘의 내 모습도 언젠가부터 마음속에 품었던 꿈속의 모습일 수 있다는 생각을 이제야 하게 되었다. 더 원대한 꿈은 없었는지 아니면 더 간절하고 꾸준하게 원하지 못한 채 어디쯤엔가 접어둔 또 다른 나의 꿈이 있지는 않았는지 돌아보게 된다. 과연 나는 나의 꿈을 이루고 성공한 것일까?

건축가 다니엘 버넘은 "작은 꿈을 꾸지 마라. 그것은 당신의 피를 들끓게 하는 기적을 일으키지 못한다. 원대한 꿈을 세우고 드높은 이상과 희망을 향해 나아가라"라고 원대한 꿈의 중요성을 역설하고 있다. 꿈을 꾸는 사람은 많지만 큰 꿈을 꾸는 사람은 많지 않은 듯하다. 큰 꿈은 때때로 과대망상으로 오해받을 수도 있다. 허무맹랑한 꿈이거나 한탕주의이거나, 자신의 개인적 욕심을 채우기 위한 꿈은 큰 꿈이 아닌 것이다.

큰 꿈은 스스로 성장을 멈추지 않는다. 쿵쾅대며 펄떡이는 심장처럼 일이 움직이고 돌아가도록 한다. 때때로 큰 꿈은 자석과 같아서, 알맞은 때Right time에 알맞은 사람Right person과 알맞은 방법Right way을 자석처럼 끌어당긴다. 큰 꿈은 어떤 상황에서도 반드시 더 큰 사람들과 더 큰 일을 불러모으는 힘을 가지고 있다.

1963년 16세의 빌 클린턴은 민간훈련기구인 보이스 네이션Boys Nation 대표로 뽑혀 워싱턴에 갔다. 대표들은 케네디 대통령과 악수를 했으며, 기록영화와 사진 자료들은 케네디와 어린 클린턴이 악수하면서 마주 보고 웃는 장면을 보여준다. 클린턴이 대통령이 되겠다는 꿈을 키우기 시작한 것은 케네디와 악수했던 그날부터라고 한다. 어린 클린턴에게 큰 영향을 준 또 한 가지는 마틴 루터 킹 목사의 "나에게는 꿈이 있습니다"라는 유명한 연설로, 클린턴은 그 내용을 전부 암기했다고 한다. 아마도 "I have a dream"이라는 암시적 주문 외에도, 반복되는 "Now is the time to~"라는 구절과 "With this faith, we will be able to~"라는 구절에 착안해서 꿈을 이루는 구체적 방법의 힌트를 얻지 않았을까 생각해본다. 통째로 암기하다보니 "바로 지금, 신념을 가지고"라는 행동력만이 꿈을 실현시켜줄 수 있음을 분명히 알게 되지 않았을까?

꿈을 이루는 최고의 방법은 최대한 빨리 꿈을 갖는 것이다. 그리고 더 중요한 것은 그 꿈을 가지고 난 후 무엇을 하느냐와 그 과정을 미리미리 느끼고 즐기는 것이다. 꿈이 있으면 꿈대로 살게 되지만 꿈이 없으면 살아지는 대로 꿈꾸게 되어 있다. 목표가 확실한 사람은 아무리 거친 길에서도 앞으로 나아갈 수 있지만 목표가 없는 사람은 아무리 좋은 길이라도 앞으로 나아갈 수 없다. 성공하는 사람들은 늘 소망을 품고 있다. 언제나 현재 상태에 만족하지 않고 더 나은 변화를 원한다. 그러한 사람이 있었다.

나는 영화배우가 될 것이다.
나는 케네디가의 여인과 결혼할 것이다.
나는 캘리포니아 주지사가 될 것이다.

1947년 오스트리아에서 태어나, 미국으로 이민간 한 가난한 소년은 항상 책상머리에 이 세 가지 목표를 적어놓았다. 소년은 정말 자신의 꿈처럼 영화배우가 되었고, 존 F. 케네디의 조카 마리아 슈라이버와 결혼했고, 2003년 캘리포니아 주지사로 당선되었다. 그가 바로 영화 「터미네이터」의 주인공인 아놀드 슈워제네거이다. 가난한 오스트리아 이민자를 미국의 주지사로 만든 힘은 꿈이 이루어질 수 있도록 구체적인 목표를 세우고 이를 위해 포기하지 않고 한 걸음 한 걸음씩 꾸준히 걸어왔다는 사실이다. 돌이켜보면 이제껏 성공하기를 원하지 않은 승리자는 없었다. 목표가 없는 사람은 키 없는 배와 같아서 세상에서 아무리 큰 배라도 목적지가 없다면 영원히 항구에 묶여 있을 수밖에 없을 것이다.

꿈은 운명을 갈라놓을 수도 있는 강력함을 지니고 있다. 로버트 스콧은 1912년 1월 남극 대륙에 도착했으나 9개월 동안 연락이 두절된 상태에서 1912년 11월 눈속에 파묻힌 채 그의 일기장과 함께 발견되었다. ˝우리는 신사처럼 죽을 것이며…… 안타깝지만 더 이상 쓸 수 없을 것 같다. 모든 꿈이 사라졌다.˝ 1912년 3월 29일 일기를 마지막으로 스콧과 7명의 대원 모두가 사망했다.

어니스트 새클턴은 1914년 12월 5일 남극 대륙에 도착해서 1915년 1월 8일 부빙에 갇혀 조난당해 햇빛을 볼 수 없는 영하 40도의 혹한 속에서 식량도 도움도 기대할 수 없는 지옥과 같은 나날을 보내야만 했다. 1916년 8월 새클턴과 27명의 대원들은 절망과의 악수를 거부하고 '꿈'에 손을 뻗었다. 구조선이 내일 도착하는 꿈, 대원 모두가 살 수 있다는 꿈, 가족과 난로에 모여 앉아 있는 꿈을 버리지 않았던 이들 모두 조난당한 지 1년 7개월 만에 모두 무사 귀환했다.

"나와 대원들은 남극 얼음 속에 2년이나 갇혀 살았지만 우리는 단 한 번도 꿈을 버린 적이 없었다"고 새클턴은 그의 자서전에서 밝히고 있다. 산 자와 죽은 자의 차이는 '꿈'이다. 산 자는 꿈을 꿀 수 있고 죽은 자는 꿈을 꿀 수 없다. 뒤집어보면 꿈을 꾸는 자는 살 수가 있고, 꿈꾸지 않는 자는 죽은 자인 것이다.

나는 산 자인가? 죽은 자인가? 또 다른 나의 꿈은 무엇일까? 꿈을 날짜와 함께 적어놓으면 목표가 되고, 목표를 잘게 나누면 계획이 되며, 계획을 실행에 옮기면 꿈은 이루어진다는데 구체적인 날짜와 구체적인 실현방법, 구체적인 모습까지 다시 한 번 적어보아야겠다. 1년 후, 2년 후, 10년 후, 30년 후…….

# Wish List

운명은 기회의 문제가 아니라 선택의 문제이다.
기다리면 되는 것이 아니라 성취하면 되는 것이다.
– 윌리엄 제닝스 브리안

무엇을 하고 싶다는 욕심은 나이를 잊은 채 끝없이 샘솟는다. 여유로이 여행을 하고 싶었기에 디지털 카메라를 챙겨들고 5일장 순례를 떠났다. 양평, 모란, 강경, 강화를 비롯해 우리나라 구석구석에서 열리는 시장을 찾아 길을 나선 것이다. 지역마다의 특별한 정취를 느끼고, 어울려 부대끼며 사는 삶의 현장을 맛댈 수 있는 경험이었다. 한편으로는 클라리넷도 배우고, 전통술 담그기에도 도전해서 삶의 소소한 재미와 낭만을 맛보고 있는 중이다.

돌이켜보면 나의 지난 삶은 너무도 건조하게 계획과 목표에만 익숙해져 있었던 것 같다. 일일 계획, 주간 계획, 월별 분기별 목표, 애뉴얼 리포트 등은 일상업무였으나 그 외의 개인적인 소망을 따로 간직해본 것은 한두 번이 고작이었던 것 같다.

오늘은 반드시 실천해야 할 '투 두 리스트To do list'에는 무엇이 쓰여 있을까? 계획에 따라 실천하지 못한 일들의 목록표에 미처

지우지 못하고 남겨진 할 일들은 무엇일까? 어쩌면 나는 마음속으로 진정 바라며 언젠가는 꼭 하고야 말겠다는 wish list보다 To do list에 편중된 삶을 살아왔는지도 모른다는 생각이 든다.

Wish list와 To do list를 채워넣고 비워내는 일상에서 무엇이든 할 수 있는 권리와 아무것도 하지 않아도 되는 자유를 막상 가지게 되니 더욱 바빠지게 된 것이다.

「피아니스트의 전설」이라는 영화는 퇴임과 함께 주어진 많은 시간과 자유를 채워줄 가슴속 가득한 계획들을 하나씩 이루도록 하는 데 용기를 주었다. 이 영화는 유럽과 미국을 오가는 배에서 태어나 한 번도 배에서 내려본 적이 없지만 천부적인 피아노 실력을 가진 피아니스트 이야기다. 선상 악단에서 일하며 선원과 승객들에게 기쁨을 선사하고 재즈의 일인자와 피아노 연주대결에서 이길 정도로 실력이 뛰어나도 배를 떠난 육지는 두려움의 대상일 뿐이었다. 한 여인을 흠모해 단 한 번 배에서 내리려는 시도를 해보지만 성공하지 못하고 수명을 다한 배와 함께 운명을 같이한다.

영화 속 주인공은 계단 몇 개만 내려오면 되는 간단한 일을 하지 못한다. 그는 그 이유에 대해 이렇게 설명했다. "피아노를 봐, 피아노는 시작하는 건반과 끝나는 건반이 있지. 88개의 유한한 건반에서 나는 무한한 음악을 만들 수 있어. 그게 내가 살아가는 방식이야. 내게 배를 떠나라고 권유하는 것은 수백만 개의 건반이 있는 피아노를 맡긴 것과 같아. 건반은 무한하지만 나는 어떤 곡도 연주할 수 없어."

비현실적인 비유법을 동원해 만들어진 영화라는 비판도 있을 수 있겠으나 40년 가까이 휙스트라는 배에서 내리지 않은 채 세계를 떠돌던 나로서는 깊은 공감과 함께 온갖 상념에 잠기게 되었다. 혹시 나에게도 광장공포증 같은 것이 있어 다른 방법, 다른 세계로 나아가보지도 않고 미리 포기하고 내게 익숙한 방법으로만 살아온 것은 아닐까 돌아보게 된다. 물론 도전과 성취에 대한 관점이 다르기에 각자의 방식으로 삶을 완성하며 어울려 살아가고 있으니 굳이 지난 시간을 돌이켜 후회할 것도, 아쉬울 것도 없다.

다만 스스로에게 지나치게 철저하고 엄격해서 얼음처럼 굳어진 삶을 물처럼 유연하게, 바람처럼 자유롭게 풀어주고 싶은 바람은 있다. 얼음도 물의 한 형태임에는 틀림없으나 도덕경에 나오는 물과는 거리가 멀다. 만물을 이롭게 하고도 그 공을 다투지 않고 모두가 싫어하는 낮은 곳으로 향해 흐르는 모습은 아닌 것이다. 흐르는 물처럼 겨루는 일이 없이 그저 흘러 흘러서 나무람받을 일도 없어야 하는데 절대로 지고 못 사는 성품이 드러나니 흠이 많을 수밖에 없었다. 상선약수上善若水라는 구절처럼 가장 훌륭한 것은 물처럼 되는 것이라는데 흐르는 물처럼은 못 되더라도 단단하게 각진 얼음은 아니었으면 싶은데, 기왕에 굳어진 형태를 바꾼다는 일도 쉽지 않다.

조직이 변화되는 과정처럼 개인의 변화에도 단계가 필요한 법이다. 지금까지의 모습을 허물어내는 해빙 과정이 우선이다. 알을 깨고 태어나는 아픔만큼의 진통을 인내해야 자기분해가 시작된다. 다음은 바뀐 태도변화를 머리로 이해하고 가슴으로 느끼면서 몸이 따라주도록 습관화해야 한다. 이를 위해서 자신을 둘러싼 주변환경 또한 함께 바꾸도록 해야 한다. 그런 연후에 그대로 굳히는 재결빙이 이루어져야만 실질적인 변화가 완성된다.

물론 가보지 못한 길이지만, 물의 형태로 남아 이리저리 흘러가며 담겨지는 그릇에 맞추어 거역하지 않고 제 형태를 네모나게 또는 둥글게 맞추며 사는 것도 의미 있는 삶일 것이다.

노란 숲 속에 길이 두 갈래로 났었습니다.
나는 두 길을 다 가지 못하는 것을 안타깝게 생각하면서,
오랫동안 서서 한 길이 굽어 꺾여 내려간 데까지,
바라다볼 수 있는 데까지 멀리 바라다보았습니다.
그리고 똑같이 아름다운 다른 길을 택했습니다.
그 길에는 풀이 더 있고 사람이 걸은 자취가 적어,
아마 더 걸어야 될 길이라고 나는 생각했었던 게지요.
그 길을 걸으므로, 그 길도 거의 같아질 것이지만.

피천득 시인이 번역한 프로스트의 「가지 않은 길」이란 시가 생각났다. 중학교 때인가 고등학교 때 배운 어렴풋한 영시의 한 구절이 주는 의미를 이제야 안 것 같다. 내 삶 속에는 숱한 길이 있었고 하나의 길을 선택해 걸어왔기에 다른 길은 미뤄두었다. 때로는 많은 이들이 걸었던 길을 따라, 때로는 시에서처럼 적은 사

람들이 걸었던 길을 따라서 말이다. 물론 아무도 걷지 않았던 길을 만들어가며 힘겹게 걸었던 적도 있었다. 어떤 길이든 나는 최선을 다해, 가지 않은 다른 길은 돌아볼 여유도 없이 걸어왔고, 지금 나는 이제까지와는 전혀 다른 큰 길에 발길을 내디뎠다.

그 길에는 전보다 많은 이들이 함께 손잡아주고 밀어주며 동행해주고 있어 외롭지 않으며, 주변을 돌아볼 여유가 있기에 내 몸과 마음도 더 이상 굳어 있지 않다. 퇴임식을 마지막으로 인생의 전반전은 화려하게 끝났다. 그리고 하프타임을 보내며 나는 그동안 가보지 못한 수많은 길들을 wish list에 적어본다. 그 새로운 길 위에서는 단단한 얼음도 녹아내려 흐르다가 안개도 되었다가 구름도 되었다가 태양도 가려주고 빗물로도 내려와 낮은 곳으로 낮은 곳으로 흘러갈 수 있기를 소망한다.

# 봄날은 간다

순간을 지배하는 사람이 인생을 지배한다.
– 마리 폰 에브너 에센바흐

"이 또한 지나가리니."

무엇이든 남에게 지는 걸 싫어하는 내가 어려울 때에도 좌절하지 않고 이 순간을 지나가게 해주며 기쁠 때에도 오만하지 않도록 지켜주는 자기 최면의 주문이다.

"이 또한 지나가리니."

지칠 줄 모르고 언제나 최선을 다하되 결과에 집착하지 않고 새로운 목표설정과 무한도전을 위한 뜨거운 열정이 끓게 하는 자기다짐의 주문이다.

중국 4대 미인 중 한 명이라는 한나라의 왕소군이 흉노족에게 시집와서 지은 시에 "호지胡地에 무화無花하니 춘래불사춘이라"는 구절이 있다. 즉 오랑캐 땅에는 꽃이 없으니 봄이 왔으되 봄 같지 않다고 읊은 것인데, 꽃이 없다고 봄이 아닐쏘냐. 봄이 왔다고 마냥 봄이겠느냐?

봄날은 간다.
새파란 풀잎, 열아홉 시절도 얄궂은 그 노래에도 봄날은 간다.
지금도 전쟁터 같은 세일즈 현장에서 봄을 기다리고 있겠지?
이 또한 지나가리니,

봄날은 간다. 풀잎이 물에 떠 흘러가듯이 봄날은 간다,
꽃 피고지면 같이 웃고 울던 알뜰한 그 맹세에도 봄날은 간다.
지금도 고독한 의사결정의 순간에서 화사한 봄을 기다리겠지?
이 또는 지나가리니, 봄날은 간다. 연분홍 치마가 휘날리듯이.

폐허 속에서도 봄날의 자태가 너무 화사해서 더욱 슬펐던 봄날의 역설이 전쟁에 시달린 사람들에게 공감을 일으켰던 노래로 평가받고 있지만 '봄날은 간다'의 가사는 위안과 재생의 메시지를 보내고 있는 것이다. 봄날은 지나가야만 한다.

봄날 지나가듯이 이 또한 지나가리니,
어쩌면 내내 오지 않을 것만 같았던 지루한 봄날도 지나가고 이미 곁에 와 있었으나 봄날인지도 모르던 봄날도 지나간다.

50년을 함께 한 절친한 친구로부터 한 통의 메일을 받았다. 어느 아흔다섯을 넘긴 분의 수기라며 보내주었는데 긍정적으로 삶을 대하는 내용이었다. 마침 그 친구의 권유에 따라 쉼표를 찍는 의미로 시작한 글쓰기와 책 펴내기였기에 공감 가는 글을 여기에 옮긴다.

나는 젊었을 때 정말 열심히 일했습니다.

그 결과 나는 실력을 인정받았고 존경을 받았습니다.

그 덕에 65세 때 당당한 은퇴를 할 수 있었죠.

그런 내가 30년 후인 95세 생일 때

얼마나 후회의 눈물을 흘렸는지 모릅니다.

내 65년의 생애는 자랑스럽고 떳떳했지만,

이후 30년의 삶은 부끄럽고 후회되고 비통한 삶이었습니다.

나는 퇴직 후 "이제 다 살았다, 남은 인생은 그냥 덤이다"

라는 생각으로 그저 고통 없이 죽기만을 기다렸습니다.

덧없고 희망이 없는 삶, 그런 삶을 무려 30년이나 살았습니다.

30년의 시간은 지금 내 나이 95세로 보면

3분의 1에 해당하는 기나긴 시간입니다.

만일 내가 퇴직할 때

앞으로 30년을 더 살 수 있다고 생각했다면

난 정말 그렇게 살지는 않았을 것입니다.

그때 나 스스로가 늙었다고, 뭔가를 시작하기엔 늦었다고

생각했던 것이 큰 잘못이었습니다.

나는 지금 95세이지만 정신이 또렷합니다.

앞으로 10년, 20년을 더 살지 모릅니다.

이제 나는 하고 싶었던 어학공부를 시작하려 합니다.

그 이유는 단 한 가지……

10년 후 맞이하게 될 105번째 생일날

95세 때 왜 아무것도 시작하지 않았는지

후회하지 않기 위해서입니다.


바로 지금 이 순간이 남아 있는 인생에서 가장 빠른 시간이니 도전을 즐기라는 글이다. 인생의 가치를 유한한 것으로 볼 것인가 무한한 것으로 볼 것인가 잠시 딜레마에 빠졌다. 순간을 지배하는 사람이 꼭 인생을 지배하지는 않지만, 즐기자.


이 또한 지나가리니,

시간은 멈추지 않고 흘러가고, 흘러오고 다시 또 흘러간다.

이 또한 지나가리니,

현재는 사라져서 과거가 되고, 미래는 눈앞에서 현재가 된다.


별이 뜨면 서로 웃고, 별이 지면 서로 울던 봄날도 가고

새가 날면 따라 웃고, 새가 울면 따라 울던 봄날도 간다.

가면 오고, 오면 또 가는 게 순리 아니겠는가?

감사하자, 우리에게 찬란한 봄날이 있었음을.

감사하자, 또 다른 새로운 봄날이 오고 있음을.

| 글을 마치며 |

# 한 번 더 뜨거운 열정을 준비하며

화학은 나의 전부이다. 그리 인식이 좋지 않던 세일즈맨으로 시작해 CEO가 될 수 있었던 것도 화학에 대한 열정 때문이었다.

빨리 가려면 혼자 가고, 멀리 가려면 함께 가라는 말이 있는데, 나는 삶의 순간들을 누구와 함께, 무엇을 타고 여기까지 오게 되었을까?

경쾌한 음악과 화려한 조명 속에 빙빙 도는 메리 고 라운드의 회전목마에 느긋하게 몸을 맡기고, 하염없이 맴돌아도 되는 여유로움을 즐겼을까?

뜨거운 태양과 사막을 가로지르는 죽음의 사륜구동 자동차랠리에 도전하고 극한상황에서 진력을 다하다 가끔씩은 사막의 밤하늘 별을 헤었을까?

제주도 올레 길을 걷듯이 가벼운 운동화 한 켤레와 내 두 다리의 힘만으로 산과 바다, 꽃과 바람을 느끼며 발길 닿는 대로 걸어왔을까?

머리카락이 쭈뼛 서며 온갖 함성을 질러대는 롤러코스터에 몸을 싣고 아찔하고도 짜릿한 순간들을 흥미진진하게 즐기며 진땀을 흘렸을까?

수줍은 새색시처럼, 장원 급제한 어사처럼 사인가마에 올라 부채 흔들며 발바닥에 흙 한번 묻히지 않고 둥실둥실 떠 매여 나다니지는 않았으리라.

잘 닦여진 길 위에 중간중간 갈 곳을 미리미리 알려주는 이정표가 서 있는 자동차 전용 고속도로인 아우토반에 올라타서 쉴 틈 없이 달려온 느낌이다.


글을 마치고 나니, 만용이었는지도 모를 새로운 도전이 끝나 다행스럽다. 누구나 겪었음직한 일들이나마 나름대로 실감나게 기록해 남기고자 했으며 이야기보따리를 풀어가며 글로 묘사해야 하는 어려움을 느끼면서 또 다른 장르의 커다란 벽을 느끼게 되었으나, 지나온 삶의 순간순간들을 반추하면서 한 번 더 뜨거운 열정에 불타오르게 되었다.

평생에 걸쳐 좋은 사람들을 만날 수 있었던 것도 크나큰 행운으로 감사하며 정열을 불태우며 매순간 최선을 다해 살아온 나 자신에게도 박수를 보낸다.

반듯하게 최선을 다해 열정적으로 살아올 수 있도록 틀을 마련해주었던 휄스트와 클라리언트에도 지면으로나마 감사드린다. 그 당시 나를 추천해준 휄츠라인 사장과 언제나 큰 힘이 되어준 호니그만 사장에게도 다시 한 번 감사드린다.

성실하게 외길에 집중할 수 있도록 평생을 믿고 따라준 반려자

유봉선과 미처 챙겨보지 못했던 가족 모두에게 뜨거운 사랑을 글로 남긴다.

이 책을 낼 수 있도록 용기를 주고, 글쓰기의 두려움과 어려움을 함께 하며 힘을 북돋아 끝마칠 수 있도록 도와준 오랜 친구 변경섭 특보의 정 나눔에 특별히 감사한다. 그리고 성실히 감수에 도움을 준 방제환 사장과 출판에 애써준 21세기북스의 김영곤 사장 및 임직원 제위께도 고마움을 전한다.

새로운 일에 도전하듯, 인생을 되돌려보고 글짓기를 해보는 소중한 경험을 만끽하면서 새삼스레 세상 모든 것들에 감사함을 느낀다. 진정 감사할 일이다.

KI신서 2927

한국 최초 컨추리 프레지던트 이동식의 삶과 열정
# 어느 날 갑자기 피는 꽃은 없다

**1판 1쇄 발행** 2010년 10월 25일
**1판 2쇄 발행** 2010년 11월 30일

**지은이** 이동식 **펴낸이** 김영곤 **펴낸곳** (주)북이십일 21세기북스
**출판콘텐츠사업부문장** 정성진 **생활문화팀장** 김선미
**외주편집** 임정량 **표지디자인** 씨디자인 **본문디자인** 에이틴
**마케팅·영업본부장** 최창규 **마케팅·영업** 김용환 김보미 이경희 허정민 김현유 우세웅
**출판등록** 2000년 5월 6일 제10-1965호
**주소** (우413-756) 경기도 파주시 교하읍 문발리 파주출판단지 518-3
**대표전화** 031-955-2100 **팩스** 031-955-2151 **이메일** book21@book21.co.kr
**홈페이지** www.book21.co.kr **커뮤니티** cafe.naver.com/21cbook

책 값은 뒤 표시에 있습니다.
ISBN 978-89-509-2680-9 03800